JACK VANCE
MIRO HETZEL

Miro Hetzel

Jack Vance

verzameld
werk 50

Jack Vance

Uitgegeven door Spatterlight, Amstelveen 2019

ISBN 978-1-61947-280-8

www.spatterlight.nl

Inhoud

DE MACHINES VAN MAZ

Hoofdstuk I

HETZEL COMPONEERDE EEN BRIEF. In een kordaat, hoekig handschrift schreef hij met een scherpgepunte pen en zwarte inkt:

Geachte Madame X,

Overeenkomstig de mij per koerier bereikt hebbende instructies, volgde ik het spoor van de persoon die bekend staat als Casimir Wuldfache naar Twisselbaan op Tamar in de sector Nova Celeste, alwaar hij op 23 Ianiaro Gaiaans van het lopende jaar arriveerde.

In Twisselbaan nam Vv. Wuldfache een positie aan als kelner in het Café Fabrilankus onder het pseudoniem Carmine Daruble. 's Avonds werkte hij bij de plaatselijke Spiegelgraaf wanneer hij niet optrad als betaald escorte voor dames die aan dergelijke diensten behoefte hadden.

Ongeveer drie maanden geleden vertrok hij van Tamar in het gezelschap van een jonge vrouw die ik niet heb kunnen identificeren. Op de ruimtehaven ben ik rondgegaan met een fotografie van Vv. Wuldfache en kreeg de inlichting dat hij afgereisd was naar de planeet Maz, hoe onwaarschijnlijk dit ook lijkt.

Hiermee is uw honorarium uitgeput en ik zal mij verder dan ook niet inspannen totdat mij nadere instructies bereiken.

Met de beste bedoelingen,
HETZEL, Vv.

Hetzel adresseerde de brief aan 'De Houder, Postbus 434, Ferraunce' en wierp hem in de postgleuf. Hiermee was de zaak afgedaan, veronderstelde hij. De turbulente emoties van Madame X zouden wel bedaren en Casimir Wuldfache of hoe hij ook heette zou met zijn strenge blonde schoonheid zonder twijfel nog een lange reeks ontvankelijke dames aan de haak slaan.

De planeet Maz? Hoe kon zo'n oord iemand als Casimir Wuldfache aanlokken? Hetzel schudde verwonderd het hoofd. Toen wijdde hij zich aan andere zaken.

Hoofdstuk II

SIR IVON HACAWAY BESLOOT het onderhoud met Miro Hetzel in
eigen persoon te voeren want de kwestie was te gewichtig om toe te
vertrouwen aan de discretie van een ondergeschikte. Bovendien waren
de bedrijfskantoren in Ferraunce niet geschikt voor zo'n onderhoud.
Duizend ondergeschikten volgden met argusogen al zijn daden en
Hetzel was in wezen een onbekende grootheid, niet meer dan een
naam en een reputatie op een gebied dat op de bedenkelijke grens van
het fatsoen lag. Liever dan het risico te lopen dat hij zijn waardigheid
compromitteerde, verkoos Sir Ivon de zaak in de beslotenheid van
Harth Manor af te wikkelen.

Hetzel arriveerde op het afgesproken tijdstip en hij werd naar het
terras gebracht. Sir Ivon, die niet van verrassingen hield, fronste zijn
voorhoofd toen hij niet de steelse schurk zag waarop hij had gerekend,
maar een knappe man met donker haar die onmiddellijk een compe-
tente indruk maakte en een zekere rustige elegantie tentoon spreidde
die een heer niet zou hebben misstaan. Hetzels kleren waren neutraal
en onopvallend, maar slaagden er nochtans in te suggereren dat hij
bepaald geen neutrale persoonlijkheid was maar juist een flamboyant
man die zich zorgvuldig in de hand had.

Sir Ivon knikte kort en wees de bezoeker een stoel aan. "Ga alstublieft
zitten. Misschien wilt u een kop thee?"

"Met genoegen."

Sir Ivon drukte op een knop en kwam toen zonder omwegen
ter zake. "Zoals u wel zult weten ben ik voorzitter van de raad van
bestuur van Paladijn Micronica. Wij fabriceren een reeks bijzonder
complexe mechanismen, zoals robothersens, automatische vertalers,
psycho-eidetische analogen, en dergelijke. Deze producten vereisen

een enorme hoeveelheid handarbeid. Automatische assemblage is niet doenlijk en daardoor zijn onze producten in het algemeen vrij prijzig.

"Nu doet zich een verrekt eigenaardige situatie voor. Uiteraard hebben wij zo onze concurrenten. Hiervan zijn de Subsikon Corporatie, Pedro Gomayr & Partners en Gaiaanse Micronica de belangrijkste. Allemaal brengen wij vergelijkbare producten tegen concurrerende prijzen op de markt en wij bestaan vredig naast elkander met niet meer dan het gewone achterbakse gedoe. Maar nu worden wij geteisterd door ongewoon achterbaks gedoe." Sir Ivon keek Hetzel even aan om te zien welke indruk zijn uiteenzetting maakte, maar Hetzel knikte slechts beleefd. "Gaat u door."

Sir Ivon schraapte zijn keel. "Ongeveer een half jaar geleden begon een maatschappij die zich Istagam noemt een serie dure, arbeidsintensieve artikelen te verkopen voor prijzen die wij onmogelijk kunnen evenaren. Natuurlijk hebben mijn ingenieurs deze producten onderzocht om uit te zoeken op welke punten er bezuinigd was. Maar vergeefs. De artikelen waar het om gaat zijn minstens van even hoge kwaliteit als die van ons. Wie is Istagam, vraagt u? Welnu, die vraag stellen wij onszelf ook."

Uit het huis kwam een gezette vrouw in een omvangrijke japon van roze en zwarte zijde die een theewagentje voor zich uit duwde. Hetzel rees hoffelijk overeind. "Vrouwe Hacaway, neem ik aan?"

"O nee, meneer. Ik ben Reinhold de huishoudster. Ga alstublieft zitten, dan zorg ik voor de thee."

Hetzel maakte een buiginkje en ging weer zitten. Sir Ivon keek hem scheef aan met een enigszins verbeten glimlach om de lippen. Hij zei: "Voor u lijkt dit misschien een nietige affaire, een kwestie van een paar miljoen SWE*. Maar er staat meer op het spel. Als Istagam uitbreidt, dan komen wij — en daarmee bedoel ik alle leden van de gerenommeerde micronica-industrie — in ernstige moeilijkheden."

"Dan zal het wel een urgente zaak zijn," zei Hetzel. "Maar ik moet u

---

* De SWE of Standaard Waarde-Eenheid is de monetaire eenheid van het Gaiaanse Bereik, en is bepaald als de waarde van een uur ongeschoolde arbeid onder standaard omstandigheden. Deze eenheid verschilt van alle geldstelsels doordat hij is afgeleid van het enige onveranderlijke artikel in het menselijke heelal: arbeid.

wel vertellen dat ik niet aan industriële spionage doe, tenzij het honorarium werkelijk astronomisch zou zijn, en zelfs dan —"

Sir Ivon hief zijn hand op. "Laat me uitspreken," zei hij gemelijk. "De situatie is buitengewoon vreemd, anders zou ik mij eenvoudig tot een van de grote bureaus wenden. En in het voorbijgaan moet ik wel opmerken dat uw honorarium weliswaar toereikend zal zijn, maar toch iets minder dan astronomisch. Anders zou ik het zelf wel doen."

Hetzel dronk zijn thee. "Ik zal u in ieder geval onbevangen aanhoren."

Met een afgemeten stem vervolgde Sir Ivon zijn uiteenzetting. "Istagam distribueert zijn producten vanuit minstens drie of vier depots — allemaal ten noorden van Jack Chandler's Golf. Een van deze depots is een pakhuis in een onbetekenend plaatsje, Ultimo, op de planeet Glamfyre. Die zult u wel niet kennen?"

"Zelfs niet oppervlakkig."

"Glamfyre is een naargeestig planeetje, vrijwel op de grens van het Bereik. Ik heb contact opgenomen met onze eigen districtsfactor en hem gevraagd inlichtingen in te winnen." Sir Ivon pakte een vel papier dat hij Hetzel aanreikte. "Hier ziet u zijn verslag."

De brief was geschreven door een zekere Urvix Lamboros in Estance Uno op Glamfyre, een maand geleden.

Hetzel las:

Sir Ivon Hacaway
Harth Manor op de Weiden,
Harth, Delta Rasalhague

Geachte Heer,

Gevolg gevend aan uw verzoek ben ik naar Ultimo gereisd waar ik inlichtingen verzamelde. Op de volgende data, Gaiaanse Standaardtijd, zijn er zendingen gearriveerd in het pakhuis van Istagam: 19 maart, 4 mei, 6 juli. Daarop begaf mij naar de ruimtehaven van Ultimo, die aangedaan wordt door de Krughlijn, de Rode Griffioenlijn, en soms door de Osirislijn. Omstreeks de bovengenoemde data hebben de volgende schepen lading gelost in Ultimo:

12 maart	*Paesko*	(Rode Griffioen)
17 maart	*Bardixon*	(Krugh)
3 mei	*Voulias*	(Krugh)
3 juli	*Cansaspara*	(Krugh)

Ik kon niet te weten komen waar deze schepen hadden aangelegd voor ze op Glamfyre arriveerden.

Met alle verschuldigde eerbied en hopend op uw voortdurende begunstiging, verblijf ik,

URVIX LAMBOROS, Vv.

Hetzel gaf de brief terug. Sir Ivon zei: "Ik heb met beambten van Krugh gesproken en kreeg te horen dat deze drie schepen maar in één haven alle drie lading hadden ingenomen." Hij pauzeerde even om het dramatische van zijn onthulling te beklemtonen. "Die haven was Axistil, op de planeet Maz."

Hetzel ging rechtop zitten. "Maz?"

"U lijkt geschrokken," zei Sir Ivon.

"Dat zeker niet," antwoordde Hetzel. " 'Verrast' of 'perplex' is beter. Wie op Maz fabriceert er micronische onderdelen?"

Sir Ivon leunde achterover. "Precies. Wie? Dat is de grote vraag. De Gomaz? Absurd. De Liss? De Olefract? Ongelooflijk. Hier hebben wij een mysterie met boeiende implicaties."

Hetzel was dit met hem eens. "Deze zaak gaat beslist boven het alledaagse uit."

Nu kwam een lange vrouw met een frappante verschijning het terras op. Ze droeg een modieuze middagjapon, bruin, rood en goud geplisseerd en een panache van zwarte veren in een voorhoofdsband van zwart fluweel. Ze gedroeg zich nogal heerszuchtig en ze negeerde Hetzel straal, die weer was opgestaan, iets vlugger dan Sir Ivon.

"Ivon, ik smeek je op te treden," zei de vrouw. "Er moet iets gebeuren! Felicia is nog niet terug van Graythorpe en je weet dat ik haar heel duidelijke bevelen heb gegeven."

"Ja, lieveling," zei Sir Ivon. "Zodra ik tijd heb zal ik mij ermee bezighouden, maar op het ogenblik ben ik in een zakelijk gesprek gewikkeld zoals je ziet." Hij keek vluchtig naar Hetzel, aarzelde, en stelde ze toen aan elkaar voor. "Dit is Vv.* Hetzel, een bewerkstelliger. Hij zal bepaalde onderzoekingen voor het consortium uitvoeren. Vv. Hetzel, ik stel u voor aan de Vrouwe Bonvenuta Hacaway."

"Het is mij een eer met u kennis te maken," zei Hetzel.

"Een waar genoegen," zei Vrouwe Bonvenuta met een kille stem. Tegen Sir Ivon ging ze verder: "Ik sta erop dat je eens ernstig met Felicia praat. Graythorpe wemelt vaak van de dubieuze mensen, zoals je heel goed weet."

"Ik zal mij beslist over de zaak buigen," zei Sir Ivon. "Ondertussen zou je Graythorpe kunnen opbellen en Felicia kunnen zeggen wat je ervan vindt."

"Dat zal ik doen." Vrouwe Bonvenuta schonk Hetzel een knikje en verdween terug in het huis. Sir Ivon en Hetzel gingen weer zitten. Sir Ivon vervolgde zijn betoog. "Nu dan — de zendingen van Istagam schijnen afkomstig te zijn van Maz, wat heel eigenaardig is."

"Dat is buiten kijf. Wat wilt u precies dat ik doe?"

Sir Ivon keek hem even verwonderd aan, alsof Hetzels naïviteit hem verbaasde. "Eerst moeten wij informatie hebben. Beogen de Liss of de Olefract een commerciële penetratie van het Gaiaanse Bereik? Zo ja, zullen zij dan een goederenstroom in tegenovergestelde richting toestaan? Zo niet, wie of wat is dan Istagam? Hoe speelt dit bedrijf dergelijke opvallende bezuinigingen klaar?"

"Dit klinkt heel eenvoudig."

Sir Ivon strengelde zijn handen ineen en vestigde zijn blik op het uitzicht. "Ik hoef er nauwelijks op te wijzen dat Istagam een ergernis is die uiteindelijk verholpen zal moeten worden. Natuurlijk pleit ik niet voor sabotage of moord. Dat spreekt vanzelf. Maar u heeft natuurlijk uw eigen methoden en daarmee heeft u zich een benijdenswaardige reputatie verworven."

Hetzel fronste zijn wenkbrauwen. "Het is net alsof u zegt dat ik een reputatie heb voor moord en verwoesting, die u mij benijdt."

Sir Ivon keek hem scherp aan en negeerde de tactloze scherts. "Iets anders, waarvan niet vaststaat of het verband houdt met Istagam. Soms

---

* Vv. is een afkorting van Visfer, oorspronkelijk Viasvar, een Ordinarius van het oude Legioen van de Waarheid, en nu een niet zeer gedistingeerde titel voor personen die niet op aristocratische afkomst kunnen bogen.

neem ik bepaalde belangrijke documenten mee naar huis, en houd die hier een paar dagen of een week zodat ik ze op mijn gemak kan bestuderen. Een maand of drie geleden is er een map die kostbare marktinformatie bevatte uit het huis gestolen. Van deze papieren zouden mijn concurrenten behoorlijk kunnen profiteren en voor Istagam zouden ze onschatbaar zijn. De diefstal is volmaakt uitgevoerd en ik merkte het pas toen ik de map opende. Ik vermeld het maar even zodat u op uw hoede zult zijn voor Istagam. De mensen die erbij betrokken zijn hebben blijkbaar geen scrupules."

"Ik zal uw waarschuwing zeer zeker ter harte nemen," zei Hetzel, "vooropgesteld dat u besluit mij deze gevaarlijke en moeilijke opdracht toe te vertrouwen."

Sir Ivon sloeg zijn blik naar de hemel op alsof hij op een goddelijk verbod van Hetzels hebzucht hoopte. Hij haalde een brochure uit zijn zak en gaf hem aan Hetzel. "Hier heb ik een kaart van Axistil die door het plaatselijke vreemdelingenbureau op Maz wordt uitgegeven. Zoals u ziet is Axistil een kleine stad. Het Plaza en het Triskelion staan onder jurisdictie van de Triarchie. De Gaiaanse sector is groen gekleurd en omvat de Gaiaanse ruimtehaven, het Beyranion Hotel, waar u zult logeren, en een deel van de nederzetting die Hondstad heet. Hondstad-Buiten, in het territorium van de Gomaz, ligt buiten het Gaiaanse gezag en is een wijkplaats voor misdadigers en schorriemorrie. De Liss-sector is paars gearceerd en bevat hun ruimtehaven. De sector van de Olefract is aangegeven met oranje stippen." Sir Ivons stem klonk nu welgemeend en vriendelijk. "Een fascinerende stad, heb ik mij laten vertellen! Een oord dat waarschijnlijk uniek is in de hele Melkweg: het punt waar drie interstellaire rijken samenkomen. Stel je voor!"

"Dat is zeker," zei Hetzel. "Nu, wat mijn honorarium betreft —"

Sir Ivon hief zijn hand op. "Laat mij de zaak resumeren. Istagam verzendt zijn producten via de Gaiaanse ruimtehaven. Waar komen de spullen vandaan? Er lijken drie mogelijkheden te zijn. Het rijk van de Liss, het rijk van de Olefract, of de planeet Maz zelf. In het onwaarschijnlijke geval dat de Liss of de Olefract handelsgoederen produceren en die overal in het Bereik willen verkopen, gaat het om een verschrikkelijk belangrijke kwestie. De Liss en de Olefract zijn allebei xenofobisch; zij zouden niet dulden dat ze met gelijke munt terugbetaald werden. En dus — Maz. Ook dit is een ongeloofwaardige mogelijkheid. De Gomaz hebben bijzondere kwaliteiten, maar discipline kennen ze niet. Je kunt je moeilijk een groep Gomaz krijgers voorstellen die aan een lopende band staan." Sir Ivon maakte een weids gebaar. "Dat is het in een notendop: een boeiende puzzel."

"Precies. Nu komen we aan een heel belangrijk —"

"Uw honorarium." Sir Ivon schraapte zijn keel. "Ik mag u betalen wat ik zelf een royaal bedrag vind — dertig SWE per dag, plus onkosten, en een bonus als uw werk tot grote tevredenheid aanleiding geeft. Dat is te zeggen, als onze begeerlijkste doeleinden verwezenlijkt worden."

Hetzel was met stomheid geslagen. "U maakt zeker een grap."

"Laten wij elkaar niet vervelen met een theatrale komedie," zei Sir Ivon. "Ik ken uw levensomstandigheden; u bent sluw, u heeft de ziel van een nomade en u leeft boven uw stand. Momenteel logeert u in een klein hotel met een ongunstige faam, wat er wel op wijst dat —"

Hetzel zei: "U bent niet aan de top gekomen door tact of gevlei, dat is duidelijk. Maar uw houding werkt in zoverre bevrijdend dat ik nu zonder een blad voor de mond te nemen mijn mening kan geven over de handelsmentaliteit —"

"Mijn tijd is te kostbaar om te verspillen aan brutaliteit of psychoanalyse," zei Sir Ivon. "Dus laten wij —"

"Een ogenblik," zei Hetzel. "Gewoonlijk ben ik te trots om te pingelen, maar ik moet u op uw eigen terrein tegemoet treden. U stelt een belachelijk bedrag voor. Ik zou een even onwezenlijk tegenbod kunnen doen, maar ik vertel u liever meteen mijn minimumeisen."

"En die houden in?"

"U bent naar mij gekomen omdat u mijn reputatie voor subtiel optreden, vindingrijkheid en bekwaamheid kent; u wilt profiteren van deze kwaliteiten. Die zijn niet goedkoop. U mag een contract opstellen voor honderd SWE per Gaiaanse standaarddag, plus een contant voorschot van vijfduizend SWE voor noodzakelijke onkosten, plus een blanco wissel op de bank van Axistil voor als ik extra geld nodig heb, plus een bonus van vijfduizend SWE als het onderzoek binnen een maand tot uw genoegen wordt voltooid, met dien verstande dat het onderzoek uitdrukkelijk geen moord, diefstal, vernietiging of zelfmoord inhoudt, tenzij het absoluut niet anders kan."

Sir Ivons gezicht werd roze. "Zulke overtrokken eisen had ik me van mijn leven niet voorgesteld! Een paar van uw opmerkingen zijn misschien wel ter zake, en ik zou mijn oorspronkelijke voorstel wellicht iets kunnen bijstellen..."

Het gesprek duurde nog een uur en toen hadden de twee mannen overeenstemming bereikt. Hetzel zou onmiddellijk naar Maz op de grens van het Gaiaanse Bereik vertrekken.

Weer kalm gaf Sir Ivon hem zijn laatste instructies. "De Gaiaanse vertegenwoordiger bij de Triarchie is Sir Estevan Tristo. Ik raad u aan hem meteen op te zoeken en het doel van uw komst uiteen te zetten. Er is geen enkele reden waarom hij u niet alle mogelijke hulp zou geven."

"In gevallen als dit," zei Hetzel, "leveren de meest voor de hand liggende en redelijke handelwijzen gewoonlijk het minst op. Maar ik moet ergens beginnen, dus waarom niet met Sir Estevan Tristo?"

Hoofdstuk III

MAZ WAS EEN KLEINE WERELD in het midden van een zware atmosfeer. Hij draaide om de witte dwergzon Khis, samen met een grote ijzige maan. Maz was omgeven door een smoezelige oranje stralenkrans, wat Hetzel nog nergens had gezien, evenmin als een maan die zo kaal, zo blind en glad was — een bol van berijpt zilver.

De passagiersboot *Emma Noaker* van de Barbanische Lijn regelde de verplichte ontmoeting met de patrouilleschepen van de Triarchie. De bootjes van de Liss en de Olefract zweefden boven het passagiersschip en opzij ervan en alle opvarenden gluurden door de patrijspoorten om een glimp op te vangen van de artefacten van deze exotische transgalactische wezens, die zo weinig over zichzelf loslieten. Uit het Gaiaanse korvet kwam een loods die de *Emma Noaker* naar Axistil zou begeleiden en die ook zorg droeg dat er geen verboden wapens aan wal werden gebracht.

Het schip dook omlaag. Het landschap van Maz bewees dat het een oeroude wereld was — een stuk of zes ondiepe zeeën, een paar lage heuvelruggen gescheiden door moerassen of golvende vlakten met hier en daar een traag meanderende rivier als de aderen op de rug van de hand van een oude man.

Axistil, het hoofdkwartier van de toezichthoudende Triarchie, besloeg een terrein op een hoogvlakte iets ten noorden van de evenaar. De *Emma Noaker* landde 's ochtends op de Gaiaanse ruimtehaven een kilometer oostelijk van het Triskelion. De landingsformaliteiten namen niet veel tijd en samen met dertig of veertig andere Gaianen, meest toeristen, belandde Hetzel in het stationsgebouw. Daar telefoneerde hij met Hotel Beyranion om zijn reservering te bevestigen en hij kreeg te horen dat hij hun beste suite had gekregen in de dependance in de tuin, die heel wat meer kostte dan hij had willen betalen als hij er zelf voor zou moeten opdraaien. Een busje van het hotel stond te wachten. Hetzel gaf zijn koffer aan de chauffeur en begaf zich te voet over de Laatste Mijl naar het Plaza van de Triarchie.

Het was een griezelig mooie wereld, vond hij. Als je naar de hemel keek, was het of je in zeegroen water keek. Halverwege het zenit glinsterde de witte ster Khis als een zilveren munt. Links vervaagde een woest landschap met afgeronde mosheuvels in de nevel; rechts daalde de grond naar de kleurloze warboel van hutten, krotten en een enkel echt gebouw van witgekalkte mergel die bekend stond als Hondstad. In de verte waren de bouwwerken van Axistil achter de nevel alleen te onderscheiden als een serie onwaarschijnlijke silhouetten.

Onderweg kwam Hetzel niemand tegen. Zijn hele verblijf lang zorgde het contrast tussen de monumentale gebouwen van Axistil en het vrijwel ontbreken van bewoners voor een unieke, bijna hallucinatoire sfeer alsof Axistil niet meer was dan een gigantisch toneeldecor zonder spelers.

De Laatste Mijl eindigde op het Plaza. Hier stond een bord met de tekst:

U bevindt zich nu aan de grens van het Gaiaanse Bereik en staat op het punt de jurisdictie van de Triarchie te betreden. Hier is conventioneel gedrag vereist, dat gewoonlijk geen onverwachte ongemakken zal uitlokken. Het is evenwel verstandig om een exemplaar aan te schaffen van SPECIALE REGLEMENTEN, *dat te verkrijgen is in het Triskelion of uw hotel, en u daardoor te laten leiden.*

DRINGENDE WAARSCHUWING. *Waag u nimmer in enclaves van de Liss of de Olefract, op het onvermijdelijke gevaar van bijzonder onaangename consequenties af.*

Doe geen poging op vertrouwelijke voet te komen met de inheemse Gomaz! In Axistil zijn zij doorgaans niet agressief, maar zij reageren onvoorspelbaar op pogingen tot maatschappelijk verkeer. U mag ze van zo dichtbij bekijken als u wilt, maar raak hen niet aan en spreek niet tegen ze. De Gomaz zijn bekwame telepaten, maar de mate waarin zij menselijke gedachten verstaan is nog een open vraag.

ALLERBELANGRIJKST! *Wapens aan de Gomaz aanbieden, tonen, cadeau geven, verhandelen of verkopen is verboden! De straf is levenslange opsluiting in het Expositorium. Er worden geen uitzonderingen gemaakt! Deze regel wordt strikt toegepast door de Triarchs, van wie er twee Liss en Olefract zijn. Geen van beide rassen heeft sympathie voor dwaze avonturierszucht of dronken overmoed. Als u deze regel overtreedt, eindigt uw bezoek aan Maz beslist in een tragedie.*

Dat drukte de pret wel, vond Hetzel. Alle gewone toeristische pleziertjes werden met de dood, levenslange gevangenis of een onvoorspelbare aanval bestraft. Maar dit opwindende gevaar gaf een bezoek aan Maz natuurlijk wel extra smaak.

Hetzel deed een stap vooruit en verliet daarmee het Gaiaanse Bereik. Hij liep het Plaza op, een weidse vlakte die bestraat was met zilvergrijze leisteen die een glimmerend licht leek uit te stralen. Aan de ene kant verhieven zich de torens, koepels, bizarre zuilen en asymmetrische blokken van het Triskelion — een bouwwerk dat in drie gedeelten ontworpen was door architecten van drie verschillende rassen, en dus een opvallende en unieke constructie. Achter het Triskelion, in het zuidwesten en noordwesten, lagen de sectoren van de Liss en de Olefract met elk zijn tros van gebouwen. Aan de noordkant van het Plaza tegenover het Triskelion stond een tweetal monumenten. De drie rijken hadden zich verplicht deze in stand te houden. Het waren de Rots van Pijn, waar de stamhoofden van de Gomaz, verdoofd door de omvang van de ramp, zich hadden overgegeven aan de Triarchie, en het veelcellige blok van glas en zwart koper dat de naam Expositorium droeg. Beide structuren stonden in een klein park waar een paar bomen met paarse bladeren uit een matgroen grasveld oprezen. In het noordoosten stond het Beyranion Hotel, waarheen Hetzel nu zijn schreden richtte.

Het Beyranion met zijn terreinen vormde het kleinste onafhankelijke staatje binnen het Gaiaanse Bereik. Het hotelgebouw was omringd door een tuin van twee hectare. De nieuwe dependance stond naast het hoofdgebouw. Hetzel schreef zich in en werd naar zijn suite gebracht.

Zijn vertrekken waren alleszins plezierig. De zitkamer keek uit op de tuin met zijn buitenissige kleuren, bizarre vormen en hevige geuren. Zwarte spilbomen zo hoog als het hotel wierpen schaduw over paarszwarte klompen mos; uit een vijver staken paardenstaarten met tingrijze stengels en oranje pluimen. Er waren blauwe geranium-bedden, flonkerende kaarsebloemen en mint van Maz, die allemaal contrasteerden met de zure rookgeur van het mos. Pas aangekomen toeristen dwaalden door de tuin en keken hun ogen uit op de exoti-sche vegetatie en proefden met volle teugen van de onbekende geuren. In de slaapkamer ontdekte Hetzel een uitzicht over Hondstad, waar hij later op de dag een bezoek aan zou brengen. Maar nu eerst over tot zaken.

Hij ging naar de telefoon en nam contact op met het kantoor van de Gaiaanse Triarch in het Triskelion. Het scherm lichtte op met het gezicht van een knappe receptioniste met blonde krullen en een fijn-zinnig gezicht met een kleur van rozenblaadjes. Ze sprak met een koele en rinkelende stem, als windklokjes in de verte. "Het kantoor van Sir Estevan Tristo. Hoe kunnen wij u dienen?"

"Ik ben Miro Hetzel. Ik zou graag een paar minuten spreken met Sir Estevan Tristo zodra hem dat schikt. Het gaat over een kwestie van aanzienlijk belang. Zou ik hem vanmiddag kunnen spreken?"

"Over welke kwestie gaat het, meneer?"

"Ik heb inlichtingen nodig omtrent bepaalde omstandigheden op Maz—"

"Inlichtingen kunt u krijgen bij Vvs. Felius aan de balie van het Triskelion, of bij het reisbureau in Hondstad. Sir Estevan bemoeit zich uitsluitend met zaken die de Triarchie aangaan."

"Toch is dit een gewichtige kwestie, en ik moet om een paar minu-ten van zijn tijd verzoeken."

"Sir Estevan is momenteel niet op zijn kantoor en ik denk niet dat hij zich voor de volgende zitting van de Triarchs vertoont."

"En wanneer vindt die plaats?"

"Over vijf dagen, 's ochtends. Na de zitting is hij soms genegen een onderhoud toe te staan. Bent u journalist?"

"Iets van dien aard. Misschien zou ik hem bij hem thuis kunnen opzoeken?"

"Nee meneer." Haar gelaatstrekken, die even gaaf en helder waren als die van een kind, toonden geen enkel medeleven met Hetzels problemen. "Hij handelt alle openbare zaken af tijdens de zitting van de Triarchs."

"Aha, maar dit zijn privézaken!"

"Sir Estevan maakt geen privé-afspraken. Na de zitting werkt hij een uur of twee in zijn kantoor en misschien heeft hij dan tijd voor u."

Hetzel drukte geërgerd de knop in.

In het telefoonboek zocht hij het nummer van Sir Estevans residentie, maar dat stond er niet in. Daarom belde hij de receptie van het hotel. "Hoe kan ik in contact komen met Sir Estevan Tristo? Zijn secretaresse was niet bereid me te helpen."

"Ze mag niemand helpen. Sir Estevan heeft te veel last gehad van toeristen en mensen met introductiebrieven. De enige plek waar u hem te pakken kunt krijgen is zijn kantoor."

"Over vijf dagen."

"Als u geluk heeft. Als hij niet met iemand wil praten gaat hij weg door zijn privédeur."

"Zo te horen een eigenzinnig man."

"Dat staat vast."

Het liep tegen de middag. Hetzel wandelde door de tuin naar de met hout betimmerde eetzaal van het Beyranion, die versierd was met schilderachtige artefacten van de Gomaz zoals fetisjen, gietijzeren oorlogshelmen met kammen en stekels, een opgezette gargouille van de Shimkishbergen. De bewerkte tafels en stoelen waren van inheems hout gemaakt en de tafellakens waren van zachte bast, geborduurd met kenmerkende emblemen. Ongehaast deed Hetzel zijn maaltijd met het beste wat het hotel te bieden had. Daarna slenterde hij het Plaza op. Bij het Expositorium bleef hij staan om de gevangenen te inspecteren die uit hun glazen cellen naar buiten tuurden. Het waren wapensmokkelaars die hun cel nooit levend zouden verlaten. De bleke gezichten droegen een identieke uitdrukking van norse lijdzaamheid. Af en toe wist er een voldoende energie op te brengen om een obsceen gebaar te maken of zijn blote reet aan den volke te tonen. Hetzel herkende in hen geen van zijn kennissen of voormalige cliënten. Het waren allemaal Gaianen, wat volgens Hetzel een veelbetekenend commentaar op het menselijk karakter was. Als individu leken mensen gevarieerder en ondernemender dan de Liss en de Olefract. De Gomaz, mijmerde hij, leefden volgens hun eigen merkwaardige maatstaven.

Hij wendde zich af van het Expositorium. De piraten, verschoppelingen en waanzinnige avonturiers riepen geen steek van medelijden in hem op. Uit winstbejag hadden zij gepoogd de Gomaz te bewapenen, zonder zich iets aan te trekken van het feit dat de Gomaz met zelfs een karige hoeveelheid wapens en de middelen om zich te vervoeren, eropuit zouden trekken om de hele Melkweg aan te vallen, inclusief de werelden van het Gaiaanse Bereik, zoals zij zesenveertig jaar tevoren aanschouwelijk hadden gedemonstreerd.

Hetzel vervolgde zijn weg over het Plaza, dat zo uitgestrekt was dat de gebouwen aan de rand ervan in de dichte lucht wel schaduwen leken. Hij bewoog zich als een eenzame boot midden op een oceaan. Her en der verspreid over het zilvergrijze perspectief schoven nog een tiental andere donkere gedaanten rond, te ver weg om ze te kunnen herkennen. Een merkwaardig uitzicht, dacht Hetzel, even vreemd als een droom.

Terwijl hij het naderde, nam het Triskelion vaste vorm aan. Hij verlegde zijn koers om rond het bouwwerk te cirkelen, waardoor hij in wezen gebieden betrad waarover de Liss en de Olefract in theorie gezag uitoefenden en waarop zij in ieder geval een psychologische invloed hadden. Hij passeerde een Liss die op weg was naar het Triskelion — een soepel donker schepsel in een vuurrood gewaad — en even later zag hij een stuk verder weg een Olefract. Beiden leken onverschillig voor zijn aanwezigheid en beiden gaven hem een eigenaardig gevoel dat het midden hield tussen gefascineerdheid en weerzin. Waarom ze hem zo aangrepen wist hij niet. Toen hij weer uitkwam bij de Gaiaanse gevel werd hij verlost van een subtiel drukkend gevoel.

Bovenaan drie treden ging hij door een kristallen deur en belandde in een hal met in het midden een driehoekige receptie. Bij de afdelingen van de Liss en de Olefract stond geen personeel en er waren ook geen bezoekers die informatie wensten. Bij het Gaiaanse segment hadden twee bedienden de handen overvol aan pas gearriveerde toeristen. Een stevig gebouwde man met een vollemaansgezicht die een schitterend maar te strak blauw met groen uniform droeg stond ter zijde. Hij inspecteerde allen die binnenkwamen met een goedaardige minachting. Zijn zilveren epauletten en het zilveren filigraan op de klep van zijn hoge pet gaven aan dat hij een gewichtig functionaris was. Hij doorboorde Hetzel met een extra strenge blik, blijkbaar omdat hij instinctief een persoon herkende wiens bezigheden hij misschien niet wettig kon keuren.

Hetzel stoorde zich niet aan hem en sloot zich aan bij de rij voor de balie. De oudste bediende, een gezette vrouw met zwart haar en een grote flodderige neus vervulde haar plicht zonder veel geduld of beleefdheid. "Nee meneer; de Triarch is niet te spreken…Het kan me niet schelen wat u gehoord heeft, hij ontvangt thuis beslist geen bezoekers." "Nee meneer, wij verkopen geen excursies; wij zijn de staf van het Gaiaanse bestuur. In Hondstad kunt u een reisbureau vinden. Daar beheren ze een aantal herbergen in schilderachtige streken en zij verhuren luchtwagens." "Het spijt me, mevrouw, u mag onder geen beding de Liss sector in. In dit opzicht zijn zij onwrikbaar…Wat ze dan doen? Wie weet wat er gebeurt met de mensen die ze meenemen — misschien stoppen ze ze wel in dierentuinen." "In Hondstad kunt u souvenirs kopen, meneer." "Nee meneer, pas bij de volgende zitting, over vijf dagen. Die is voor het publiek toegankelijk." "U mag de baliesegmenten van de Liss en Olefract fotograferen, ja mevrouw."

De andere bediende, een lange jongeman met een ernstig bleek gezicht, was minder kortaf en misschien minder efficiënt. "— een hotel in Hondstad aanraden? Nou, ik weet 't nog niet. In het Beyranion zit u heel wat comfortabeler. Vergeet niet dat Hondstad-Buiten binnen *niemands* jurisdictie ligt. U kunt er vermoord worden, en niemand zou iets voor u doen, u zelfs niet begraven…Ja, Hondstad zelf is Gaiaans. Maar ga niet voorbij het groene hek tenzij u een avonturier bent…In werkelijkheid is Hondstad-Buiten helemaal niet zo erg als u maar op uw tellen past en niet meer dan twee of drie SWE bij u heeft. Drink er niets, en ga er in geen geval gokken." "Nee meneer, ik heb geen rooster van de Gomaz oorlogen. Die vinden plaats, dat zeker, en als u in tweehonderd stukken gehakt wilt worden, ga er dan maar een zoeken. Daarom verhuurt het reisbureau u geen luchtwagen zonder bevoegde gids…Precies, u kunt niet zomaar een luchtwagen huren en er op eigen houtje tussenuit knijpen. Het is alleen zo geregeld om u te beschermen. Vergeet niet dat dit het eind van het Bereik is — tot hier en niet verder."

De vrouwelijke bediende wendde zich tot Hetzel. "Ja meneer, wat wenst u?"

"Bent u Vvs. Felius?"

"Die ben ik."

"Ik zit met een probleem dat buiten de routine valt. Ik moet een tamelijk dringende kwestie bespreken met Sir Estevan, maar men zegt dat hij niet te bereiken is."

Vvs. Felius zei misprijzend: "Ik kan u niet helpen. Als Sir Estevan niemand wil zien, kan ik hem niet dwingen."

"Natuurlijk niet. Maar kunt u een waardige manier voorstellen om een paar minuten zijn aandacht te krijgen?"

"Sir Estevan is een drukbezet man. Dat zegt hij tenminste, met al zijn rapporten en aanbevelingen en wat niet al. Wij zien hem alleen tijdens de zittingen. De rest van de tijd is hij de hort op met zijn vriendin, of zijn verloofde, of wat ze ook is." Vvs. Felius maakte gebruik van haar geprononceerde neus om een afkeurend gesnuif te produceren. "Het zijn natuurlijk zijn zaken, maar hij wil eenvoudig niet gestoord worden als hij niet in zijn kantoor is."

"In dat geval zal ik wel moeten wachten. Heeft u brochures bij de hand over de mogelijkheden om hier kapitaal te investeren?"

"Nee. Niets van dien aard." Vvs. Felius giechelde ongelovig. "Wie zou er hier willen investeren, ver van alles?"

"Istagam schijnt aardig te boeren."

"Istagam? Ik weet niet over wie u 't heeft."

Hetzel knikte. "En wat doen de Gomaz? Zijn het bereidwillige werkers?"

"Ha! Bied ze een pistool aan en ze betalen je alles wat ze hebben, maar ze willen geen minuut voor je werken. Daar zijn ze te trots voor."

"Vreemd! In het hotel staan stoelen die zogenaamd door Gomaz gemaakt zijn."

"Nee, door de Gomaz kleuters. Ze zetten hun jongen aan het werk in plaats dat ze ze elkaar laten afmaken in speeloorlogen. Maar volwassen krijgers werken nooit voor loon.

"Interessant," zei Hetzel. "En u denkt echt dat ik vijf dagen moet wachten om Sir Estevan te zien te krijgen?"

"Ik kan u in ieder geval geen andere manier aan de hand doen."

"Een laatste vraag. Ik had afgesproken hier op Maz een zekere Casimir Wuldfache te ontmoeten. Kunt u mij zeggen of hij al aangekomen is?"

"Dergelijke dingen weet ik niet. U zou het aan kapitein Baw kunnen vragen. Hij is de commandant." Ze wees naar de stoere officier in het blauw met groene uniform.

"Dank u." Hetzel ging naar kapitein Baw en stelde hem de vraag, wat eerst een onverschillig geluid in antwoord opleverde en toen: "Nooit van die vent gehoord. Ze komen en ze gaan. In Hondstad-Buiten zijn er wel honderd die ik graag in hun nekvel zou grijpen, daar kunt u van op aan."

Hetzel bedankte hem en vertrok.

Ten noorden van het Expositorium liep een brede weg, bestraat met wat Hetzel voor aangestampt grind en gebroken schelpen aanzag, van het Plaza omlaag naar Hondstad. Dit was de zogenaamde Laan der Verloren Zielen. Een wind vanaf de woeste grond blies Hetzel in het gezicht. Hij droeg een geur van rook en turf en minder bekende uitwasemingen. Hetzel was alleen op de weg en weer voelde hij de droom over zich heen strijken... Abrupt bleef hij staan en bukte zich om de weg te bestuderen. De stukjes schelp en het grind van het wegdek waren niet aangestampt of gerold, zoals hij had gedacht; ze waren stuk voor stuk in het cement gepast en vormden een mozaïek. Hetzel keek om en toen vooruit naar Hondstad. Er was een reusachtige hoeveelheid werk in deze weg gestoken.

Twee hoge spilbomen rezen boven de weg uit en vormden een poort waardoor Hetzel Hondstad betrad. De Laan der Verloren Zielen werd breder en mondde uit in een plein waarvan het centrum was ingericht als park. Hier stonden bosjes donkerrode heesters, Cyperische toorts en bloeiende gele acacia. Onder de watergroene hemel en tegen het sombere woeste land van het noorden vormden de rode en citroengele en gouden kleuren een contrast dat een verademing betekende. De gebouwen rond het plein hadden alleen een prettig haveloos uiterlijk gemeen. Hout, mergel, pleister, verglaasde aarde, bakstenen, alles was aanwezig en de constructies waren even uiteenlopend als de mensen die zich hier op de grens van het Bereik gevestigd hadden. De winkels verkochten geïmporteerd voedsel, ijzerwaren en allerlei andere zaken. Er waren vier of vijf cafés, een gelijk aantal hotels met een meer of minder fatsoenlijke naam, een paar kantoren van exporteurs van Gomaz artikelen, een verzekeringsagent, een kapperssalon, een handelaar in energie. Een betrekkelijk indrukwekkend gebouw van glinsterend roze beton was in twee kantoren verdeeld. Op het ene hing een bord met:

◄ VREEMDELINGENVERKEERSBUREAU VAN MAZ ►
Informatie, Excursies, Accommodaties in het Binnenland

Beter bekend, dacht Hetzel, als het reisbureau van Hondstad. Het belendende kantoor zag er meer ingetogen uit en hierin was volgens een onopvallende plaat gevestigd:

ONDERNEMINGEN BYRRHIS
Ontwikkeling en Promotie

Hetzel blikte in het reisbureau en zag daar een soortgelijke groep toeristen als hij in het Triskelion had ontmoet, of misschien dezelfde. Ze dromden tegen de balie aan en praatten met een knap, melancholiek kijkend meisje met donker haar dat hun vragen beantwoordde met een bekoorlijk mengsel van gereserveerdheid, montere humor en hoffelijkheid.

Hetzel ging erbinnen en wachtte terwijl hij met een half oor luisterde.

"— zeven herbergen," zei het meisje. "Allemaal op dramatische plekken gesitueerd en heel gerieflijk. Dat hebben ze me althans verteld; ik ben er zelf nog nooit geweest."

"Wij willen zo graag het *echte* Maz zien," deelde een van de vrouwen mee. "De plaatsen waar de toeristen niet komen. En we zouden zo dolgraag een van hun oorlogen willen zien. Niet dat wij bloeddorstig zijn of zo, o nee, maar het moet verschrikkelijk opwindend zijn!"

Het meisje glimlachte. "Voor zo'n spektakel kunnen wij echt niet zorgen. In de eerste plaats zou het gevaarlijk zijn. De Gomaz zijn een heel trots volk. Als ze toeristen zagen, zouden ze even ophouden met hun oorlog en de toeristen vermoorden. Daarna gaan ze door met de oorlog."

"Hmmf. Nou, wij zijn niet echt toeristen. Wij zien onszelf graag als reizigers."

"Natuurlijk."

Een man vroeg: "Hoe staat het met die herbergen? Als de Gomaz zo gevoelig zijn, dan is het misschien gevaarlijk om buiten Hondstad te komen."

"Dat valt wel mee," zei het meisje. "Eigenlijk zien de Gomaz ons Gaianen helemaal niet, tenzij wij iets doen dat ze ergert, precies zoals u zich niet stoort aan vogels in een boom."

"Kunnen we niet naar de kastelen van de Gomaz toe? Zoals dat daar op de foto?"

Het meisje schudde glimlachend haar hoofd. "Dat is niet te doen. Maar sommige van onze herbergen zijn gebouwd in oude Gomaz kastelen en die zijn echt heel comfortabel."

Hetzel bekeek de affiches:

Krijgers marcheren naar de strijd op de Tusz Tan Steppe
De vliegers van het Korasmuskasteel zwenken en duiken
Kasteel Kish bij zonsondergang
Conclaaf van de edellieden van Jerd

Toen richtte hij zijn aandacht weer op het meisje, dat niet minder boeiend was dan de afbeeldingen. Op het eerste gezicht had zij hem tenger en broos geleken, maar bij nader inzien concludeerde hij dat zij een speelse tuimelarij wel zou verdragen. Hij ging een paar stappen naar de balie toe. Het meisje keek hem even aan met een flitsende glimlach. Betoverend, vond Hetzel.

"...alle zeven herbergen, als u de tijd heeft. Wij zorgen natuurlijk voor het vervoer."

"Maar kunnen wij niet zelf een luchtwagen huren?"

"Niet zonder een gids van ons. Het zou echt niet veilig zijn, en bovendien mag het niet van de Triarchie."

"Nou, we zullen erover denken. Wat is het beste café in Hondstad — het meest typische en schilderachtige?"

"Ze verschillen niet veel van elkaar. Probeert u de Laatste Kans eens, daar aan de overkant van het plein."

"Dank u." De toeristen vertrokken.

Het meisje keek Hetzel aan. "Ja meneer?"

Hetzel liep naar haar toe. "Ik weet niet goed wat ik u wil vragen."

"U moet toch iets te vragen hebben."

"De situatie is als volgt. Een vriend van mij heeft wat geld gekregen, en nu wil hij het beleggen. De vraag is: waar?"

Het meisje lachte ongelovig. "En u wilt *mijn* advies horen?"

"Jazeker. Onconventionele ideeën zijn het best, omdat niemand anders ze nog gehad heeft. Stel u voor dat ik u een miljoen SWE in de hand stopte. Wat zou u ermee doen?"

"Ik zou een kaartje hier vandaan kopen," zei het meisje. "Maar dat is niet wat uw vriend bedoelt."

"Laat ik het zo zeggen: hoe kan iemand hier op Maz geld beleggen in de hoop er winst op te maken?"

"Dat is een heel probleem. De enige mensen in Hondstad die geld lijken te verdienen zijn de herbergiers."

"Ik denk aan een onderneming op grotere schaal, in de orde van grootte van Istagam. Trouwens, waar zou ik de directeur van Istagam kunnen vinden? Ik zou hem graag om advies vragen."

Het meisje keek hem even aan met een eigenaardige blik die Hetzel niet kon interpreteren. "Daarvan weet ik niets," zei zij.

"U bent toch op de hoogte van het bestaan van Istagam?"

"Ja, maar dat is dan ook alles. Waarom praat u niet eens met Vv. Byrrhis? Hij weet veel en veel meer van zulke dingen dan ik." Ze keek naar de verbindingsdeur tussen de twee kantoren. "Maar ik geloof niet dat hij nu aanwezig is."

"Wat voor ondernemingen drijft Vv. Byrrhis? Of is hij makelaar?"

"Vv. Byrrhis heeft bij bijna alles een vinger in de pap: het reisbureau, de herbergen in het binnenland, de luchtwagenverhuur. Voor de Triarchie verzorgt hij ook het transportbedrijf van Maz."

"Wat is dat?"

"Een verzameling oude luchtbussen die de Gomaz naar Axistil brengen en weer terug naar hun kastelen. Het werkt gratis want de Gomaz zouden er geen gebruik van maken als ze moesten betalen."

"Dan hebben de Gomaz zich dus niet aangepast aan een geldeconomie."

"Ze hebben zich aan niets aangepast." Het meisje pakte een brochure van een plank die ze Hetzel aanbood. Hij las de titel: *De krijgers van Maz.* "Dank u," zei hij. "Wanneer verwacht u Vv. Byrrhis terug?"

"Ik weet het niet. Hij komt en hij gaat. U kunt altijd opbellen."

Een nieuwe groep toeristen kwam het reisbureau in en Hetzel vertrok. Op zijn gemak liep hij rond het plein en keek in de etalages, en ten slotte ging hij de Laatste Kans binnen voor een beker bier. Hier dacht hij na over wat hij tot dan te weten was gekomen. Dat was niet veel en het liet zich eenvoudig samenvatten:

1. Sir Estevan Tristo spande zich enorm in om terloopse bezoekers te ontlopen.
2. Als Vv. Byrrhis niet direct bij Istagam betrokken was, wist hij er vrijwel zeker alles van wat de moeite van het weten waard was.
3. Het meisje achter de balie van het reisbureau was niet iemand die je in een nederzetting op de grens van het Bereik zou verwachten.

Hetzel legde de brochure die hij van het meisje had gekregen op tafel. Op de kaft was een schets afgedrukt met het onderschrift: *Een vlieger van Kasteel Korasmus.* De Gomaz stond op een borstwering met vleugels van twijgen en vliezen op zijn rug bevestigd. De tekstregels luidden: *Onder gunstige omstandigheden kan de Gomaz vlieger opstijgen in de zware lucht van Maz. Zijn vleugels laat hij klapwieken door met zijn benen te schoppen en met zijn armen de voorste ribben te bewegen. Maar in het algemeen duikt de vlieger uit de hoogte neer om zijn vijand aan te vallen.*

Hetzel las dat de Gomaz een oeroud ras waren met een cultuur die misschien al een miljoen jaar statisch was. Ze hadden een min of meer antropomorfe verschijning maar verder was de overeenkomst met de mens gering. Het skelet, deels intern en deels extern, bestond uit een taai, buigzaam, kiezelhoudend kraakbeenweefsel dat versterkt was met vezels van calcium-magnesium-carbofosfaat dat bij blootstelling aan de lucht verhardde tot een stevige witte chitine. Dit materiaal bedekte hun hoofd en vormde drie kammen die door elke stam in kenmerkende patronen van pennen, uitsteeksels en weerhaken werden gesneden.

Als individu viel de Gomaz vooral op door zijn onberekenbare gedrag. Hij was listig, levendig, en zijn belangrijkste drijfveer was zijn persoonlijke behoeftebevrediging. Maar in dit opzicht weerspiegelde hij slechts het karakter van zijn stam, waarmee hij telepathisch verbonden was. Hij was de stam en de stam was hem. Zolang de stam leefde, kon de krijger niet sterven. Vandaar zijn absolute onbevreesdheid. En zo werd de Gomaz krijger in menselijke ogen een paradoxaal wezen, omdat hij zijn persoonlijke onafhankelijkheid wist te verzoenen met een absolute vereenzelviging met een sociale configuratie.

De Gomaz kenden drie soorten oorlogen: oorlogen van haat, die het minst vaak voorkwamen; oorlogen van rivaliteit, uit economische noodzaak of om territoriale aanspraken; en oorlogen die de xenologen en journalisten niet konden nalaten 'oorlogen van liefde' te noemen. De Gomaz waren monoseksueel en vermenigvuldigden zich door zygoten te implanteren in de lijken van verslagen vijanden, schijnbaar tot beider vervoering, die de overwinnaar nog vergrootte door een knobbeltje op te eten van een klier in de nek van de verliezer. Deze klier leverde het hormoon *chir* op dat in de kleuters de groei prikkelde en in de volwassen krijger de oorlogsijver stimuleerde. De gedachte aan *chir* overheerste het leven van de Gomaz. De kleuters aten bij hun speelgevechten de *chir* op van degenen die ze verslagen en gedood hadden; bij de gevechten van de volwassenen gebeurde hetzelfde en zo werden de krijgers geëxalteerd, onoverwinlijk en begiftigd met een mysterieus soort *mana*; wellicht bevruchtte het *chir* de zygoten.

De Gomaz gebruikten een paar glyfen en symbolische voorwerpen, maar kenden geen geschreven taal en hun kennis van de wiskunde was uitermate primitief. Hun telepathisch vermogen kreeg de schuld hiervan.

Geison Weirie, de afvallige Gaiaan, had Maz zestig jaar tevoren ontdekt en hij had een strijdmacht van Gomaz krijgers gerekruteerd om als stoottroepen te gebruiken tegen zijn geboorteplaneet Sercey. De Gomaz begrepen al heel vlug wat ze met Gaiaanse wapens allemaal konden doen. Ze onderwierpen Weirie en zijn bende huurlingen en gebruikten hen voor hun eigen doeleinden. Ze kaapten een vloot van oorlogsschepen en stormden het heelal in om het te veroveren. Hun strooptochten voerden hen naar de tot dan onbekende rijken van de Liss en de Olefract. Uiteindelijk verwoestten gezamenlijk optredende legers van de drie ruimtemachten de Gomaz vloot, namen Geison Weirie gevangen, bouwden het Expositorium en sloten hem daarin op en stationeerden samen een repressieve instantie op Maz om toekomstige erupties te voorkomen. De Gomaz hervatten hun oude bestaan. De Triarchie liet hen koud.

Hetzel bladerde verder door de brochure. Hij zag lijsten van de stammen, beschrijvingen van hun eigenaardigheden en plaatsaanduidingen van hun kastelen op een kaart van Maz. De taal die de Gomaz gebruikten in samenhang met emotionele sleutels of kleuringen die telepathisch werden overgebracht, bestond uit fluittonen, knarsende klanken en piepgeluiden waar de geest en het oor van de Gaiaan niet uit wijs konden. Men communiceerde met de Gomaz via micronische vertalers.

De Gomaz hadden maar weinig verschillende wapens. Een stok van een meter die vastgemaakt was aan een bola van drie meter die nuttig was bij het vangen van de vijand; tangen die bediend werden met bewegingen van de onderarm; harpoenen met drie flexibele weerhaken; een kort zwaard. Elitekrijgers gebruikten vleugels om te zweven en te duiken; bij de zeldzame gelegenheden dat er een kasteel bestormd moest worden, bouwden de Gomaz belegeringsmachines die heel vernuftig in elkaar zaten. Ze maakten gebruik van wagens die getrokken werden door tamme reptielen en hun dieet bestond uit substanties die verzameld of geoogst werden door de kleuters, die al het werk van de stam deden.

Hetzel stak de brochure in zijn zak en bestelde nog een kroes bier. Aan de bartender vroeg hij: "Kunt u schatten hoeveel plaatselijke inwoners voor Istagam werken?"

"'Istagam'? Wie is dat?"

"De Fabricagecompagnie Istagam."

"Nooit van gehoord. Vraag maar aan Vv. Byrrhis aan de overkant; hij weet alles."

Toen hij zijn bier op had ging Hetzel naar buiten. Het advies van de bartender had wel verdienste, en als Byrrhis er nog niet was kon hij altijd nieuwe vragen stellen aan de schoonheid in het reisbureau.

Toen hij de deur van Ondernemingen Byrrhis probeerde, ging deze tot zijn lichte verrassing open. Hetzel trad binnen.

Achter een bureau zat een telefonerende man met een vierkant, stevig gezicht en sluike zwarte manen met een scheiding in het midden. Boven zijn oren was zijn haar recht afgeknipt in de stijl die in zwang was op de planeten van de Fayencestroom. Byrrhis' neus was lang en recht; zijn ogen waren klein en bedaard; zijn kin was zwaar. Hij droeg een wijd groenfluwelen hemd met borduursel, een paars en geel gestreepte corduroy broek en een ragfijne sjaal van witte zijde met een knoop aan de zijkant van zijn hals. Hij was luchtig, bijna feestelijk gekleed. Hij keek vriendelijk en zei met een zachte en prettige stem in de telefoon: "...denk er ongeveer hetzelfde van... Precies. Ik heb een bezoeker; ik bel je nog terug."

Byrrhis stond op en maakte een beleefd groetend gebaar. "Wat kan ik voor u doen?"

Hetzel vond dat Byrrhis nogal abrupt een eind aan het telefoongesprek had gemaakt. "Eerlijk gezegd: ik weet het niet. Ik heb het verzoek gekregen me te verdiepen in de mogelijkheid om hier te investeren, en het zou natuurlijk kunnen dat u zulke informatie liever geheim hield."

Byrrhis aanvaardde het grapje met een glimlach. "In het geheel niet. Voor investeringen is hier eenvoudig niet veel toekomst. De toeristen-business is niet overweldigend en zal wel niet veel groter worden. Het nieuwtje van Maz is er een beetje af."

"Hoe staat het met import en export? Zouden de Gomaz Gaiaanse goederen willen kopen?"

"Wat wij ze mogen verkopen willen ze niet hebben. Wat zij wel willen hebben, mogen wij niet invoeren. Dan is er nog de kwestie van de betaling. Ze kunnen nergens mee betalen, behalve met wat huisnijverheid en oorlogshelmen. Een operatie op grote schaal maakt hier niet veel kans."

"Hoe staat het met Istagam? Dat schijnt het goed te doen."

Byrrhis antwoordde vlot: "Daar weet ik niets van. Het schijnt een soort overslagbedrijf te zijn. Maz heft natuurlijk geen belastingen en dat zou van grote betekenis kunnen zijn voor een nieuwe zaak die nog moeite heeft om het hoofd boven water te houden."

"Dat zou kunnen. Hoe is de situatie met mineralen?"

"Niet noemenswaardig. De Gomaz halen wat ijzer uit de moerassen maar die afzettingen zijn wel ongeveer uitgeput. Ze delven het al een miljoen jaar. In wezen is Maz een versleten planeet."

"Valt er handel te drijven met de Liss? Of de Olefract?"

Byrrhis grinnikte zuur. "Maakt u een grapje?"

"Natuurlijk niet. Handeldrijven is normaal, vooropgesteld dat beide partijen ervan kunnen profiteren."

"De Liss zijn zo xenofobisch dat het een obsessie voor ze is. Van de Olefract snapt niemand wat. Met de Gomaz handelen is makkelijker — veel makkelijker. Heeft u goed naar de weg naar het Plaza gekeken? De Kish en de Dyaden stuurden er vijfduizend kleuters heen en de weg was binnen drie weken klaar. We hebben ze betaald met lucht-banden voor hun wagens. Maar je kunt op Maz geen geld verdienen door wegen aan te leggen. Als ik geld had om te investeren, dan zou ik naar Vaire op Lusbarren gaan en haakvis ophalen. Heeft u enig idee wat ze in Banacre per pond opbrengen?"

"Ik weet wel dat ze duur zijn. Ik schat een SWE of twee per pond."

"Het scheelt niet veel. En op Vaire, net buiten de kust van Dal, zwemmen ze in hele scholen rond."

"Het is iets om te onthouden. Ik heb gehoord dat u de luchtwagen-verhuur drijft."

"Dat klopt. Een zielig zaakje overigens, met al het onderhoud en het geringe aantal vlieguren en de directieven van de Triarchie. Er is net weer een nieuwe regel uitgevaardigd. Ik mag geen luchtwagen meer verhuren zonder voorafgaande toestemming van de Triarchie. Een paar toeristen vonden het nodig om het kasteel van de Disik te bezoeken en ze hebben het er maar net levend afgebracht."

Hetzel zette een bedenkelijk gezicht. "Heb ik een vergunning van Sir Estevan Tristo nodig om een luchtwagen te mogen huren?"

"Juist."

"Ik zal er vanavond nog een halen, als u mij zijn huis wilt wijzen."

"Ha ha! Zo makkelijk legt u geen zout op Sir Estevans staart. Zijn officiële plichten vervult hij alleen in het Triskelion."

"Ik heb niet zo'n haast. Nog een vraag: waar kan ik Casimir Wuld-fache vinden?"

Byrrhis' gezicht werd ijskoud. "Die meneer ken ik niet." Hij keek op zijn horloge. "Het spijt me, ik heb een afspraak."

Hetzel stond op. "Dank voor uw inlichtingen." Hij ging het plein op. Het reisbureau was verlaten en het meisje was naar huis — waar dat ook mocht zijn. Hetzel begaf zich weer naar de Laan der Verloren Zielen. De zon ging spoedig onder. Khis vertoonde zich als een matte oranje vonk laag in het troebele westen en het Plaza was schemerdonker en een beetje eng. Het kostte Hetzel geen moeite om zich voor te stellen dat hij een geest was die over een dood land dwaalde...De zaken waren vandaag niet helemaal naar wens verlopen. Hij was gedwongen geweest vragen te stellen en zich daardoor bloot te geven als een nieuwsgierig man. Als Istagam onwettig was, moest hij de organisatie rillingen hebben bezorgd en dan lag een reactie wel voor de hand. Geweld tegen zijn persoon kon hij niet uitsluiten. Eenzaam op het Plaza voelde hij zich geïsoleerd en kwetsbaar. Hij versnelde zijn pas. Voor hem doemde het Expositorium op. De gevangenen waren niet duidelijk te zien. In de buurt ervan stonden twee donkere gedaanten. Ze keken naar Hetzel, maar deden geen poging hem iets in de weg te leggen. Liss? Olefract? Gomaz? Gaianen? In het slechte licht viel niets met zekerheid te zeggen.

Omdat hij niets beters te doen had maakte Hetzel lang werk van zijn avondeten. Toen hij op het punt stond de eetzaal te verlaten kwam er een magere man in een pak van zachte gabardine binnen. Hetzel nam hem een ogenblik of wat op en liep toen naar zijn tafel. "Mag ik even bij u komen zitten?"

"Jazeker."

"U bent de hoteldetective?"

De man in het grijs glimlachte flauw. "Ligt dat er zo dik op? Mijn officiële titel is 'bedrijfsleider bij nacht'. Mijn naam is Kerch."

"Ik ben Miro Hetzel."

"Miro Hetzel...Ergens heb ik die naam eerder gehoord."

"Misschien wilt u een paar vragen voor me beantwoorden. Discrete vragen, vanzelfsprekend."

"Misschien krijgt u ook discrete antwoorden."

"Ik houd mij bezig met een entiteit — een vereniging, een bedrijf, een groep — die de naam Istagam draagt. Heeft u deze naam ooit horen noemen?"

"Nee, ik geloof het niet. Wat is het doel van deze 'entiteit'?"

"Blijkbaar gebruikt Istagam de ruimtehaven van Axistil om gecompliceerde en kostbare machines naar het Bereik te exporteren. Er werd op gezinspeeld dat Maz zou kunnen fungeren als depot of expeditie-pakhuis voor buiten het Bereik geproduceerde goederen."

"Van zo'n onderneming weet ik niets. Het hotel neemt het grootste deel van mijn tijd in beslag."

"Werkelijk!" zei Hetzel. "En het Beyranion lijkt volmaakt vredig."

"Dat is het ook, momenteel. Maar ga maar na: een wandeling van slechts tien minuten scheidt onze cliënten van de bevolking van Hondstad-Buiten. Staat er iemand van te kijken als de vossen af en toe het kippenhok overvallen? Ik raad u aan uw kostbaarheden in de kluis van het hotel te stoppen — vooral als u in de dependance logeert, wat onze kwetsbaarste afdeling is."

"Dat zal ik zeker doen," zei Hetzel. "Maar u neemt toch voorzorgen?"

"Zeker. Onze opsporingsinstrumenten worden goed onderhouden en de dief wordt meestal wel gegrepen."

"En dan?"

"Dan komt er een onderzoek. Het schuldige individu krijgt een raadsman toegewezen, die een voorlopig onderhoud heeft met de officier van justitie. Vervolgens wordt hij berecht en veroordeeld. Hij mag beroep aantekenen tegen de uitspraak, waarbij eventuele verzachtende omstandigheden zorgvuldig gewogen worden, waarna er een gepaste straf wordt opgelegd."

"Dat lijkt een heel gedoe voor een kleine omgeving als dit."

"Nee hoor," zei Kerch. "Al deze functies zijn in mij verenigd. Ik onderzoek, ik klaag aan, ik veroordeel, ik vonnis, ik voltrek het vonnis en soms executeer ik de misdadiger. De hele zaak kost vaak niet meer dan vijf minuten."

"Dat klinkt als een heel efficiënte en afdoende procedure," zei Hetzel. "Mag ik een fles wijn bestellen om gezamenlijk soldaat te maken?"

"Waarom niet?" zei Kerch. "Ik bevind mij in plezierig gezelschap en voor drank bestaat er geen betere gelegenheid."

Hoofdstuk IV

HETZEL RECAPITULEERDE de mogelijkheden aangaande Istagam.

I. Istagam vervaardigde zijn producten:
    1. Binnen het Gaiaanse Bereik.
    2. Buiten het Gaiaanse Bereik.
    3. Op de planeet Maz.

II. Istagam was:
    1. Onwettig.
    2. Wettig maar heimelijk.
    3. Wettig, en de leiders stonden onverschillig tegenover zowel geheimhouding als bekendheid.

III. De leiders van Istagam:
    1. Zouden zich met hand en tand verzetten tegen onderzoekingen.
    2. Zouden misleiding en bedrog gebruiken om onderzoekingen te belemmeren.
    3. Stonden onverschillig tegenover onderzoekingen.

Hetzel dacht na over de mogelijke combinaties van de geopperde denkbeelden in de hoop dat hij op een handelwijze zou stuiten die op alle mogelijkheden kon worden toegepast, en dat gebeurde ook inderdaad. Hij ontdekte dat hij eigenlijk niets kon doen behalve wachten op de volgende zitting van de Triarchie, wanneer hij Sir Estevan Tristo zou spreken.

Ondertussen, ervan uitgaand dat de veronderstellingen I-3, II-1 en III-1 wel correct zouden zijn, mocht hij aannemen dat de leiders van

Istagam enigszins onrustig waren geworden en daar moest hij zich naar gedragen.

Drie dagen lang genoot Hetzel van zijn rust. Hij ontbeet in zijn zit-kamer, at 's middags in de tuin van het Beyranion en begaf zich voor zijn avondmaal naar de eetzaal van het hotel. Hij slenterde over het Plaza, keek over de grens naar de sectoren van de Liss en de Olefract, verkende Hondstad, en bleef voortdurend attent op de inblazingen van zijn onderbewustzijn. Een of twee keer kwam hij in de verleiding om Hondstad-Buiten te gaan bekijken, maar hij moest bekennen dat als er ergens reëel gevaar bestond, dan was het daar.

Op de noordwesthoek van het Plaza stond het station van Maz-transport. Volgens Kerch kon iedereen gratis mee, maar je mocht niet uitstappen bij de kasteelhaltes. Bovendien moest de avontuurlijke pas-sagier bereid zijn om de onaangename geur van de Gomaz te verdragen. De luchtbussen gingen niet snel, de verbindingen waren omslachtig en de stoelen hard. Hetzel kwam op het idee dat de piloten van de lijn misschien wel belangrijke inlichtingen konden verschaffen. De mid-dag voor de Triarchie bijeenkwam ging hij naar de landingsplaats en wachtte tot er een bus landde.

Er stapten drie Gomaz uit — struise opperhoofden met capes van zwart leer en gevlochten koorden gemaakt van groene veren. Ze droe-gen gietijzeren oorlogshelmen met drie rijen stekelkammen die hun eigen kammen van wit bot accentueerden. Prachtige, verschrikkelijke wezens, dacht Hetzel terwijl hij ze nakeek. Je kon ze beslist beter als bondgenoot hebben dan als vijand: op dit denkbeeld was de Triarchie gebaseerd. Elke groepering van de drie was bevreesder voor een samen-zwering dan voor de Gomaz zelf.

De piloot weigerde zelfs naar Hetzels vragen te luisteren. "Vraag maar bij het reisbureau," zei hij. "Zij weten er alles van. Ik heb het druk en ik ben al laat. Sorry."

Hetzel haalde zijn schouders op. Zonder een bepaald doel voor ogen liep hij over de Laan der Verloren Zielen naar Hondstad. Misschien hield het meisje in het reisbureau op dit tijdstip op met werken en als hij haar op straat tegenkwam, wie wist wat er dan niet het gevolg kon zijn?

Het flintertje klatergoud dat de dwergster Khis was, verdween achter een laag visgraatwolken met een grijsgroene kleur tegen de groene hemel en het licht was vrij slecht. Daarom herkende Hetzel de man die uit het kantoor van Byrrhis kwam niet meteen. Hij staarde naar hem, holde toen naar de man toe terwijl hij riep: "Casimir! Casimir Wuldfache!"

De man — was het Wuldfache? — reageerde helemaal niet. Hij sloeg de weg naar Hondstad-Buiten in en toen Hetzel bij de hoek arriveerde, was hij nergens meer te zien.

Hetzel ging terug. Het reisbureau was vanbinnen donker en de deur van Byrrhis' kantoor zat op slot. Op zijn kloppen deed niemand open.

Hetzel liep weer naar zijn hotel.

De volgende ochtend was de zitting van de Triarchie en daarna kwam het onderhoud — de confrontatie? — met Sir Estevan Tristo.

Hetzel werd in het donker wakker. Hoe laat was het? Middernacht? De groene maan Oloë, een enorme, vrijwel volle ellipsoïde, vulde bijna het hele raam. Waardoor was hij wakker geworden?

Hij peilde zijn geheugen: een knagend geluid, een zwak gekras dat dreigend aandeed… Hij luisterde. Het was doodstil. Nu hoorde hij een bijna onhoorbare zucht. Hetzel spande zich in om helemaal helder te worden. De lucht leek muf, rook een beetje bitter. Hij zwaaide zijn benen uit bed, wankelde door de slaapkamer naar de zitkamer. Ook hier had de lucht een bittere geur. Hij holde naar de deur, maar die wilde niet open. Op zijn gevoelloos lijkende benen strompelde hij naar het raam aan de achterkant. Hij gooide het open. De wind van het open land blies hem in het gezicht. Hij hapte naar adem, zoog zijn longen vol. Duizelig steunde hij op de vensterbank.

Toen hij wakker werd lag hij in bed. Het vroege zonlicht viel schuin door het raam binnen en op een stoel bij het bed zat een verpleegster. Hetzel voelde aan zijn hoofd. Het bonsde en hij had hoofdpijn. De herinnering aan het gebeurde vloeide terug in zijn geest. Wat was het geweest? Gifgas? Slaapgas? Een poging tot moord? Diefstal? Wraak?

De verpleegster boog zich naar hem toe en hield een beker voor zijn mond. "Kunt u dit opdrinken? Dan voelt u zich beter."

Hetzel dronk de beker leeg en knapte er inderdaad wat van op. Hij spande zijn ogen in om te zien wat zijn horloge te melden had. Dit was de dag dat de Triarchie zitting hield... Met een schok realiseerde hij zich hoe laat het was en hij schoot overeind in zijn bed. De verpleegster protesteerde. "Vv. Hetzel, alstublieft, u moet rusten!"

"Nee, het is belangrijker dat ik naar het Triskelion ga. Waar zijn mijn kleren?"

De verpleegster repte zich naar de telefoon terwijl Hetzel zijn stijve armen en benen in zijn kleren wrong. Kerch verscheen in de kamer. "U schijnt nog te leven."

"Ja, dat wel. Ik moet naar het Triskelion."

"Rustig maar. Bent u daar wel toe in staat?"

"Niet helemaal. Wat is er gebeurd?"

"U bent met gas bewerkt. Ik weet niet wat voor soort. Ze kwamen uw kamer in en daardoor ging het alarm af, maar ze zijn ontkomen door het raam aan de achterkant van het gebouw. Bent u kostbare dingen kwijt?"

"Mijn geld ligt in de brandkast van het hotel, samen met het merendeel van mijn papieren. Mijn portefeuille is weg, met een paar honderd SWE en wat documenten. Niets van belang."

"Dan bolt u."

Hetzel bette zijn gezicht met koud water en dronk nog een beker van het brouwsel van de verpleegster. Toen haalde hij een paar maal diep adem. Het gebons in zijn hoofd was minder geworden. Wel voelde hij zich nog slap en moe, maar het kon ermee door. Misschien was diefstal het motief van de nachtelijke overval geweest, maar misschien had iemand willen voorkomen dat hij de zitting van de Triarchs bijwoonde. Jammer voor de aanvallers. Hun buit was niet overvloedig en hij ging toch. Wat laat, dat wel, maar hij zou er zijn. Hij verzekerde Kerch en de verpleegster dat hij het wel zou overleven en toen begon hij op een drafje aan de oversteek van het Plaza. Na een paar meter ging hij over op een normaler tempo.

Het Triskelion torende boven hem uit. Hetzel keek op zijn horloge. Als de zitting stipt op tijd begon, was hij te laat. Hij liep de drie treden op, over het bordes en toen hij de kristallen deur wilde openduwen, schoof deze plotseling opzij en Hetzel werd uit de weg gestoten door een woedend naar buiten komende Gomaz krijger. Hetzel ving een glimp op van een vertrokken gezicht van glanzend bot en zwarte optiekbollen met een laaiende ster erin; hij rook de zure geur van het wezen en toen was het hem stampend gepasseerd met rinkelende kettingen en medailles en marcheerde de krijger met grote stappen over het Plaza. Hetzel keek hem na. Hij meende een van de drie opperhoofden te herkennen die de vorige middag uit de bus waren gekomen. Waar waren de anderen? Vreemd, vond Hetzel. Waarom gedroeg het wezen zich zo nijdig?

Toen hij in de hal aankwam hing daar een sfeer van spanning en opwinding. Bij het Gaiaanse segment van de receptie stond een lijkbleke en bevende Vvs. Felius terwijl de jongeman voorovergebogen naar een wenteltrap tuurde.

Hetzel ging naar ze toe. "Ik wou de zitting bijwonen," zei hij tegen de jongeman. "Ik hoop dat ik niet te laat ben."

Vvs. Felius barstte in een verstikt, bijna hysterisch gelach uit. "Te laat, ha ha! Te laat is het zeker! De zitting gaat niet door, nooit meer! Ze zijn allemaal vermoord!"

De jongeman mompelde: "Kom, kom, Vvs. Felius, beheers u."

"Nee, Vv. Kylo, laat me begaan, het is allemaal zo vreselijk."

"Wat is er gebeurd?" vroeg Hetzel. "Wie is er vermoord?"

"De Triarchs — allemaal! Arme Sir Estevan, ach, arme man!"

Vv. Kylo zei geërgerd: "Wacht toch even, we weten niet eens wat er nu echt gebeurd is! Daar komt kapitein Baw. Hij moet het weten."

Vvs. Felius riep uit: "Kapitein Baw, o kapitein Baw! Wat is er in hemelsnaam gebeurd?"

Kapitein Baw bleef bij de balie staan. Zijn vollemaansgezicht was roze en hij keek vastberaden. "Een moordaanslag, dat is er gebeurd."

"O, kapitein Baw, wat ellendig! En wie —?"

"De Liss en de Olefract — allebei neergeschoten, en ook twee Gomaz."

"Ah! Allemaal vreemden. Maar hoe is het met Sir Estevan?"

"Ik kon hem nog waarschuwen; hij liet zich achter zijn bureau vallen en is op het kantje af gespaard."

"De goden zijn geprezen!" riep Vvs. Felius met rollende ogen. "Ik offer duizend pastilles aan de Heilige Boog!"

Vv. Kylo zei: "Offer ze maar aan kapitein Baw; hij schijnt de held te zijn geweest."

"Ik heb alleen mijn plicht gedaan," verklaarde de kapitein. "Al gebeurde het tien keer per dag, dan deed ik het nog."

"Een ding is nog onduidelijk," zei Hetzel. "Wie was de moordenaar?"

Met gefronste wenkbrauwen nam kapitein Baw hem van top tot teen op. Hun vorige ontmoeting was hij blijkbaar vergeten. Toen hij geen overdadige kledij en geen aristocratische kentekenen zag, begon hij een kortaangebonden antwoord te formuleren, maar toen merkte hij dat Hetzel hem kalm aankeek met zijn heldere grijze ogen. Hij schraapte zijn keel en antwoordde tamelijk wat eerbiediger dan hij van plan was geweest: "De moordenaar was een jonge Gaiaanse idioot — en gegriefde vagebond, een sektariër, een cultist. In mijn welwillende onschuld liet ik hem de zaal in en nu kunt u zich mijn spijt wel voorstellen!"

"Och, ik heb zelf met die man gesproken!" riep Vvs. Felius uit. "Stel je voor! Om pure wroeging van te krijgen! Hij droeg geen fatsoenlijke tekens, maar hij zag er ook zo verward uit dat je die toch niet zou kunnen zien. Brutaal als een baron vroeg hij naar Sir Estevan, en ik stuurde hem naar kapitein Baw. Hemel, hij had ons allemaal wel kunnen vermoorden!"

"En wat is er van deze waanzinnige cultist geworden? Is hij opgesloten?"

Kapitein Baw zei korzelig: "Hij is ontsnapt. Die zit al lang veilig in Hondstad-Buiten."

Vv. Kylo gaf nogal tactloos uiting aan zijn verwondering. "Ontsnapt? Terwijl u pal naast hem stond?"

Kapitein Baw blies zijn wangen op en staarde voor zich uit. "Ik bevond mij niet vlak naast hem. Ik was op weg naar Sir Estevan. Na de schoten heerste er verwarring en eerst dacht ik dat het de Gomaz waren, totdat ik zag dat twee ervan dood waren. Toen het zover was zat de moordenaar al halverwege Hondstad, de vervloekte boef. Wees maar niet bang, we zeven hem er wel uit, of regelen zijn overlijden. Ik verzeker u dat hij er niet zo makkelijk afkomt."

"Een trieste gebeurtenis," zei Hetzel. "Aangezien ik Sir Estevan dringend moet spreken, zie ik hem het liefst nu meteen in plaats dat ik weer op een nieuwe zitting van de Triarchs moet wachten."

Vvs. Felius zei hooghartig: "Sir Estevan is natuurlijk veel te geschokt om nu iemand te ontvangen."

"Waarom vraagt u het Sir Estevan zelf niet? Ik denk dat hij kloekmoediger is dan u gelooft."

Vvs. Felius wendde zich af en sprak een paar woorden in een rooster. Ze luisterde naar het bijna onverstaanbare antwoord en zei toen triomfantelijk tegen Hetzel: "Sir Estevan ontvangt vandaag niemand. Het spijt me."

Hetzel stond op het brede bordes en vroeg zich af wat hij verder zou doen. Hij had niet bijzonder veel zin om iets te doen. Hij was nog slap van zijn nachtelijk avontuur, zijn keel was rauw en zijn hoofd leek met zijn ademhaling mee op te zwellen en in te krimpen. Had hij een dosis slaapgas binnengekregen? Of moordgas? Dat wilde hij wel graag weten. De implicaties en mogelijkheden waren nog niet te overzien en het was nog te vroeg om zich er het hoofd over te breken.

Hij daalde af naar het Plaza en ging in de richting van het Beyranion. Hij passeerde het Expositorium en kreeg opeens het idee dat hij de apathische gezichten moest inspecteren. Maar geen ervan leek op dat van Casimir Wuldfache. Het verraste hem natuurlijk niet, vooral niet als de man die hij de vorige avond had gezien inderdaad Wuldfache was geweest.

Hetzel liep verder. Op een bank zat een haveloze jongeman in gerafelde kleren en met afgetrapte halfhoge laarzen. Zijn slordige blonde haar en een baard van enige weken verzachtten zijn geprononceerde en te grove gelaatstrekken, maar wisten zijn woedende en van haat vervulde uitdrukking niet te camoufleren. Hetzel bleef staan om de jongeman te bekijken, wat hem een ziedende blik opleverde.

Hetzel vroeg: "Mag ik deze bank met u delen?"

"Doe wat je niet laten kunt."

Hetzel nam plaats. De man rook naar zweet en vuil. "Mijn naam is Miro Hetzel."

De jongeman antwoordde alleen met een zuur gegrom. Hetzel vroeg: "En u bent…?"

"Daar heb je niets mee te maken." Na een enkel ogenblik flapte hij eruit: "Wie bent u? Wat moet u van me?"

"Zoals ik zei ben ik Miro Hetzel. Wat ik met u wil? Misschien alleen een paar minuten conversatie."

"Ik heb geen zin om met u te praten."

"Wat u wilt. Maar het is misschien nuttig voor u als u weet dat iemand wiens signalement overeenkomt met dat van u, zojuist een ernstige misdaad heeft gepleegd. Tenzij de werkelijke dader al gearresteerd is, kunt u zich beter voorbereiden op onaangename ervaringen."

Even leek het alsof de jongeman geen antwoord zou geven. Toen vroeg hij met een hese stem: "Bent u van de politie? Zo ja, zoek uw misdadiger dan ergens anders."

"Ik ben niet in dienst van de politie. Mag ik u naar uw naam vragen?"

"Gidion Dirby."

"Heeft u zojuist een bezoek aan het Triskelion gebracht?"

"Zo zou je het kunnen noemen."

"Heeft u tijdens dit bezoek twee Triarchs gedood?"

Gidion Dirby zei met een verwonderde stem: "Twee Triarchs? Welke twee?"

"De Liss en de Olefract."

Dirby lachte zacht en ging onderuit zitten.

"Het nieuws schokt u niet," merkte Hetzel op.

"Het was de bedoeling dat ik de Gaiaan doodde," zei Dirby. "Het plan mislukte. Na al dat werk, na al die moeite..."

"Hoe meer u verklaart, hoe minder ik ervan begrijp," zei Hetzel. "Een eenvoudige vraag: waarom heeft u zich dan niet aan dit gecompliceerde plan gehouden, maar de vreemden gedood in plaats van Sir Estevan?"

"Wat denkt u wel? Ik heb niemand gedood. Niet dat ik dat niet graag zou doen."

Hetzel zei peinzend: "Het signalement van de moordenaar — een heftige, vuile en wilde man — verschilt niet zo erg van het uwe."

Gidion Dirby moest weer lachen. Het was een schor, snijdend geluid. "Er kunnen er geen twee van mij zijn. Soms twijfel ik zelfs of er een is."

Hetzel waagde een schot in het duister. "Istagam heeft u oneerlijk behandeld."

Dirby hield op met lachen. "Istagam? Waarom Istagam?" Hij leek bezorgd en verward.

"U weet het niet?"

"Natuurlijk niet. Ik weet helemaal niets."

Hetzel kwam tot een besluit. Hij stond op. "Kom met mij mee. In het Beyranion kan kapitein Baw aan geen van ons beiden eisen stellen."

Dirby verroerde zich niet. Hij keek wazig over het Plaza en toen naar Hetzel. "Waarom?"

"Ik wil uw verhaal in een samenhangende vorm horen, vooral wat uw contacten met Istagam betreft."

Brommend stond Dirby op. "Ik heb niets beters te doen."

Ze liepen naar het Beyranion.

Hoofdstuk V

Toen ze de suite binnenkwamen wees Hetzel zijn gast waar de badkamer was. "Was je en gooi je kleren in de vuilkoker."

Dirby mompelde iets, maar maakte niet echt bezwaar. Terwijl hij zich verfriste belde Hetzel om een kapper en schone kleren.

Na verloop van tijd stond Gidion Dirby schoon, geschoren, geknipt en in nieuwe kleren gestoken in de kamer. Alleen zijn mokkende uitdrukking was gebleven. Hetzel inspecteerde hem met enige goedkeuring. "Je bent een ander mens geworden. Je zou nu zonder risico terug kunnen gaan naar het Triskelion en Vvs. Felius kunnen vermoorden."

Gidion negeerde het lugubere grapje. Hij bestudeerde zichzelf in de spiegel. "Zo heb ik mezelf al heel lang niet gezien — ik weet niet hoelang. Maanden, denk ik."

Kelners met een dienwagentje kwamen de tafel dekken en zetten spijs en drank klaar. Gidion deed geen moeite om zijn grote eetlust te verbergen en hij dronk meer dan een halve fles groene wijn.

Na een poos vroeg Hetzel: "Wat zijn heel in het algemeen je plannen?"

"Wat heb je aan plannen? Ik heb geen plannen. De politie zoekt me."

"Misschien doen ze dat niet al te ijverig."

Gidion keek opeens verrast op. "Waarom zegt u dat?"

"Is het niet vreemd dat iemand onder het oog van kapitein Baw twee Triarchs kon vermoorden en toen zonder problemen weg kon rennen? Het kan natuurlijk zijn dat ik kapitein Baws competentie overschat."

"Ik ben geen moordenaar," zei Gidion effen. "Waarom heeft u mij hiernaartoe genomen?"

"Ik stel belang in Istagam. Ik wil weten wat jij me kunt vertellen. Zo eenvoudig is het."

"Maar het is niet zo eenvoudig. U bent een politiefunctionaris?"

"Nee."

Nu werd Dirby sarcastisch. "Een filantroop. Een liefhebber van vreemde gebeurtenissen."

"Ik ben bewerkstelliger," zei Hetzel.

"Het maakt toch niets uit. Ik heb geen geheimen." Hij nam een grote slok wijn. "Goed, ik zal u vertellen wat mij overkomen is. Geloof me of niet; het doet er niet toe. Ik kom uit Thrope op de planeet Cicely. Mijn vader heeft een landgoed op een van de noordelijke eilanden — Huldice, als u Cicely toevallig kent. Het is een stille omgeving waar nooit iets gebeurt behalve het binnenhalen van de oogst en de hussade-kampioenschappen, en zelfs onze hussade gaat heel statig toe en wij ontbloten de sheirls niet, jammer genoeg...Om kort te gaan, ik groeide op met een hang naar het zwerversleven en toen ik van de universiteit van Dagglesby af kwam, nam ik een baan aan bij de Blauwe Pijllijn als supercargo. In Woldenhaven op Arbello namen we lading voor Maz in — misschien wel deze wijn die we nu drinken."

"Deze wijn niet. Dit is Medlin-Esterhazy van Sint Wilmin."

Met een ongeduldige handbeweging vervolgde Gidion: "We losten op de ruimtehaven daarginds en namen een lading kisten in. Ze waren bestemd voor Istagam in Twisselbaan op Tamar."

"Twisselbaan? En daar heb je Casimir Wuldfache ontmoet? Of Carmine Daruble?"

"Ik ontmoette geen van beiden. We losten er en toen ging ik naar de Lusthoven in de stad, waar ik een beeldschoon meisje met donker haar en een prachtige zachte stem tegenkwam. Ze heette Eljiano. Ze was net aangekomen uit het binnenland, vertelde ze. Ik werd verliefd op haar en van het een kwam het ander en twee dagen later werd ik wakker zonder geld en zonder Eljiano. Toen ik eindelijk op de ruimtehaven wist te komen, was mijn schip al lang vertrokken.

"Er kwam een man naar me toe die vroeg of ik vlug veel geld wilde verdienen. Ik vroeg: 'Hoe vlug en hoeveel?' Dat was mijn tweede vergissing. De eerste was in de Lusthoven. De man zei dat hij Banghart heette en dat hij aan smokkelen deed. Nou, ik had geld nodig, en ik zei ja. We laadden een oud lijk van een schuit vol kisten zonder opschriften en het hadden best dezelfde kisten kunnen zijn die we van Maz hadden meegenomen. Alleen waren ze een stuk zwaarder. Maar ik wist dat Istagam er ergens iets mee te maken had. Banghart maakte me niets wijzer.

"We vertrokken met de ouwe schuit en na een poosje hingen we bij een planeet met een rare oranje stralenkrans eromheen. Banghart zei dat het Dys was, waar ik nooit van had gehoord. We laadden in het maanlicht uit op een eiland in een moeras."

"Dys heeft geen stralenkrans," zei Hetzel.

Gidion ging er niet op in. "Banghart naderde de planeet heel voorzichtig, en ik geloof dat hij op een teken wachtte, want van het ene moment op het andere vielen we als een steen naar de nachtzijde. We landden dus op een eiland in een moeras en de hele nacht lang waren we bezig met de hand uit te laden onder een enorm grote volle maan, zo groen als een grasbei."

"Dys heeft geen maan," zei Hetzel.

Gidion knikte. "We waren hier op Maz. Toen het ruim leeg was, vertelde Banghart me dat ik moest blijven om de lading te bewaken en dat ik daarna een nieuwe opdracht zou krijgen. Ik klaagde, maar voorzichtig, want ik had eigenlijk geen been om op te staan. Dus ik zei: 'Ja meneer Banghart, nou en of meneer Banghart, ik zal deze lading enorm goed bewaken.' Het schip steeg op. Ik wist zeker dat ik vermoord zou worden, dus ik klom gauw in een boom en verstopte me tussen de takken.

"Ik begon na te denken. Ik keek naar de maan en toen begreep ik dat ik weer op Maz was. In de kisten moesten wel wapens voor de Gomaz zitten. Ik snapte wel dat het er voor mij niet best uitzag. Als de Gomaz me te pakken kregen maakten ze me dood; als de patrouille van de Triarchie me ving, zouden ze me inmetselen op de bovenste verdieping van het Expositorium.

"Het licht van de maan was te zwak en te groen om iets te zien. Ik bleef in de boom tot het licht werd. Toen klom ik eruit. De lucht was bewolkt en het was bijna even duister als 's nachts, maar ik zag wel een pad dat door het moeras liep met planken over de ergste plekken.

"Maar zelfs toen aarzelde ik nog. Banghart had me opgedragen dat ik de lading moest bewaken, en ik was doodsbang voor hem. Ben ik nog steeds. Erger nog. Ik beleefde een paar kleine avontuurtjes, maar niets ernstigs en ten slotte kwam ik op droog land. Langs de oever liep een stenen muur. Zo langzamerhand leek niets meer vreemd. Het pad leidde naar een poort in de muur en hier stond een man te wachten en begint het een waanzinnig verhaal te worden. Ik ben niet waanzinnig, denk daaraan, maar alleen wat mij overkwam was waanzinnig. Die man was heel lang en even knap als de Avatar Gisrod. Hij droeg een witte toga en een witte tulband en een sluier van wit gaas met zwarte parels erop. Hij leek me te verwachten. Ik zei: 'Dag meneer, kunt u me de weg naar de beschaving wijzen?'

"Hij zei: 'Maar natuurlijk. Kom hierheen.' Hij bracht me naar een tent. 'Wacht hierbinnen maar.'

"Ik zei dat ik net zo lief buiten wachtte, maar hij wees gewoon naar de tent. Ik ging erin en meer herinner ik me niet. Die mooie jongen moet verdoofgas bij de hand gehad hebben." Gidion slaakte een droevige zucht.

"Ik kwam bij in een grote kale kamer. Er zaten geen deuren of ramen in. De vloer was twaalf passen lang aan de ene kant en veertien en een half aan de andere. Het plafond was hoog. Ik kon het amper zien. Ik moet twee of drie dagen bewusteloos zijn geweest. Mijn baard was gegroeid en ik voelde me slap en had enorme dorst. Er waren een stoel en een tafel en een bed, allemaal van ruw hout gemaakt, maar ik was niet zo kieskeurig." Dirby pauzeerde. "Wat vindt u er tot zover van?"

"Daar heb ik nog niet over nagedacht. Zo op het oog lijkt er geen verband te bestaan tussen de verschillende stadia."

Gidion kon een verbeten grijns niet onderdrukken. "Juist. Waar is het begonnen? Toen ik van de universiteit kwam? Toen ik voor het eerst op Maz kwam? In de Lusthoven? Toen ik Banghart ontmoette? Of is dit altijd al mijn lot geweest? Dat is een uiterst belangrijke vraag."

Hetzel zei: "Misschien ben ik niet opmerkzaam genoeg…"

Dirby toonde geen ongeduld. "Het punt is… Maar nee. Ik zal gewoon verder gaan met mijn verhaal. Een absurde geschiedenis, vindt u ook niet?"

Hetzel schonk de glazen weer vol. "Mogelijk ligt er een patroon in dat wij nog niet zien."

Gidion haalde zijn schouders op ten teken dat het hem om het even was. "Ik keek om me heen. Het licht kwam uit twee hoge lampen. De muren waren van wit plastic. De vloer was bedekt met een grijs materiaal. Aan de ene kant van de kamer stond een platform dat tot mijn middel kwam en een meter twintig breed was — een toneel, met aan elke kant een deur ernaast. Op de tafel stond een kruik. Er leek water in te zitten en ik dronk ervan. Het water had een vreemde smaak en na een paar minuten stond ik dubbelgeklapt van de maagkrampen. Ik concludeerde dat ik vergiftigd was en ik rekende erop dat ik doodging. Maar in plaats daarvan gaf ik over, keer op keer, totdat ik te zwak was om ermee door te gaan. Toen kroop ik naar het bed en viel in slaap.

"Toen ik wakker werd voelde ik me beter. De kamer zag er nog net hetzelfde uit, behalve dat iemand zo vriendelijk was geweest de kots op te ruimen. En op de tafel naast de kruik stond een foto van de Mooie Jongen. Maar er knaagde iets aan mijn geheugen. Was ik wel in dezelfde kamer? De muren waren lichtgeel in plaats van wit. Ik stond op, en ik had nog steeds honger en dorst. Op het toneel zag ik een blad met brood, kaas, fruit en een glas bier. Ik keek er eens naar. Misschien was het vergiftigd, net als het water. Ik merkte dat het me niets kon schelen. Ik werd net zo lief vergiftigd als dat ik doodhongerde. Ik pakte het brood en de kaas. Ze waren van rubber. Het bier was een soort gelei. Op de bodem van het bierglas ontdekte ik een foto van een man die tegen me knipoogde — Mooie Jongen.

"Ik besloot stoïcijns te doen. Iemand zat me te beloeren — een idioot, een sadist, of Mooie Jongen, of alle drie. Ik zou hem zijn plezier niet gunnen. Ik liep naar de stoel en ging zitten. Ik kreeg een elektrische schok. Heel waardig ging ik naar het bed. Dat was drijfnat. Toen ging ik op de tafel zitten. Een paar minuten later keek ik weer naar het toneel en het blad was verplaatst. Nu zag het er anders uit. Ik bleef nog even rustig zitten, toen stond ik op mijn gemak op om het eens te gaan onderzoeken. Deze keer was het eten echt. Ik nam het mee naar de tafel en begon te eten. Zonder dat ik erbij nagedacht had, was ik op de stoel gaan zitten. Zodra ik het me herinnerde, verwachtte ik een nieuwe schok. Maar er gebeurde niets. En zo kreeg ik tijdens mijn hele verblijf mijn eten. Soms was het echt, meestal niet. De tussenpozen waren onregelmatig. Ik wist nooit wanneer ik te eten zou krijgen." Gidion lachte triest. "Toen de kelners nu het eten binnenbrachten, verwachtte ik half en half dat het van rubber zou zijn. Het zou me niets verbaasd hebben."

"Zo te horen ben je het slachtoffer geweest van een zorgvuldig uitgevoerde, systematische pesterij."

"Noem het wat u wilt. De streek met het eten was nog niets vergeleken met wat er verder gebeurde. Na een poos dacht ik er nauwelijks meer over na. Een schok heb ik nooit meer gekregen. Al die tijd verwachtte ik het wel. En na die kruik water kreeg ik nooit meer vergif.

"Toen ik die eerste keer klaar was met eten, keek ik naar de achtermuur, die blauw was. Ik wist zeker dat alle muren geel geweest waren. Ik begon me af te vragen of ik toch niet gek was. De muren bleven van kleur veranderen — maar nooit als ik ernaar keek. Wit, geel, groen, blauw, soms bruin of grijs. Aan bruin en grijs kreeg ik al gauw een hekel, want vaak — maar niet altijd — betekende het dat er iets vervelends ging gebeuren."

"Een hele vreemde gang van zaken," mijmerde Hetzel. "Misschien een soort experiment?"

"Dat dacht ik in het begin. Maar later niet meer... De eerste paar dagen gebeurde er niet veel, behalve de muren die andere kleuren kregen en het rubber eten. Een keer toen ik op het bed lag, gooide het me eraf. En een andere keer stortte de stoel in. Af en toe hoorde ik geluidjes achter mijn rug, heel dichtbij — een voetstap, gefluister, gegiechel. En dan was Mooie Jongen er nog. Op een dag werden de muren grijs. Toen ik naar het toneel keek, zag ik dat er achterin een deur open was gegaan met een lange blauwwitte tegelgang en een gewelfd wit plafond erachter. Helemaal aan het eind verscheen een man. Hij droeg een kostuum van Oud-Shalko — een strakke broek van wit fluweel, een roze met blauw jasje met gouden kwasten en een brede das met ruches. Hij was lang en sterk en knap en gedroeg zich heel statig. Hij kwam naar de rand van het toneel en keek naar mij — hij keek me niet aan, maar naar mij — met een merkwaardige uitdrukking die ik niet goed kan beschrijven. Geamuseerd, verveeld, uit de hoogte. Hij zei: 'Je maakt het je hier aardig naar de zin. Veel te aardig. Daar zullen we iets aan doen.'

"Ik riep: 'Waarom houden jullie me hier gevangen? Ik heb jullie niets gedaan!' Hij stoorde zich niet aan mij. Hij zei: 'Je moet intensiever nadenken.' Ik zei: 'Ik heb nagedacht over alles waarover ik maar na kan denken.'

"Weer reageerde hij niet. 'Misschien voel je je eenzaam, misschien zou je wat gezelschap willen hebben. Ach, waarom ook niet?' En toen sprongen er een stuk of tien beesten over het toneel, een soort wezels met puntige staarten en lange tanden en spiesen uit hun ellebogen. Ze renden piepend en sissend op mij af. Ik klom op de tafel en schopte ze terug als ze sprongen. Mooie Jongen keek toe uit de deur met een doodstil gezicht — hij glimlachte niet eens. Twee of drie keer hadden de wezels me bijna te pakken. Toen gaven ze het op en begonnen door de kamer te dwalen. Als er eentje dichtbij kwam, sprong ik erbovenop en verpletterde hem en zo maakte ik ze op den duur allemaal dood. Mooie Jongen was al lang en breed vertrokken.

"Ik stapelde de dode beesten in een hoek op en ging de deur bekijken waar hij had gestaan. De muur leek massief — weer een mysterie. Maar nu waren mysteries doodgewoon geworden, een manier van leven, als het ware. Maar als Mooie Jongen wilde dat ik nadacht, dan kon hij tevreden zijn, want ik deed weinig anders.

"Ik vroeg me af waarom ze zulke bewerkelijke streken uithaalden. Wraak? Afgezien van mijn zielige heldendaadje als smokkelaar, had ik een smetteloos leven geleid. Een experiment om mij gek te maken? Dan hadden ze het veel ruwer kunnen aanpakken. Zagen ze me voor iemand anders aan? Mogelijk. Of misschien was ik in handen gevallen van een krankzinnige poetsenbakker die van rotgrappen hield. Een redelijke verklaring kon ik niet bedenken."

"En heb je Mooie Jongen later nog gezien?"

"Jazeker, en iedere keer werd de achtermuur van tevoren grijs, hoewel hij soms ook grijs werd zonder dat Mooie Jongen opdaagde. Maar er gebeurde nog meer. Dwaze, rare dingetjes. Op een dag hoorde ik een fanfare, en muziek, en er rende een troep getrainde vogels over het toneel. Ze dansten en renden in cirkels rond en sprongen over elkaar en marcheerden heen en weer. Toen verdwenen ze allemaal met een salto van het toneel. De muziek werd kattengejammer, geratel en plofgeluiden en gebons en toen hield het op. Ik hoorde een meisje giechelen, en toen was het stil. Het klonk als de stem van Eljiano, al wist ik dat dat onmogelijk kon. Toen dacht ik: onmogelijk? Niets is onmogelijk.

"Een uur later of zo gingen de lampen uit en het werd pikdonker. Een minuut of twee gebeurde er niets: toen kwam er een ontzaglijke groene lichtflits en een knal. Ik schrok en viel bijna van het bed. Ik lag in het donker op een nieuwe flits te wachten, maar na vijf minuten gingen de lampen weer gewoon aan.

"Toen begon er een cipier te komen — een vreemd wezen dat half man en half vrouw was. Zijn rechterkant was mannelijk, de linker vrouwelijk. Hij — ik noem het maar 'hij' — deed nooit een bek open en ik ook niet. Hij liep dan door de kamer, keek hier en daar, knipoogde en grijnsde, maakte een buiteling en verdween weer. Hij verscheen een keer of vijf; daarna heb ik hem nooit meer gezien. Maar op een keer werd ik wakker en zag dat er drie naakte meisjes op handen en knieën door de kamer kropen. Toen ze merkten dat ik wakker was renden ze weg. Een ervan was Eljiano — geloof ik. Ik weet het niet zeker, want ze droegen maskertjes. Omstreeks deze tijd begon mijn eten in absoluut idiote verpakkingen te verschijnen, een piepklein kommetje met een immense scheve lepel, een ketel waar vijfentwintig liter in kon die in een halve spiraal was gewrongen met een beetje kaas op de bodem, een wirwar van buizen en bollen waarin mijn drinken zat, een dienblad van een centimeter breed en een meter lang waar drie erwten op lagen. Ik vond ze eerder vermakelijk dan iets anders, al kreeg ik nooit genoeg te eten.

"De lampen gingen nog een keer uit, en ik lag op mijn bed op een nieuwe lichtflits te wachten, maar deze keer ontstonden er bij het plafond kolkende, lichtgevende gaswolken. Het gas trok op en toen kwam er een uitzicht met mijn oude huis in Thrope voor in de plaats. Dat veranderde in andere beelden van de omgeving en toen weer andere, die ik niet herkende. Al deze beelden waren vervormd, ze beefden en sidderden en kronkelden allemaal. Toen verscheen mijn eigen gezicht, en de bovenkant van mijn hoofd. Twee handen met een zaag haalden mijn schedeldak eraf en daar zag ik mijn hersens. Er verscheen een heel klein naakt meisje. Ik geloof dat het Eljiano was. Ze klauterde over de rand van mijn schedel en rende heen en weer over mijn hersens. Ze rende weer weg, het beeld veranderde in een rustig, streng gezicht — Mooie Jongen. Let wel, dit was geen droom. Mijn dromen in deze periode waren een paradijs van gewoonheid…De lampen gingen aan. Ik ging zitten en gaapte en rekte me uit alsof ik wel gewend was aan zulke visioenen. Ik was toen al tot de conclusie gekomen dat Mooie Jongen zijn best deed om me gek te maken. En dat geloof ik nog steeds."

Hetzel maakte een gebaar dat bijna alles had kunnen betekenen. Dirby keek hem gemelijk aan. "Ik kreeg nog andere incidenten te verduren. Die geluiden achter me — gefluister en gegiechel. Om de drie dagen ongeveer begonnen de lampen geleidelijk zwakker te branden en dan vroeg ik me af waarom ik zo slecht zag. Was ik bezig blind te worden? Dan lieten ze muziek horen — een simpel wijsje dat allerlei zinloze frasen doorliep of honderd keer herhaald werd. En natuurlijk was Mooie Jongen er. Hij kwam nog twee keer in de deuropening staan die op het toneel uitkwam en een keer toen ik me omdraaide stond hij bij me in de kamer. Hij droeg nu een ander kostuum — een pak van zilveren schubben, een zilveren morion met flappen naast zijn wangen, een neusbeschermer en drie zilveren pieken op zijn voorhoofd. Hij sprak tegen me. 'Hallo, Gidion Dirby.'

"Ik zei: 'Dus je weet wie ik ben.'

" 'Natuurlijk weet ik wie je bent!'

" 'Ik dacht dat je misschien een fout had gemaakt.'

" 'Ik maak nooit fouten.'

" 'Waarom hou je me dan hier?'

" 'Omdat ik dat wil.' Hij ging naar de tafel. 'Dit moet je ontbijt zijn. Heb je honger?' Hij nam het deksel van de pan en daar zat de inhoud van mijn po in — of van iemand anders zijn po. Toen ik me afwendde, keerde hij de pot hoven mijn hoofd om en vertrok door de deur aan de zijkant van het toneel.

"Ik maakte me zo goed als ik kon schoon en ging op het bed zitten. Na een poos begon ik te soezen en viel in slaap en toen ik wakker werd was ik ergens anders — een bank in de buitenlucht, voor een gebouw van ijzer en glas, en ik zag dat het het station op de ruimtehaven van Maz was. Een poos lang zat ik op verhaal te komen. Was het denkbaar dat ik vrij was? Niemand lette op me. Ik keek wat ik in mijn zakken en mijn buidel had, maar er zaten alleen een paar munten in en een zappistool, maar geen papieren.

"Er kwam een bewaker naar me toe die me vroeg wat ik van plan was. Ik zei dat ik op een schip zat te wachten. Hij vroeg om mijn papieren. Ik zei dat ik ze kwijt was. In dat geval moest ik nieuwe papieren halen bij de Gaiaanse Triarch. Ik bofte, zei hij, want de zitting begon direct en hij wees me de weg over de laan naar het Triskelion. Ik ging de hal in. Een grote beambte met een rood gezicht vroeg wat ik wilde. Ik zei dat ik dringend de Gaiaanse Triarch moest spreken. Hij nam me mee naar een zaal met drie bureaus. Er waren drie Gomaz voor mij. De veiligheidsman bracht me naar een van de bureaus en zei: 'Deze man beweert dat hij een dringende zaak met u te bespreken heeft.' Tegen mij zei hij: 'Dit is Sir Estevan Tristo. Zet de kwestie uiteen.' Maar ik kon niets uiteenzetten, want hier zat Mooie Jongen. Hij keek mij aan, en ik keek hem aan. Toen draaide ik me gewoon om en liep weg, te veel in de war om een mond open te doen. Achter me hoorde ik de geluiden van een zappistool. Ik keek om. Mooie Jongen had zich achter zijn bureau laten vallen en iedereen zat te schreeuwen. Ik zag dat twee van de Gomaz op de vloer lagen. De beambte dook op me af, maar ik sloeg hem neer en rende weg door de zijdeur. Ik kon nergens naartoe, en daarom rende ik maar naar de andere kant van het Plaza en ging op een bank zitten. En daar heeft u mij gevonden. Ik snap nu wel dat het stom was om weg te lopen. Ik had moeten blijven en de waarheid moeten vertellen. Een geheugenonderzoek zou bewezen hebben dat ik niet loog... Natuurlijk had het ook kunnen zijn dat ze me eerst doodschoten en daarna pas vragen begonnen te stellen. Misschien heb ik toch wel goed gehandeld."

"Niet helemaal," zei Hetzel. "Je had door moeten lopen naar Hondstad. Naar Hondstad-Buiten, bedoel ik. Midden op het Plaza zittend was je een makkelijk doelwit voor kapitein Baw. Zelfs een ver-warde pseudo-waanzinnige zou beter moeten weten dan uitnodigend voor het Expositorium gaan zitten poseren. Waarom ben je niet verder gegaan?"

Dirby liep rood aan en hij keek nijdig. "Ik weet het niet. Ik zag een bank en ik ging zitten. Moet ik voor alles een verklaring hebben?"

Hetzel negeerde de vraag. "Je hebt een verbijsterende ervaring ondergaan. En Sir Estevan is onmiskenbaar Mooie Jongen?"

"Ik zou zijn gezicht tussen tienduizend andere herkennen."

"En hij herkende jou?"

"Hij zei niets. Aan zijn gezicht was niets te zien. Maar hij moet me herkend hebben."

Hoofdstuk VI

HETZEL GING NAAR HET RAAM en keek naar het Plaza. Dirby liet zich onderuit zakken en staarde mokkend in zijn glas.

Hetzel draaide zich om. "Heb je het zappistool nog bij je?"

Dirby pakte het wapen en Hetzel bekeek de ladingmeter. Toen schudde hij de energiecel eruit en keek opnieuw op de meter. "Hij geeft aan dat hij geladen is, maar de cel is leeg. Er is met de meter geknoeid." Hij gooide het wapen aan de kant. "Ik veronderstel dat het de bedoeling was dat je gepakt werd. Een of meer onderdelen van het plan zijn mislukt. Je bent ontsnapt. Of het werd je toegestaan te ontsnappen."

Dirby fronste. "Wat moet ik nu doen?"

"Stuur bericht aan je vader. Vraag hem zo snel mogelijk een advocaat en een Gaiaanse commissaris te sturen. Waag je niet uit het hotel, anders kom je op terrein waar de jurisdictie van het Triskelion geldt. Als je nu berecht werd, maak je weinig kans op vrijspraak."

"Een onderzoek van mijn geheugen zou bewijzen dat ik de waarheid spreek," zei Dirby.

"Zo'n onderzoek zou bewijzen dat jij met een maniakale droom kampt waarin Sir Estevan Tristo jou het leven zuur maakt. Je zou veroordeeld worden als een misdadige gek die schuldig is aan moord."

Dirby gromde: "Dus wat er ook gebeurt, ik trek aan het kortste eind."

"Je komt nergens als je je verhaal niet kunt bewijzen."

"Uitstekend. U bent bewerkstelliger. Bewerkstellig een onderzoek."

Hetzel wachtte even voor hij antwoordde. "Ik heb andere verplichtingen. Misschien komen die met jouw zaak in botsing. Aan de andere kant zou ik hetzelfde werk misschien twee keer kunnen verkopen, wat meegenomen is. Ik neem tenminste aan dat je mij zult willen betalen?"

Dirby keek op met een nogal onaangename honende blik. "Waarmee? Ik bezit geen rooie zink*. Als u zich daar zorgen om maakt, kan ik een wissel uitschrijven op de bank van mijn vader, die hij zeer zeker zal honoreren."

"Daar zullen we het later nog over hebben. Maar eerst moeten we het met elkaar eens worden. Ik verplicht mij alleen tot een onderzoek. Ik neem niet de taak op mij je onschuld te bewijzen, en ook zal ik je niet verdedigen. Iemand anders zal je juridisch moeten helpen. Ga je daarmee akkoord?"

Dirby haalde onverschillig zijn schouders op. "Wat u maar wilt. Ik kan moeilijk anders."

"Ken je toevallig een zekere Casimir Wuldfache? Nee? En Carmine Daruble? Ik had graag dat je een foto bekeek..." Hetzel herinnerde zich weer dat zijn portefeuille met wat geld en de foto van Wuldfache gestolen was. "Het maakt niet uit."

Er ging een zoemer over. Hetzel liep naar de deur en opende hem. Buiten stonden twee mannen, een gewichtige en smetteloos geklede heer die Hetzel herkende als de bedrijfsleider van het hotel en Kerch, de veiligheidsman.

"Ik ben Aeolus Shult, directeur van het Beyranion," zei de grote man met een droge, precieze stem. "Dit is Nello Kerch, onze beveiligingsfunctionaris. Mogen wij binnenkomen?"

Hetzel ging opzij. Shult en Kerch traden binnen. Hetzel zei: "Mag ik mijn gast voorstellen: Vv. Gidion Dirby."

Shult weigerde voorgesteld te worden. Kerch knikte Dirby achteloos toe. "Ik ben hier in verband met Vv. Dirby," zei Shult. "Helaas moet ik hem vragen het pand ogenblikkelijk te verlaten."

"Wat een vreemde eis," zei Hetzel.

"Zeker niet. Ik heb bericht gekregen dat Vv. Dirby een ernstige misdaad heeft gepleegd, te weten de moord op twee dignitarissen. Het Beyranion mag geen wijkplaats voor misdadigers worden."

---

* Een munt met de tegenwaarde van een manminuut, en het honderdste deel van een SWE. De Gaiaanse tijd is gebaseerd op de standaarddag van de Aarde en wordt onderverdeeld in vierentwintig uur in navolging van een oude traditie. Een minuut is het honderdste deel van een uur; een seconde het honderdste deel van een minuut.

"Maar Vv. Dirby is geen misdadiger," zei Hetzel. "Hij heeft mij verteld dat hij onschuldig is aan wandaden. Bovendien is hij geen indringer, maar mijn gast."

Shult begon halsstarrig te kijken. "Kapitein Baw van de Gaiaanse Veiligheidsmacht heeft uitdrukkelijk verklaard dat hij Vv. Dirby heeft geïdentificeerd als de moordenaar."

"De verwarring wordt steeds groter. Kapitein Baw heeft mij verteld dat hij alleen de schoten hoorde. Wie heeft de dader dan geïdentificeerd?"

"Kapitein Baw is niet in details getreden."

"Maar details zijn juist de kardinale punten van de kwestie. Er waren nog verscheidene andere personen aanwezig toen de moorden plaatsvonden, waaronder drie Gomaz, van wie er twee gedood zijn."

"Hierover kan ik geen oordeel uitspreken," zei Shult. "Kapitein Baw wacht in mijn kantoor; hij staat erop dat ik Vv. Dirby aan hem uitlever."

"Daarmee zou u een zeer gevaarlijk precedent scheppen," zei Hetzel. "Wilt u soms dat kapitein Baw om de paar dagen een van uw gasten komt opeisen die om de een of andere reden de Triarchs heeft geërgerd? Of de Liss autoriteiten? Of de Olefract? Zij hebben dezelfde rechten als kapitein Baw."

Kerch zei: "Vv. Hetzel heeft in dit opzicht volkomen gelijk."

Shult kneep zijn lippen samen. "Vanzelfsprekend wil ik niets van dien aard zien gebeuren. Maar mijn verantwoordelijkheid strekt zich alleen uit tot de cliënten van het hotel."

"Ik heb al gezegd dat Vv. Dirby mijn gast is."

"Maar hij is niet als zodanig ingeschreven."

"Dat is onbelangrijk. Ik heb een suite genomen, ik heb niet betaald voor de verblijfsduur van één persoon en ik mag net zo veel gasten binnenhalen als ik wil. Nu is er nog een punt waar u niet aan gedacht heeft. Het Triskelion is een aparte entiteit, en niet onderworpen aan de Gaiaanse wet. Het hotel is daarentegen wel degelijk onderworpen aan de Gaiaanse wet. Vv. Dirby's schuld aan wat dan ook is niet bewezen. Als u hem uitlevert aan kapitein Baw en hij lijdt daardoor schade, dan stelt u zich bloot aan een eis tot schadevergoeding en een boete van misschien tien of twintig miljoen SWE. U klost over uitermate dun juridisch ijs."

Nu vertoonde Shult tekenen van nervositeit. Hij keek even naar Kerch, die alleen zijn schouders ophaalde. "Allemaal goed en wel, maar ik kan toch geen moordenaar huisvesten."

"Wie zegt dat hij een moordenaar is?"

"Nou... kapitein Baw."

"Ik stel voor dat u kapitein Baw vraagt zijn getuigen bijeen te roepen en zijn bewijsmateriaal te verzamelen en alles hier te brengen, dan kunnen wij beslissen of Gidion Dirby schuldig of onschuldig is. Zelfs dan bent u nog niet verplicht om Baw te gehoorzamen. Wij staan hier op Gaiaans grondgebied; daarginds geldt een gezamenlijke jurisdictie van drie rassen, van wie er twee vreemd zijn. In geen geval mag u zich laten intimideren door kapitein Baw."

Aeolus Shult slaakte een diepe zucht. "Er zit wel iets in wat u zegt. Wij moeten altijd handelen naar de regels van het Gaiaanse recht." Hij groette Hetzel somber en vertrok met Kerch.

Na een poos deed Dirby zijn mond open. "Zo... ik zit dus gevangen in het hotel."

"Totdat je bewijst dat je onschuldig bent."

Dirby verviel tot een koppig zwijgen. Een kwartier later ging de bel van de telefoon. Hetzel drukte de geluidsknop in. Op het scherm verscheen het delicate theerozengezicht van Sir Estevan Tristo's blonde secretaresse. "Hetzel hier."

"Dit is het kantoor van de Gaiaanse Triarch. Sir Estevan Tristo spreekt zijn spijt uit dat hij u eerder vandaag niet heeft kunnen ontvangen, maar hij heeft nu tijd en verzoekt u een bezoek aan zijn kantoor te brengen."

"Nu?"

"Als het u gelegen komt."

Hetzel dacht na. "Verbind mij alstublieft met Sir Estevan."

"Een ogenblik, meneer. Wilt u zo goed zijn op uw beeldknop te drukken?"

"Zodra Sir Estevan zich meldt."

"Zoals u wenst, meneer."

Even later toonde het toestel een mannengezicht met scherpe trekken. Dirby kwam dichterbij en staarde er aandachtig naar. Hij knikte tegen Hetzel. "Dat is Mooie Jongen."

Hetzel drukte de beeldknop in. Sir Estevan zei: "U bent Vv. Miro Hetzel, die zich vanochtend in het Triskelion vervoegde?"

"Die ben ik, meneer."

"Ik zou u nu graag ontvangen, als het u schikt."

"Dat is vriendelijk van u. Ik moet echter nog een ander punt in mijn overwegingen betrekken."

"U doelt op Gidion Dirby?"

Hetzel knikte. "Ik wil graag een gesprek met u hebben, maar ik voel er niets voor om opgepakt te worden zodra ik het Beyranion uitkom en te worden vastgehouden op een of andere valse aanklacht. Als dat de bedoeling was, dan had ik liever dat u mij hier kwam opzoeken."

Sir Estevan glimlachte koud. "Ik zal het even opnemen met de commandant."

Het scherm werd grijs. Hetzel schakelde de geluidsverbinding uit en keek naar Dirby. "Dus dat is Mooie Jongen."

Dirby knikte. "Zijn haar zit anders. Hij draagt het deftiger."

"En zijn stem?"

Dirby aarzelde. "Die is een beetje anders. Eigenlijk zelfs totaal anders."

"Heb je erover nagedacht dat die twee keer dat je Mooie Jongen van dichtbij zag, hij eerst een sluier droeg en de tweede keer een helm die een groot deel van zijn gezicht bedekte? De andere keren stond hij in een deuropening in een stuk van de muur waar geen deur was."

"Wat wilt u daarmee zeggen?"

"Dat jij Mooie Jongen vooral als een geprojecteerd beeld hebt meegemaakt, en dat de stem misschien niet eens zijn eigen stem was."

Dirby trok een gezicht. "Zodat Mooie Jongen daar helemaal niet was."

"Zo te horen schijnt iemand zich driftig te hebben ingespannen om jou nijdig te maken op Sir Estevan."

Dirby lachte. "En toen brachten ze me naar het Triskelion, gaven me een waardeloos pistool en wezen me Sir Estevan aan. Waarom al die moeite?"

"Er zijn twee Triarchs gedood — een Olefract en een Liss. Het zou lastiger zijn om vijandige gevoelens tegen die twee bij jou aan te kweken."

Dirby schudde zijn hoofd. "Ik snap er niets van."

"Ik ook niet," zei Hetzel. "Jij noemt hem Mooie Jongen. Ik noem hem Casimir Wuldfache."

Sir Estevan vertoonde zich weer. Hetzel zette het geluid opnieuw aan. "Ik heb overlegd met kapitein Baw," zei Sir Estevan. "Begrijpelijkerwijs is hij gebrand op informatie."

"Dat geldt voor ons allen, ook voor Gidion Dirby. Hij zou bijvoorbeeld graag weten waarom u een pot met drek boven zijn hoofd heeft omgekeerd."

Sir Estevan Tristo fronste. Hij stelde de geluidsknop bij. "Ik geloof dat ik u niet duidelijk verstaan heb."

"Geeft niet," zei Hetzel. "Ik wil alleen uw verzekering dat als ik het hotel uitga, ik niet lastiggevallen word."

"Als u onze wetten schendt, of dat al gedaan heeft, moet u de gevolgen dragen. Maar kapitein Baw zegt dat u, voor zover hij weet, niets heeft gedaan dat niet door de beugel kan."

"Dan heb ik uw uitdrukkelijke verzekering dat ik niet gearresteerd word?"

"Niet tenzij u een misdaad pleegt."

"Goed," zei Hetzel. "Ik zal het riskeren."

Hoofdstuk VII

HETZEL LIEP OVER HET PLAZA naar het troebele silhouet van het Triskelion. Hij zag geen personen in het blauw met groene uniform van de Gaiaanse Veiligheidspatrouille en toen hij bij zijn bestemming arriveerde, besteedde de dienstdoende officier van de wacht geen aandacht aan hem. Kapitein Baw was niet in de buurt.

Hetzel ging naar het Gaiaanse deel van de receptie. Zoals gewoonlijk waren de segmenten van de Liss en de Olefract verlaten. Vv. Kylo, die in zijn eentje dienst had, bracht Hetzel naar een deur aan de andere kant van de hal. Hier belandde Hetzel in een wachtkamer waar Sir Estevans knappe secretaresse achter een bureau zat. De telefoon deed het meisje geen recht. Haar kleur was exquis, vond Hetzel — lichtblond haar als winters zonlicht, een huid als rozenblaadjes, tere gelaatstrekken, bijna al te verfijnd, alsof ze uit een zeer oude familie van estheten en aristocraten stamde. Ze was misschien iets te gevoelig, kieskeurig en nauwgezet voor Hetzels smaak, en wellicht had ze ook geen gevoel voor humor, maar als kunstwerk was ze een bijzonder geslaagde verfraaiing van Sir Estevans kantoor.

"Vv. Hetzel? Gaat u mee, alstublieft."

Sir Estevan stond op om Hetzel te begroeten. Hij was lang en maakte een strenge indruk, maar was ook onmiskenbaar een knappe man. Hij leek ouder dan Casimir Wuldfache. Van dichtbij verwaterde de sterke gelijkenis iets.

Sir Estevan wees naar een stoel en ging zitten. "U bent voorzichtig, op het geobsedeerde af."

"Kapitein Baws ijver dwingt tot deze obsessie," zei Hetzel.

Sir Estevan vergunde zich een glimlachje. "Ik meen dat u zei dat Gidion Dirby uw cliënt is?"

"Geenszins. Zijn situatie interesseert me, en ik treed informeel op als zijn adviseur. Hij is niet mijn cliënt. Dit onderscheid is belangrijk."

"Kende u hem vroeger al?"

"Ik heb hem vandaag voor het eerst ontmoet. Zijn netelige situatie boeide mij en het relaas dat hij doet wekte mijn beroepsinteresse op."

"Aha. Mag ik vragen wat uw beroep is?"

"Ik ben bewerkstelliger, in bepaalde richtingen gespecialiseerd. Eigenlijk ben ik een dilettant. Ik red jonkvrouwen in nood, ik onderneem boeiende missies, ik speur naar verloren fortuinen."

"En in welk van deze categorieën valt Gidion Dirby?"

"Een jonkvrouw in nood is hij niet," zei Hetzel. "Toch probeer ik hem te beschermen tegen zijn vijanden."

Sir Estevan lachte ijzig. "En wie beschermt die vijanden tegen Gidion Dirby?"

"Daarover wil ik met u spreken. Ten eerste, gelooft u dat hij de moordenaar is?"

"Ik zie geen andere mogelijkheid, en kapitein Baw ook niet. Vraag het hem; hij zat er met zijn neus bovenop."

"U heeft niet gezien dat Dirby zijn wapen afschoot?"

"Nee. Kapitein Baw belemmerde mijn uitzicht. Ik hoorde de schoten; ik zag twee Gomaz sterven en toen liet ik me op de grond achter mijn bureau vallen. In wezen heb ik helemaal niets gezien."

"U heeft Vv. Dirby niet gezien?"

"Niet duidelijk."

"Herkende u hem toen u zijn gezicht op de telefoon zag?"

"Nee, hij is voor mij een vreemde."

"Waarom zou hij — of wie dan ook — de Triarchs proberen te vermoorden?"

Sir Estevan ontspande zich. "Ik neem aan dat de moordenaar krankzinnig was en is. Een andere verklaring is er niet. Het was een volslagen zinloze daad."

"Zou de overlevende Gomaz de dader kunnen zijn?"

Sir Estevan schudde zijn hoofd. "Het ligt niet in de aard van de Gomaz om een moord te plegen. Zij doden om hun eigen privéredenen — 'lusten' zou een toepasselijker woord zijn. Verder zijn ze niet gewelddadig of moordlustig, tenzij men ze lastigvalt."

"U heeft blijkbaar een grondige studie van de Gomaz gemaakt."

"Vanzelfsprekend; waarom ben ik immers hier?"

"Delen de Liss en de Olefract uw belangstelling?"

Sir Estevan zei met een schouderophalen: "Wij hebben weinig contact met elkaar. En zeker geen informele gesprekken. De Liss zijn achterdochtig en vijandig; de Olefract verachtelijk en vijandig. Maar dat is geen reden om hun Triarchs te doden."

"Hoe zullen zij dit opvatten?"

"Als redelijke wezens, vermoed ik. Als Dirby gestoord is, zullen zij de moorden aanvaarden als de daad van iemand die niet goed bij zijn verstand is."

"Aannemende dat Dirby de dader is."

"Er is geen andere mogelijkheid."

"Kapitein Baw was ook aanwezig."

"Bespottelijk. Waarom zou hij zoiets doen?"

"Waarom zou Gidion Dirby het doen?"

"Uit waanzin."

"Misschien is Baw waanzinnig."

"Onzin."

Hetzel wees naar een deur. "Leidt die naar de Triarchische zaal?"

"Ja."

"Had uw secretaresse die deur voortdurend in het oog?"

"Ze zou het zeker hebben gezien als iemand daar op mij stond te schieten."

"Misschien had zich iemand in deze kamer verstopt?"

"Onmogelijk. Ik was een kwartier te vroeg. Er was niemand."

"Welnu...wat zegt u van uzelf?"

Sir Estevan grijnsde koel. "Ik heb liever dat de schuld op Gidion Dirby wordt geschoven, of op de Gomaz, of zelfs op Baw."

"En de Gomaz — waarom waren die hier?"

"Ze kregen de kans niet om het uiteen te zetten."

"Zal de dood van twee Gomaz geen problemen opleveren? Overvallen? Demonstraties?"

"Waarschijnlijk niet. De Gomaz zijn telepathisch verbonden met het gemeenschappelijk bewustzijn van hun stam en ze maken zich niet druk om de dood. Dat is een factor van hun vechtlust." Sir Estevan wierp een brochure op zijn bureau. "Lees dit als u belang stelt in de Gomaz."

"Dank u." De brochure droeg als titel: *De Gomaz krijgers van SJZ-BEA-1545 (Maz)* en was samengesteld door het Hannenborg Instituut voor Xenologisch Onderzoek. Hetzel bekeek het diagram op de voorkant. "Tweehonderdnegenentwintig septs. De Gomaz die u vanochtend kwamen opzoeken — van welke stam waren die?"

"Ubaikh." Sir Estevan knipte ongeduldig met zijn vingers "U bent toch niet gekomen om over de Gomaz te praten."

Hetzel wilde al over Istagam beginnen, maar besloot te wachten. Het zou verstandig kunnen zijn om een vergunning voor een luchtwagen te vragen met een andere reden dan het onderzoek naar Istagam. "Momenteel houd ik mij bezig met Gidion Dirby en zijn buitengewone situatie."

"Wat is er zo buitengewoon aan?"

"Ik had graag dat u het uit zijn eigen mond hoorde. Zou u even mee willen gaan naar het Beyranion?"

"Ik hoor de essentie ervan liever hier."

"Gidion Dirby verklaart dat hij gevangen is gehouden en onderworpen is aan een groot aantal fantastische streken; u was de grote poetsenbakker en maakte een eind aan de hele geschiedenis door een po boven hem om te keren."

Sir Estevan grijnsde. "Ik ontken."

"U heeft Gidion Dirby voor vandaag nooit gezien?"

"Nooit, voor zover ik weet."

"Bent u bekend met een lange gang met blauw en wit betegelde muren?"

"Jazeker. Die gang verbindt de loggia van mijn residentie met de zitkamer. Waarom vraagt u dat?"

"Deze gang speelt een rol in Dirby's verslag. Het is natuurlijk een sterk punt."

Na een ogenblik nadenken zei Sir Estevan: "Als Dirby onschuldig is, dan moet of kapitein Baw of ik schuldig zijn aan moord. Of misschien mijn secretaresse, Zaressa, als u zich kunt voorstellen dat zij in die deur stond en een Liss, een Olefract en twee Gomaz neerknalde."

"Als Dirby onschuldig is, dan moet u, kapitein Baw, Zaressa of de Gomaz schuldig zijn. Dat vind ik ook."

"Dat zou bijzonder vervelend zijn," zei Sir Estevan, "vooral omdat de Gomaz niet op die lijst thuishoort. Het is veel beter dat een zieke fanaticus de schuld krijgt, of hij het gedaan heeft of niet."

"Misschien is Dirby het wel met dit standpunt eens," zei Hetzel, "als hij een vrijgeleide van Maz af krijgt en schadeloos wordt gesteld voor zijn lijden. Nu is hij geërgerd en ongelukkig en hij wil de feiten graag aan het licht brengen."

"Dat is natuurlijk zijn keus. Hoe denkt hij de zaak op te helderen?"

"Waarom wordt de overlevende Gomaz die erbij was niet ondervraagd?"

Sir Estevan antwoordde: "Gomaz zijn onbruikbaar als getuigen. Ze hebben niets op met onze wetten en gewoonten, nee, verachten die. Ze zeggen wat ze willen zeggen, en meer niet. Het is onmogelijk een Gomaz te dwingen en het is ook onmogelijk om een beroep te doen op zijn, laten we zeggen betere ik."

"Wat wilden ze trouwens van de Triarchie?"

"Voor ze een verklaring konden afleggen, waren ze al vermoord."

Hetzel meende hier een ontwijkend antwoord te bespeuren. "Hebben ze voor de agenda niet aangekondigd wat de bedoeling was?"

"Nee," zei Sir Estevan kortaf.

"En u weet zelf niet waarvoor ze gekomen waren?"

"Ik wil er niet naar raden."

"Vanuit Dirby's standpunt bekeken is de overlevende Gomaz een belangrijke getuige. Zo te horen zou een Gomaz, als hij getuigde, de waarheid spreken."

"De waarheid zoals hij die ziet. En dat is allesbehalve de waarheid die wij zien."

"Toch moeten wij om eerlijk te zijn aanhoren wat hij te zeggen heeft."

Na een korte aarzeling pakte Sir Estevan een tabel. Toen drukte hij een knop op zijn telefoon in. De man die antwoordde zei: "Transportbedrijf. Ja, Sir Estevan."

"Is de bus van lijn vijf op tijd vertrokken?"

"Ja meneer, een halfuur geleden."

"Hoeveel passagiers waren er aan boord?"

"Een ogenblik, meneer... Zeven: twee Kaikash, twee IJzerbuiken, een Ubaikh, een Aqzh en een Gele Helleduivel."

"Kijk even in het wachtlokaal. Zie je daar een Ubaikh?"

"Er is niemand, meneer. Iedereen is meegegaan."

"Dank u." Sir Estevan schakelde uit. "De Gomaz is terug naar zijn kasteel en moet nu onbereikbaar worden geacht."

"Niet noodzakelijk. Ik kan ter plaatse zijn als de bus aankomt en hem daar ondervragen."

"Hmm." Sir Estevan nam hem langdurig op. "Hoe wilt u met hem praten?"

"U heeft vast wel een communicator."

"Zeker. Het is een kostbaar apparaat."

"Ik zal een borg storten, als u wilt."

"Dat hoeft niet. Zaressa zal hem voor u pakken. Een luchtwagen kunt u huren bij het reisbureau in Hondstad." Hij schreef een briefje, dat hij aan Hetzel gaf. "Hier heeft u een vergunning. Ze zullen een lid van hun personeel meesturen, want dat is een voorschrift waarvan niet mag worden afgeweken. Anders komen mensen zonder ervaring in moeilijkheden. Maz is een gevaarlijke planeet en uiteraard gaat u op eigen risico. De man van het reisbureau weet waar het station van de Ubaikh is. Ga niet in de buurt van het kasteel. Dan doden ze u. In het station heeft u niets te vrezen." Hij keek weer op de tabel. "U heeft ruim de tijd. De bus arriveert pas morgenmiddag. Ik zal de registratie van het gesprek willen bestuderen, is dat afgesproken?"

"Uitstekend. Nog een ander punt…"

Sir Estevan keek op zijn horloge. "Ik kom een beetje in tijdnood."

"Ik ben naar Maz gegaan om navraag te doen naar Istagam. Mijn opdrachtgevers maken zich zorgen over Istagams lage prijzen. Ze zijn bang dat de Liss en de Olefract Maz gebruiken als centraal punt om de Gaiaanse markten te overspoelen."

Sir Estevans lippen krulden op. "U kunt ze van het tegendeel verzekeren. De Liss en de Olefract willen geen enkel contact met Gaianen, of met elkaar."

"Wie of wat is Istagam dan?"

Sir Estevan zei stijf: "Ik heb de naam horen noemen, en ik geloof dat er niet tegen de wet wordt gehandeld. Dat kunt u uw opdrachtgevers vertellen, en zij zullen hun huik naar de wind moeten hangen."

"Kunt u mij zeggen wie de directie van Istagam voert, of me iets wijzer maken over hun werkwijze?"

"Het spijt me, meneer, maar over deze zaak kan ik niet spreken."

"Waarom niet?"

"Noem het maar een gril," zei Sir Estevan. "De reden doet er niet toe. Het spijt me dat ik nu een eind aan het gesprek moet maken."

Hetzel stond op. "Ik dank u voor uw vriendelijke hulp. Het was een genoegen om met u te spreken."

"Vergeet niet mij de strook van de vertaler te brengen. Die wil ik bekijken."

"Dat zal ik zeker doen."

Kapitein Baw was een centimeter of tien langer dan Hetzel. Zijn schouders, borst en buik stonden bol van de spieren en zijn vlakke ronde gezicht keek koud en behoedzaam. Hij stond stram op toen Hetzel zijn kantoor in kwam en bleef het hele gesprek lang kaarsrecht staan.

"U bent kapitein Baw, meen ik."

"Die ben ik."

"Sir Estevan stelde voor dat ik u consulteerde om op te helderen wat er vanmorgen precies is gebeurd."

"Uitstekend, consulteert u maar."

"U was aanwezig toen de moorden plaatsvonden?"

"Dat was ik inderdaad."

"Hoe was de volgorde van de geschiedenis precies?"

"Ik bracht een man naar binnen die Gidion Dirby heette. Hij beweerde een dringende zaak te moeten opnemen met Sir Estevan. Toen ik naar voren ging om de aandacht van Sir Estevan te vragen, haalde hij een pistool tevoorschijn en opende het vuur."

"Zag u hem het pistool afschieten?"

"Hij stond achter mij, en de schoten werden achter mij gelost."

"En de Gomaz? Die stonden ook achter u."

"Gomaz mogen geen pistolen hebben."

"Neem eens aan dat een van de Gomaz nu wel een pistool had — wat dan?"

"Ten eerste: hij zou niet in koelen bloede doden. Ten tweede: hij zou zijn stamgenoten niet doden. Ten derde: hij zou niet weggaan zonder het karwei grondig af te maken."

"Wat is er met het wapen gebeurd?"

"Hierover bezit ik geen inlichtingen. Die vraag moet u aan Gidion Dirby stellen."

"Dat heb ik gedaan. Tot zijn verrassing vond hij inderdaad een zap-pistool in zijn zak. De cel was leeg en de contacten waren verroest. Het wapen was in geen maanden afgevuurd. Wat zegt u daarvan?"

Met de stem van iemand wiens geduld al lange tijd op de proef wordt gesteld, antwoordde kapitein Baw: "Meneer, het is niet mijn taak om met u te twisten. Stel uw feitelijke vragen. Daar zal ik zo goed mogelijk op antwoorden."

"U verklaart dat u niet heeft gezien dat het wapen werd afgevuurd."

Baws oogleden gingen naar beneden, zo ver dat Hetzel zich afvroeg hoe hij nog iets kon zien. "Ik zal alleen verklaren, meneer, dat de scho-ten uit de buurt van Gidion Dirby kwamen. Ik zag het uit mijn ooghoek gebeuren; mijn aandacht werd in beslag genomen door de Gomaz, die rusteloos waren geworden."

"Waarom bent u niet meteen toegesneld om Gidion Dirby gevan-gen te nemen?"

"Ik bekommerde mij in de eerste plaats om Sir Estevan. Ik verze-kerde mij ervan dat hij niet ernstig gewond was en voerde een kort gesprek met hem. Toen ging ik Vv. Dirby zoeken, maar hij was nergens meer te bekennen. Ik veronderstelde dat hij zich met bekwame spoed in veiligheid had gesteld in Hondstad-Buiten, waarover wij geen macht hebben."

"Als u zich had gehaast, had u hem vermoedelijk wel gegrepen."

"Misschien wel, meneer, maar ik had geen reden om hem te arreste-ren. Dat was het onderwerp van mijn discussie met Sir Estevan. Dirby's schoten hadden een Liss gedood op het grondgebied van de Liss, een Olefract op het grondgebied van de Olefract, en niemand heeft de moeite genomen om een wet te maken die het doden van Gomaz ver-biedt. Wij hebben geen uitleveringsverdrag met de Liss of de Olefract, en zij hebben zich ook nog niet met ons in verbinding gesteld."

"Dit lijkt me allemaal uitermate abstract," zei Hetzel. "Ik zou denken dat wanneer u een man twee Triarchs ziet vermoorden, u hem eerst gevangen zou nemen en u pas later zou bezighouden met de aanklacht."

Baw verwaardigde zich tot een flauwe glimlach. "In het Bereik zou dat een uitvoerbare procedure zijn. U begrijpt niet hoe zorgvuldig wij met de Liss en de Olefract moeten omspringen. Wij houden ons exact aan de letter van onze overeenkomst en zij doen dat ook. Alleen op die manier kunnen wij met elkaar overweg."

"En wat is dan nu de status van Gidion Dirby?"

"Wij hebben een klacht wegens wangedrag tegen Gidion Dirby uitgevaardigd, waarin staat dat hij een wapen afvuurde tijdens een officiële bijeenkomst van de Triarchie en dat hij de gang van zaken verstoorde."

"Dat is iets anders dan wat u tegen Aeolus Shult in het Beyranion heeft gezegd."

"In het Beyranion heb ik geen officiële status. Ik kan daar onofficiële taal gebruiken en onofficiële daden plegen, zoals Dirby bij zijn lurven grijpen en hem het Plaza op slepen waar ik hem zou kunnen arresteren."

"Op een aanklacht wegens wangedrag?"

"Precies."

"Welke straf staat daarop?"

"Hij moet berecht worden."

"Door wie?"

"Bij kleine misdrijven treed ik gewoonlijk op als magistraat."

"En hoe oordeelt u over Gidion Dirby?"

"Schuldig."

"En welke straf eist u?"

Kapitein Baw had nog niet zo ver doorgedacht. "Daarvoor zal ik de reglementen moeten raadplegen."

"Waarom nu niet? Ik betaal de boete wel."

Kapitein Baw maakte een bruusk gebaar. "Als u denkt dat u een of ander nietig bedrag kunt betalen uit naam van Dirby zodat hij vrijuit gaat, dan heeft u het mis."

"Daarvoor heeft u zelf al gezorgd."

Baws mond viel open van verbazing. "Wat krijgen we nu?"

"U heeft hem berecht en schuldig bevonden wegens het afschieten van een pistool in de zaal van de Triarchie en hem gevonnist. Nog geen twee minuten geleden. En of hij nu schuldig is of niet, iemand mag geen twee keer berecht worden op dezelfde aanklacht."

Kapitein Baws gezicht werd langzaam rozerood. Met een zware stem zei hij: "Deze interpretatie houdt geen steek, dat verzeker ik u."

"Dat dacht ik al."

"Er kan nog een aanklacht bijkomen, bijvoorbeeld wegens een misdadige aanval op het leven van Sir Estevan Tristo."

"Hoe kan dat? Er zijn maar vier schoten gelost, en vier individuen zijn gedood!" Het was een probeersel; Hetzel had geen idee hoeveel schoten er waren gelost.

"Het aantal afgevuurde schoten is niet ter zake," zei Baw moeilijk. "Gidion Dirby moet zich ogenblikkelijk aangeven, anders wordt zijn positie heel benard."

"Ik zal het hem zeggen," zei Hetzel, "en ik dank u voor uw welwillendheid. Nog een ding zit mij dwars. Ik had de Gomaz geïdentificeerd als Kaikash —"

"Kaikash? Welnee, onzin. Het waren Ubaikh. Kaikash dragen een punthelm en zwarte beenbeschermers en bovendien ruiken ze anders. Ik kan de geuren niet lezen, zodat ik niet weet wat ze betekenen, maar ik kan een Kaikash wel van een Ubaikh onderscheiden."

"Wat wilden ze van de Triarchs?"

"Dat valt buiten mijn competentie."

"Maar u weet het wel?"

"Natuurlijk weet ik het. Het is mijn taak om alles te weten."

"Sir Estevan heeft verklaard dat u al mijn vragen vlot zou beantwoorden."

"Naar mijn mening is Sir Estevan veel te makkelijk in die dingen. Er is geen enkele reden waarom wij officiële zaken zouden moeten uitleggen aan iedere beduusde toerist. Dit wil ik wel zeggen: de Ubaikh beschouwen zichzelf als een elite. Zij voerden alle stammen aan in de grote oorlog en nu zien zij zich als de leiders van de Gomaz en ze zijn altijd de eersten die komen klagen over iedere vermeende inbreuk op hun positie."

"Ik zou zeggen dat Istagam wel wat meer dan een inbreuk is," zei Hetzel. "Geen weldenkend mens kan het anders opvatten."

Kapitein Baw wendde zijn ogen af. "Over dit aspect kan niet gesproken worden."

"Het is dwaas om een beruchte realiteit te negeren," zei Hetzel.

"Zo berucht is het nu ook weer niet," zei kapitein Baw brommend. "Een nietige zaak, meer niet."

"Waarom komen de Ubaikh hier dan klagen?"

"Ik weet het niet, en het kan me niet schelen!" brulde kapitein Baw. "Ik heb vandaag geen tijd meer!"

"Dank u, kapitein Baw."

Hoofdstuk VIII

HETZEL TROF GIDION DIRBY op een paarszwart mosbergje in de hoek van de tuin die uitzag op Hondstad. Hij leek gemelijk te tobben en toen Hetzel naar hem toe ging keek hij mokkend over zijn schouder. Gidion Dirby, dacht Hetzel, was geen beminnelijk man. Maar een zekere haatdragendheid kon men hem niet kwalijk nemen. Na een dergelijke behandeling zou Hetzel zelf ook wel een misantroop kunnen worden.

Dirby vroeg: "Nou... heeft u Sir Estevan gesproken?"

"Ja. Hij heeft me niets verteld dat we nog niet wisten. Ik heb ook met kapitein Baw gepraat, die lijkt te twijfelen. Hij vertelde dat de daad waarvoor jij aansprakelijk wordt gesteld een simpele overtreding is. De Triarchs hebben nooit een gezamenlijk wetboek gemaakt omdat niemand de anderen vertrouwt en elke groep heeft zijn eigen wetten voor zijn eigen onderdanen. De officiële Gaiaanse belangstelling voor de kogels die de Olefract en de Liss doodden, hield op zodra de kogels de grens overschreden. Het doden van Gomaz is nog niet verboden. Dus ook al had je inderdaad geschoten, dan zou je toch alleen schuldig zijn aan wangedrag. Zo is de theorie. In de praktijk zou Sir Estevan je onofficieel kunnen uitleveren aan de Liss of de Olefract. Maar ik twijfel een beetje of hij dat zou doen. Hij zit ingewikkeld in elkaar en hij verbaast me. Hij lijkt mij bijzonder zelfverzekerd."

Dirby gromde wat. "Ze hebben me met opzet laten ontsnappen omdat ze een openbare rechtszaak met een geheugenonderzoek als bewijsmateriaal niet konden riskeren."

"Ik ben nergens zeker van," zei Hetzel. "Sir Estevan zei dat hij in zijn huis een lange gang met blauwe en witte tegels heeft. Iemand heeft hem gefilmd in die gang en de film aangepast aan jouw situatie... ik heb er niet aan gedacht hem te vragen wie die film gemaakt kan hebben."

"En toen hij de po boven mijn hoofd omkeerde — was dat ook een foto?"

"Misschien was dat Sir Estevan niet. Vrijwel zeker was het Casimir Wuldfache."

Dirby stond op en wreef over zijn kin. "Als ik alleen maar schuldig ben aan simpel wangedrag, waarom zou ik dan niet naar het Triskelion gaan en een boete betalen?"

"Zo eenvoudig ligt de zaak niet. Kapitein Baw zorgt in zijn eentje voor het hele gerechtelijke gebeuren. Hij zou je tot dertig zweepslagen kunnen veroordelen, of achttien jaar in het Expositorium, of verbanning naar het grondgebied van de Liss. Je kunt het best in het hotel blijven tot je een juridisch raadsman en een Gaiaanse commissaris bij de hand hebt."

"Dat kan wel een maand duren," zei Dirby. "Of twee maanden."

"Doe wat je wilt," zei Hetzel. "Moet ik doorgaan met het onderzoek?"

"Waarom ook niet."

"Als je jezelf aangeeft, hou ik op. Van een dode kan ik geen geld vragen."

Dirby bromde maar wat.

Hetzel haalde diep adem en vervolgde: "We staan nog helemaal aan het begin van de zaak. Op dit moment lijken verscheidene dingen belangrijk. Waar is Banghart? Waar is Casimir Wuldfache? Waar hadden ze je opgesloten? Houdt jouw ervaring verband met Istagam? Zo ja, hoe dan?"

"Moet je mij niet vragen," zei Dirby. "Ik ben alleen maar het slachtoffer."

"Heeft Banghart nog andere namen of een Gaiaanse index waarmee we hem kunnen natrekken?"

"Niet dat ik weet."

"Hoe ziet hij eruit?"

Zijn kin krabbend antwoordde Dirby nadenkend: "Hij is ouder dan ik, gedrongen, met een vierkant gezicht en zwart haar. Hij lijkt niet bijzonder imposant tot hij je een bevel geeft en je aankijkt. Vanbinnen is hij ijskoud. Hij kleedt zich graag goed; eigenlijk is hij een fat. Hij sprak een keer of wat over een plaats die Fallorne heet."

"Fallorne is een planeet aan de andere kant van het Bereik. Nog meer?"

"Hij zong op een vreemde manier. Ik kan het niet goed omschrijven — het was alsof hij twee liedjes tegelijk zong, een soort contrapunt. Verder kan ik niets bedenken."

"Goed. Nu dit: jullie zijn geland op een moeraseiland. Weet je nog wat voor weer het was?"

"Gewoon een heldere nacht."

"Zag je de sterren?"

"Niet duidelijk. De atmosfeer maakt ze wazig en de maan was vol, zodat de sterren nog moeilijker te zien waren."

"Hoe hoog steeg de maan boven de horizon? Met andere woorden, hoeveel graden?"

Dirby haalde knorrig de schouders op. "Daar heb ik echt niet op gelet. Ik interesseerde me toen niet voor astronomische waarnemingen. Laat me even nadenken. Ik geloof niet dat hij hoger dan vijfenveertig graden kwam. Vraag me niet naar de zon, want dat weet ik niet."

"Goed, maar heb je gezien waar ze opkwam?"

Dirby glimlachte zuur. "In het oosten."

"Dat klopt. Nu, in de nacht daarvoor, kwam de maan in het noorden of in het zuiden op?"

"In het zuiden. Maar wat maakt dat nou allemaal uit?"

"Alle informatie kan nuttig zijn. In de kamer waar je opgesloten zat, heb je daar iets gemerkt van het verstrijken van de dagen? Enig verschil tussen dag en nacht?"

"Nee."

"Maar je gelooft dat je twee of drie maanden lang bent vastgehouden."

"Zoiets. Ik weet het niet echt."

"Je hebt nooit geluiden buiten die kamer gehoord? Gesprekken?"

"Niets. Nooit."

"Als je nog iets te binnen schiet," zei Hetzel, "schrijf het dan op."

Dirby wilde wat zeggen, maar zette niet door. Hetzel keek hem aan. Misschien had zijn avontuur zijn denkvermogen wel aangetast. Zijn waarnemingen moesten gescherpt zijn; hij zou alles ondergaan in de vorm van contrasten en uitersten. Alle kleuren zouden verzadigd lijken; alle stemmen zouden galmen van waarheid en bedrog; alle daden leken zwaar van mysterieuze symboliek. In zekere zin moest men Dirby als ontoerekeningsvatbaar zien. Met kalme stem zei Hetzel: "Denk eraan dat je het terrein van het hotel niet verlaat. Je zou er zelfs goed aan doen als je binnen bleef."

Dirby's antwoord was een bevestiging van Hetzels vermoedens. "Met wijsheid kom je niet zo ver als u zich misschien voorstelt."

"Maar met al het andere kom je helemaal nergens," zei Hetzel. "Ik moet wat doen in Hondstad en ik blijf een paar uur weg, of misschien de hele middag. Ik stel voor dat je in de eerste plaats een rayogram aan je vader stuurt en daarna rustig ergens gaat zitten. Babbel wat met de toeristen. Ontspan je. Slaap wat. Doe vooral niets waardoor ze je het hotel uitschoppen."

Aan de achterkant van het hotel zigzagde een in de rots uitgebrande trap omlaag naar de weg die de ruimtehaven met Hondstad-Buiten verbond. Hetzel was nog niet eerder in dit district ten zuidoosten van het eigenlijke Hondstad geweest, Het lag op het terrein van de Gomaz en buiten het Gaiaanse Bereik. Dit was het Hondstad van de populaire fantasie, de zogenaamde Stad van Naamloze Mensen. Elk tweede gebouw leek een café met meer of minder pretenties te zijn en stuk voor stuk trokken ze de aandacht met een uithangbord of standaard die soms primitief, soms kunstig beschilderd was met kleuren die een sprankje leven gaven aan de van grauwe rotsblokken of planken van inheems wormhout opgetrokken gebouwen.

Het was laat in de middag. De mensen van Hondstad-Buiten waren de straat op gegaan om een glas bier te drinken, een fles wijn, een glaasje sterkere drank, aan ruwe tafeltjes voor de cafés of onder de acacia's die in een rij door het midden van de straat stonden. Ze zaten alleen of in groepjes van twee of drie en mompelden vertrouwelijk tegen elkaar met af en toe een harde lach of een opgewekte vloek terwijl ze alle voorbijgangers met onbewogen, taxerende blikken opnamen. Hetzel herkende kleren en snuisterijen van vijftig werelden. Hier zat een man met zijn haar in gelakte krulletjes in de stijl van Arbonetta; daar zat er een met de aangepunte oren van een Destrinarius. Die man met zijn scheve fluwelen pet en de bengelende zwarte parels bij zijn rechteroor zou een stermenter van de Alastor Groep kunnen zijn. Wat zocht hij hier aan de andere kant van de Melkweg?

En die twee meisjes, zusters of een tweeling, met bleke gezichtjes en oranje haar, die leken wel erg jong om zo ver van Marmonfyre te zijn. Maar de meeste mensen die de cafés van Hondstad-Buiten beklantten droegen ongeveer dezelfde soort kleren als Hetzel — de onopvallende kledij van de melkwegzwerver die liefst zo min mogelijk aandacht trok.

De straat werd een paar meter breder. Hier stond een verzameling kleine winkels zoals voedselmarkten, een apotheek, een klerenmagazijn met rekken vol confectie en kisten met laarzen, schoenen en sandalen, een kiosk met periodieken uit diverse sectoren van het Bereik... Plotseling kreeg Hetzel een steek van onbehagen. Hij bleef staan om een aanbieding van valse identiteitspapieren en pakjes vals geld te bekijken en slaagde erin om onopvallend achterom te kijken, maar de man die hem volgde, als die er ook echt was, was in een openbaar urinoir verdwenen.

Hetzel liep verder. Zijn instincten hadden meestal gelijk en als hij werkelijk geschaduwd werd, dan zou dat geen verrassing mogen zijn. Toch ergerde het hem. Elders in het Bereik mocht een schaduw op eenvoudige nieuwsgierigheid wijzen, maar hier kon zulke aandacht de dood betekenen.

De weg liep onder een houten poort door. Hier ging Hondstad-Buiten over in Hondstad, waar de Gaiaanse wet van kracht was. Hetzel wandelde naar het centrale plein en keek weer om. Niets te zien, behalve de straat en een paar mensen die zich niet om hem bekommerden. Hetzel slenterde het plein rond, langs het reisbureau naar een winkel die Gomaz beenderwaren te koop had. Hij glipte vlug het halfdonkere inwendige binnen. Hij was er niet zeker van, maar een donkere gedaante leek zich in de acacia's op het midden van het plein te verstoppen.

De winkelier kwam naar hem toe. Het was een broze oude man met een witte stofjas aan en loupes op zijn ogen. "Wat zou u willen bekijken, meneer?"

"Die kommen hier — wat moeten die opbrengen?"

"Aha! Dit zijn volwassen Zoum schedels, met randen en een voet van palladium. Voortreffelijk vakmanschap, zoals u wel ziet. Het materiaal is even hard als steen en is uiteraard grondig gereinigd en gesteriliseerd. Stel u voor wat een gesprekken zich zullen ontspinnen als u uw gasten hun bouillon voorzet! De prijs van een dozijn is honderdvijftig SWE."

"Dat is iets meer dan ik er voor overheb," zei Hetzel. "Kan ik mijn gasten niet goedkoper verbijsteren?"

"Ach ja, natuurlijk wel. Deze soeplepels zijn gemaakt van de schedels van Voulash kleuters. Hun speeloorlogen zijn even dodelijk als de knokpartijen van de volwassenen, zoals u misschien weet."

Er was niemand uit de acacia's gekomen. Hetzel had een hekel aan zulke onzekere toestanden. De sfeer van Hondstad-Buiten zou zijn gevoeligheid wel hebben geprikkeld.

"...rugkrabbers zijn de scheenbenen en tenen van heel jonge kleuters, een inventief en ongewoon artikel."

"Dank u. Ik zal nadenken over uw aanbevelingen." Hetzel onderwierp het plein aan een laatste inspectie. Toen ging hij de winkel uit en wandelde naar het reisbureau.

Achter de balie stond het meisje van de vorige keer. Vandaag droeg ze een broek van beige fluweel met bandjes om haar enkels, een donkerbruin jasje met goudbrokaat en haar haren had ze in een gouden haarband gestoken. Hetzel meende dat ze hem herkende, maar ze gedroeg zich beroepsmatig beleefd. "Ja meneer, kan ik iets voor u doen?"

"Kunt u mij aan een astronomische almanak helpen?"

"Een astronomische almanak, meneer?"

"Informatie over de banen van de zon, de maan en Maz is al genoeg."

"Op dit kalendertje staan de schijngestalten van de maan. Heeft u daar iets aan?"

"Ik vrees van niet." Hetzel keek toch even naar de schets. "Moment. Eens nadenken. Het baanvlak van de maan schijnt het vlak van Maz onder een rechte hoek te snijden."

"Ja, en ik heb gehoord dat dat heel ongewoon is."

In dat geval, redeneerde Hetzel, zou de maan vol zijn wanneer hij het vlak van Maz direct achter Maz, gerekend vanaf de zon, kruiste. Hetzel keek op de kalender wanneer de maan vol was. Op die datum had Gidion Dirby op een moeraseiland gezeten terwijl de maan ongeveer halverwege de zuidelijke hemel hing. Aangezien de maan op dat moment heel dicht bij het baanvlak van Maz was geweest, moest het eiland op ongeveer 45° noorderbreedte liggen, plus of min de hoek van de ecliptica.

"Misschien heeft u een boek met algemene informatie over Maz?" vroeg Hetzel aan het meisje.

Ze pakte een brochure. "Als u uitlegde wat u wilt weten, weet ik misschien het antwoord."

"Dat zou kunnen," zei Hetzel, "maar de kans is klein. Laat eens zien. Het jaar van Maz duurt 441 dagen, elk van 21,74 standaarduren. Het vlak van de rotatie maakt een hoek van twaalf graden met de ecliptica..." Hij raadpleegde de kalender. "Wanneer is het midzomer en wanneer midwinter?"

"Van zomer noch winter merken we hier veel. In de zomer is het wat natter dan in de winter. Nu is het herfst, en u boft want we zitten al stevig in het droge seizoen. Als het regent, dan regent het ook met bakken. De kalender gebruikt de normale namen voor de maanden, alleen duren ze hier tien dagen langer dan thuis op Varsilla."

"Varsilla! De planeet met de negen blauwe oceanen en tienduizend zeetoppen en elf miljoen eilanden."

"En twaalf miljard jeukmuggen en zestien miljard glasnetels en twintig miljard toeristenvilla's. Kent u Varsilla dan?"

"Niet goed."

"Bent u ooit in Palestria op Jailand geweest?"

"Ik ben niet buiten Meyness gekomen."

"Jammer. Jailand is zo mooi en zo rustig. Te rustig, vond ik altijd. Maar ik wou dat ik er nu was. Van Maz heb ik al schoon genoeg. Hoe dan ook, in iulian is het daar zomer en hier ook. Natuurlijk vallen de maanden niet samen."

Hetzel bestudeerde de kalender. Het zomersolstitium vond omstreeks de eerste dag van iulian plaats. Dan viel de volle maan dus bijna precies samen met de herfstequinox. Dus hoefden er geen graden te worden bijgeteld of afgetrokken en als Dirby's schatting klopte, moest het moeraseiland ergens op de vijfenveertigste noorderbreedtegraad te vinden zijn.

Het meisje nam Hetzel nieuwsgierig op. "Heeft u een gewichtige beslissing genomen?" Haar mond trilde ondeugend.

"Zo!" riep Hetzel uit. "Jij vindt mij plechtig en dwaas!"

"Nee hoor! Dat vind ik nooit van toeristen!"

Hetzel trok alleen zijn wenkbrauwen op. "Kun je me een grote kaart van Maz laten zien, liefst een mercatorprojectie?"

"Zeker." Ze drukte op een knop en op de witte muur lichtte een kaart op die even hoog was als Hetzel lang en drie en een halve meter breed. "Kan dit ermee door?"

"Uitstekend. Waar ligt Hondstad?"

Het meisje legde haar vinger op de plaats. "Hier." Toen verontschuldigde ze zich en ging twee toeristen helpen die witte pakken droegen en brede witte hoeden met souveniremblemen aan de linten gespeld.

"Waar kunnen wij de Gomaz krijgers bij een echte veldslag bekijken?" vroeg de man. "Ik hoop wat plaatjes te schieten voor een reisverslag."

Het meisje glimlachte beleefd. "De veldslagen zijn niet zo makkelijk te vinden. De Gomaz weigeren ons op de hoogte te houden. Heel lomp van ze, dat spreekt."

"O hemeltje," zei de vrouw. "We hebben iedereen beloofd dat we films zouden maken. En ik heb gehoord dat we niet in de stamkastelen mogen komen?"

"Dat klopt. Maar wij hebben een aantal heel oude kastelen omgebouwd tot bijzonder comfortabele herbergen en men zegt dat die heel authentiek zijn. Ik ben er zelf nooit geweest."

"Kunt u niet een gevecht voor ons opduikelen? Ik wilde zo graag een echte Gomaz oorlog filmen."

Het meisje schudde glimlachend haar hoofd. "U zou waarschijnlijk gedood worden als u zo dichtbij kwam dat u het kon filmen."

"Waar denkt u dat we de beste kans hebben om een goed gevecht mee te maken?"

"Ik weet niet wanneer u het een goed gevecht zou willen noemen," zei het meisje, "of een slecht. Het is waarschijnlijk een kwestie van geluk hebben — ongeluk zou een beter woord zijn, want het zijn heel gevaarlijke geschiedenissen."

Hetzel vond 45° noorderbreedte. Hij volgde de lijn over oceanen, bergen, hooglanden en woeste gronden. Vijftienhonderd kilometer ten noorden van Axistil dwaalde een rivier uit het noorden over een laagland en loste op in duizend beekjes en stroompjes. Dit was het Grote Kykh-Kych Moeras. Hetzel bestudeerde het grondig. In de buurt ervan vond hij een zwarte stip.

De toeristen vertrokken. De deur naar het aangrenzende kantoor ging open en een forsgebouwde man keek naar binnen. Het was

Byrrhis. Vandaag droeg hij een modieus pak van donkergroene keper en een brede, zwart met rode das. "Janika, ik hou er voor vandaag mee op. Zet eventuele telefoongesprekken over naar mijn villa."

"Ja, Vv. Byrrhis."

"Vergeet niet de zaak goed af te sluiten. Denk aan de ramen achter."

"Ja, Vv. Byrrhis. Ik zal het doen."

Byrrhis knikte Hetzel vriendelijk toe. Er was niet uit op te maken of hij Hetzel herkende of niet. Hij trok zich terug in zijn kantoor en zou blijkbaar via een andere deur vertrekken.

Hetzel vroeg: "Hoe noemde hij je?"

"Janika."

"Heet je zo?"

"Het is een andere vorm van mijn meisjesnaam, die de meeste mensen nogal gek vinden: Lljiano. De twee l's aan het begin moet je slissen met je tong tegen je verhemelte. Het is een oude Hiulak-naam."

"Ik wist niet dat de Hiulaks zich op Varsilla hadden gevestigd."

"Dat is ook niet gebeurd. Mijn vader heet Reyes; hij is gedeeltelijk Malin en gedeeltelijk Wit-Drasthanyi. Hij ontmoette mijn moeder op Fanuche en nam haar mee terug naar Varsilla. En zij is een kwart Semrisch, zodat ik een beetje een ratjetoe ben."

"Een bijzonder gezond uitziend ratjetoe."

"Waar komt u vandaan?"

"Ik ben geboren op de Oude Aarde. Ik heet Miro Hetzel. Ik heb gehoord dat ik van decadente mensen afstam omdat alle ondernemende lieden al lang geleden naar de sterren zijn verhuisd."

"U lijkt me niet decadent maar heel gewoon."

"Ik weet zeker dat je het als compliment bedoelt."

"In zekere zin." Janika lachte. "Heeft u gevonden wat u zocht?"

"Ik geloof het wel. Wat betekenen die rode sterren?"

"Daar staan de toeristenherbergen — allemaal heel schilderachtig en gerieflijk, zegt men. Ik ben er nooit geweest."

"En die zwarte cirkel hier?"

"Er staan er ettelijke op de kaart. Het zijn heel mooie ruïnes die Vv. Byrrhis als herberg wil inrichten."

"Lopen de andere goed?"

"Redelijk goed. Massa's toeristen eisen oorlogen, waar we niet voor kunnen zorgen. Natuurlijk hebben we het nooit geprobeerd, maar ik geloof niet dat de Gomaz vriendelijk op zo'n verzoek zouden reageren."

"De Gomaz zijn een humorloos stelletje. Ik wou een luchtwagen huren."

"Ja, dat kan alleen hier. U moet een vergunning hebben van Sir Estevan Tristo en u moet begeleid worden door een officiële gids om te voorkomen dat u wapens smokkelt of de luchtwagen verkoopt."

"Die vergunning heb ik, en ook een goed idee. Waarom ga jij niet mee als de officiële gids?"

"Ik? Ik zou nooit kunnen voorkomen dat u wapens smokkelde."

"Ik beloof dat ik geen wapens zal smokkelen."

"Nou... het klinkt wel leuk. Wanneer wou u?"

"Morgen."

"Dan moet ik eigenlijk werken, maar ik zou wel een invaller kunnen krijgen. Waar wou u naartoe?"

"O, ik weet niet. Ergens deze kant op. We zouden hier in deze herberg kunnen eten."

"Dat is het Zwarte Klifkasteel, en het moet heel dramatisch zijn. Maar het is een heel eind." Ze keek Hetzel schuins aan. "Het zou langer duren dan een dag."

"Des te beter. Boek maar kamers voor ons, dan hoeven we ons niet te haasten. Twijfel je? Wegens je baan? Of aan mij?"

" 'Twijfel' is niet helemaal het woord." Janika lachte nogal nerveus.

"Behoedzaamheid dan? Bange voorgevoelens?"

"Nee, niets daarvan... O goed, waarom ook niet? Al die tijd dat ik hier ben, ben ik nog niet buiten Hondstad geweest. Als Byrrhis het niet leuk vindt ontslaat hij me maar. Het kan me eigenlijk niet schelen."

"Hoelang werk je hier al?"

"Pas drie maanden, en ik kom zo langzamerhand aan het punt dat ik me weer afvraag 'Waarom niet?' en weer terugga naar Varsilla."

"Is Vv. Byrrhis zo'n slavendrijver?"

"Hij heeft zijn nukken." Janika zette zo'n preuts en streng gezicht als ze met haar gelaatstrekken klaar kon spelen. "Ik sta erop dat ik zelf betaal."

"Wat je maar wilt," zei Hetzel. "De enige die ervan profiteert is een zekere Sir Ivon Hacaway, die het best kan lijden."

✳

Hetzel ging over de Laan der Verloren Zielen terug naar het Plaza. Het liep tegen de avond en de hemel zwom in een violet en lichtgroen drab. Het schemerende Plaza overstekend kwam hij bij het hotel. Dirby zat stil in een luie stoel in de hal met een krant. Hij keek op met een mengsel van achterdocht en nieuwsgierigheid. "Wat bent u in Hondstad wijzer geworden?"

Hetzel ontweek de vraag. "Ben je er nooit geweest?"

"Toen ik hier kwam op de *Tarinthia* ben ik er een avond of twee naartoe geweest. Ik heb wel leukere steden gezien."

Hetzel knikte. "Maar het heeft wel een speciale sfeer: vergeefse spijt, verloren zaken — ze hangen als rook in de lucht."

"Als ik ooit hieruit kom," mompelde Dirby, "ga ik terug naar Thrope. Ik zal in de mispelboomgaard van mijn vader werken en nooit meer naar de hemel kijken."

"Misschien ga ik wel met je mee," zei Hetzel. "Vooral als blijkt dat je mijn honorarium niet kunt betalen."

"Zo nodig betaal ik u af met mispels." Nu glommen Dirby's ogen van boosaardige humor. Hetzel vond dit in ieder geval te verkiezen boven geknies en zelfmedelijden.

"Morgen vlieg ik naar het binnenland," zei hij. "Ik blijf een dag of twee weg en tot ik terugkom zul je voor jezelf moeten opkomen."

"Doe maar mysterieus," mompelde Dirby, die weer de oude was. "Ik kan me niet beklagen."

Hoofdstuk IX

's OCHTENDS VROEG arriveerde Hetzel in het busdepot. Janika bleek al een luchtwagen gehuurd te hebben. "Het is een oude Standaardrog, en ze zeggen dat hij heel betrouwbaar is."

"Is er niets snellers? We hebben een aanzienlijke afstand voor de boeg."

"Er is wel een nieuwe Hemus Wolkspringer, maar die is duurder."

"Geld speelt geen rol," zei Hetzel. "Laten we de Hemus nemen."

"Ze willen vooruitbetaald worden voor het geval wij ons doodvliegen. Twintig SWE voor twee dagen inclusief verzekering en energie."

Hetzel betaalde de rekening. Ze stapten in. Hetzel probeerde de besturing uit en controleerde het energiepeil en nam het voertuig toen de lucht in. "Deed Byrrhis nog moeilijk toen je zei dat je een paar dagen vrij wilde?"

"Niet bijzonder. Ik heb hem gezegd dat ik met een vriend naar Zwarte Klif wilde, en dat was dat."

Axistil en omgeving verkleinden tot een reeks onwaarschijnlijke patronen op het golvende kale land. Hetzel toverde een kaart op het navigatiescherm en zette een koers recht naar het noorden uit. "Ik wil het Grote Kykh-Kych Moeras bekijken," zei hij toen Janika hem vragend aankeek. "Ik weet niet wat ik er zal vinden — ik weet niet eens wat ik zoek. Maar als ik het niet uitzoek, kom ik het nooit te weten."

"Jij bent een mysterieus man, en mysteries zijn om je op te vreten," zei Janika. "Ikzelf heb totaal geen geheimen."

Hetzel vroeg zich af hoeveel geloof hij aan die opmerking kon hechten. Vandaag droeg ze een zachte grijze bloes met korte mouwen en zwarte biezen, een zwarte broek en zwierige enkellaarsjes — een kostuum dat haar figuur op zijn best deed uitkomen. Ze droeg geen versieringen behalve een zwart lint om haar haren heen. Een buitengewoon aantrekkelijke jonge vrouw, vond Hetzel, fris en rein met een air van eenvoud dat tegelijk bekoorlijk en verdacht was.

"Waarom kijk je me zo intens aan?" vroeg zij. "Heb ik een rode neus?"

"Ik verwonder mij om je zelfvertrouwen," zei hij. "Tenslotte ben ik een vreemdeling en hier buiten het Bereik is een vreemde meestal een ontaarde moordenaar of een sadistische duivel of erger."

Janika lachte, misschien met enig onbehagen. "Binnen of buiten het Bereik — maakt het verschil?"

"Veel heb je niet te vrezen," zei Hetzel. "Ik ben zo ridderlijk dat ik er zelf geen plezier aan heb, hoewel alleen een Olefract niet zou zien dat jij akelig knap bent. Voor een tochtje zoals wij nu maken ben je een hartverwarmende reisgezellin."

"Wat voor tochtje maken wij?"

"Dat zal ik je vertellen. Wij willen de onschuld bewijzen van een van jouw vroegere minnaars en hem behoeden voor een verblijf in het Expositorium."

"Je verbijstert mij! Mijn 'vroegere minnaars' zijn allemaal ver weg en leiden de meest brave levens die je je voor kunt stellen. Ik vraag me af op welke je doelt, en hoe hij zich zo in de nesten heeft kunnen werken."

"Dit is een zekere Gidion Dirby."

Janika fronste. "Gidion Dirby?"

"Ja. Een blonde jongeman, halsstarrig, eigenzinnig en ziedend van emotie. Zo is hij nu. Drie maanden geleden kan hij best een heel ander mens zijn geweest."

"Nu herinner ik mij Gidion Dirby, maar onze relatie was … ach, terloops. In ieder geval vanuit mijn standpunt."

Hetzel keek naar het land in de diepte — een savanne met een tapijt van lage groenzwarte brem en klompjes stekelbomen. Ver in het oosten was een glimp van de zee te zien en daar voorbij alleen de wazige atmosfeer. Hetzel vroeg: "Hoe heb je hem ontmoet?"

"Vertel mij eerst wat hij gedaan heeft," zei Janika, "en ook waarom jij zo geheimzinnig doet."

"Gidion Dirby wordt verdacht van de moord op twee Triarchs. Ik ben niet zozeer geheimzinnig als wel bevreemd en achterdochtig."

"Bevreemd door wat? En tegen wie koester je achterdocht? Tegen mij? Ik heb niets gedaan."

"Wat mij bevreemdt is Istagam...en dat er zo geheimzinnig over wordt gedaan. Het zal wel om geld gaan. Ik ben achterdochtig omdat bewerkstelligers betaald worden om achterdochtig te zijn, en ik ben bewerkstelliger. Een van hoge klasse en duur ook, al hoef ik dat eigenlijk niet eens te vertellen. Ik sta achterdochtig tegenover jou omdat jij op Tamar met Gidion Dirby te maken had en nu ook hier op Maz bent."

"Puur toeval," zei Janika.

"Mogelijk. Waarom was je op Tamar?"

"Tot daar bracht mijn geld mij toen ik van Varsilla wegging. Ik heb een week gewerkt in de centrale markt van Twisselbaan en nog een week in wat zij hun Revue van het Schuim noemen, want dat betaalde heel goed. Ik moest dansen en poseren met niet al te veel kleren aan — af en toe helemaal geen kleren. Toen we aan het repeteren waren ontmoette ik Gidion Dirby, die me vertelde dat hij astronaut was, en eenzaam."

"Zoals alle astronauten."

"Ik ontmoette hem een paar keer, en hij werd...nou ja, hebberig. Kennelijk was hij verliefd op me geworden, en ik had al genoeg moeite met een van de regisseurs van de revue. Daarom gaf ik Gidion Dirby de bons. Na een week bij de revue stelden een paar vrienden me voor aan Vv. Byrrhis, die vertelde dat het reisbureau op Maz een receptioniste nodig had. Ik hield maar al te graag op met de revue en regisseur Swince. Vv. Byrrhis liet me een contract voor zes maanden tekenen en gaf me een kaartje naar Maz, en hier ben ik."

"Gidion heb je nooit meer gezien?"

"Ik was hem eigenlijk al vergeten."

"Heel raar." Ze vlogen boven een zeearm, een loodkleurige streep met een groene glans. "Hoelang ben je hier nu?"

"Ongeveer drie maanden."

"En je moet nog drie maanden. Wat dan?"

"Ik weet het niet. Tegen die tijd heb ik genoeg geld om bijna overal naartoe te gaan. Ik zou wel naar de Aarde willen."

"Dat zou op een teleurstelling uitlopen. De Aarde is een bijzonder subtiele wereld. Maar heel weinig buitenwerelders voelen zich op hun gemak op Aarde, tenzij ze er vrienden hebben."

JACK VANCE

Janika keek hem schalks aan. "Ben jij er dan?"

"Ik zou je niet eens kunnen zeggen waar ik volgende week ben."

"Wil je je dan nooit ergens vestigen?"

"Ik heb er weleens over nagedacht. Gidion Dirby heeft me uitgenodigd in de mispelboomgaard van zijn vader."

Janika maakte een honend geluid. "Gidion Dirby. Ben je voor hem naar Maz gekomen?"

"Nee. Ik kwam iets uitzoeken omtrent Istagam. Maar de twee zaken houden misschien verband."

Janika zei: "Misschien word ik wel bewerkstelliger. Het lijkt me dikke pret. Je logeert altijd in de beste hotels en ontmoet interessante mensen zoals ik en er is altijd wel een Sir Ivon Hacaway die de rekeningen betaalt."

"Zo gaat het niet altijd."

"En wat voert ons nu naar het Grote Kykh-Kych Moeras? Gidion Dirby of Istagam?"

"Allebei. En er is nog een ander hoogst eigenaardig element bij betrokken, dat Casimir Wuldfache heet."

De naam leek niets voor Janika te betekenen. Een poos vlogen ze zonder te praten over een wijdlopige keten van oeroude basaltbergen waarvan de zwarte pieken als rottende stompjes uit het bruine puin omhoogstaken. Janika wees: "Kijk daar — het kasteel van de Viszt." Ze pakte een verrekijker. "Er komen krijgers terug van een gevecht, waarschijnlijk tegen de Shimrod, en de toeristen vissen weer achter het net." Ze gaf hem de kijker aan en wees waar het was.

Witte schedelkoppen deinden op en neer onder gekuifde helmen van gietijzer. Zwarte leren voorschoten zwaaiden op de maat van de benen. In de achterhoede rolden zes wagens getrokken door tienpotige reptielen. Ze waren volgeladen met dingen die Hetzel niet kon thuisbrengen.

"De Viszt zijn vliegers," zei Janika. "In de wagens liggen hun vleugels. Ze klimmen op de bergen, trekken hun vleugels aan en glijden weg op de thermiek. Dan, als ze hun vijanden vinden — ik kan geen beter woord bedenken — duiken ze neer en vallen aan."

"Typische schepsels."

"Weet je hoe ze zich voortplanten, of paren?"

"Sir Estevan heeft me een brochure gegeven. Jij ook, trouwens. Ik weet dat ze ambiseksueel zijn en dat ze ten strijde trekken om zich voort te planten."

"Het lijkt zo'n naargeestig leven," mijmerde Janika. "Ze doden uit liefde en ze sterven uit liefde — en allemaal koortsachtig."

"Zij zullen ons liefdesleven wel saai vinden," zei Hetzel.

"Mijn liefdesleven *is* ook nogal saai," zei Janika. "Vv. Swince, Vv. Dirby, Vv. Byrrhis."

"Geduld. Ergens tussen de achtentwintig biljoen bewoners van het Gaiaanse Bereik moet Vv. De Ware zitten."

"Gelukkig zijn de helft ervan vrouwen. Dat beperkt de speurtocht met vijftig procent." Janika pakte de verrekijker weer. "Ik moest maar eens een oogje aan het moeras wagen. Je weet maar nooit of er niet een vluchteling of rijke weduwnaar ronddartelt."

"Wat zie je?" vroeg Hetzel.

"Niets. Zelfs geen Gomaz, die trouwens toch niet in aanmerking komen."

Ze vlogen over een ondulerend land met donkere waterplassen in de kommen. Vooruit lag de rivier de Dz in lome slingers en lussen en daarachter strekte zich het moeras uit. Hetzel keek aandachtig op de kaart.

Janika vroeg: "Wat zoek je?"

"Een eiland op circa acht kilometer afstand van de noordelijke oever. Daar werd Gidion achtergelaten door een man die Banghart heette. Trouwens, heb je die naam ooit gehoord?"

"Niet dat ik me herinner."

"Drie eilanden komen in aanmerking. Dit exemplaar in het oosten —" Hetzel wees het aan op de kaart "— dit hier in het midden en dit in het westen. Het middelste eiland ligt het dichtst bij de zwarte cirkel op de kaart."

"Dat is het kasteel van de oude Kanitze stam, die tweehonderd jaar geleden door de Ubaikh is uitgeroeid, en de herberg die erin zat, Kykh-Kych, is nu gesloten."

"Wij naderen over het oostelijke eiland. Let op of je een pad naar het vasteland ziet lopen."

Hetzel cirkelde om het eiland heen. Het was een bobbel van tien hectare bekroond met een groep ijzerbomen en de hoge rammelende rietstengels die *galangal* heetten. Er was geen terrein waar een schip gelost kon worden en ook geen pad naar het vasteland.

Het centrale eiland lag dertig kilometer meer naar het noorden. Het oppervlak ervan was iets groter en er lag een weiland op dat de sporen van gebruik door voertuigen vertoonde.

Hetzel ging erboven hangen. "Dit moet het zijn." Hij wees. "Die ijzerboom ginds — daar zat Dirby de hele nacht in … En daar — het pad naar de kust! Hier rapen we de draad van zijn avontuur op. Zullen we landen?"

"We mogen niet landen, behalve op bepaalde plekken," zei Janika. "Maar niet iedereen houdt zich altijd aan die regel."

Hetzel keek hoe laat het was. "Zo veel tijd hebben we niet als we de Ubaikh willen opwachten bij de bushalte. Dus kunnen we beter doorvliegen."

Janika keek hem verrast aan. "Wie willen we opwachten?"

"De Ubaikh die getuige was van de moorden. Als wij achter de identiteit van de moordenaar willen komen, is hij de aangewezen persoon om het aan te vragen."

"En als hij nu zegt dat het Gidion was?"

"Dat verwacht ik niet. Maar ik moet het hem vragen."

"Wat lijk je opeens ijverig."

"Ja hè. Af en toe krijg ik daar last van."

Janika keek neer op het moeras dat nu maar dertig meter onder ze lag. Het was een vlakte van zwart slijk met hier en daar rietpluimen, longplant, witstaart en dolende waterstroompjes. Het pad zigzagde over een serie scheve kwartsietrichels. "Als ik wist wat je zocht, zou ik ook kunnen zoeken."

Hetzel wees naar het modderkleurige vasteland in de verte. "Kijk of je een stenen muur ziet. Gidion Dirby vond een stenen muur met een poort en daar stond Sir Estevan Tristo op hem te wachten. Alleen was het waarschijnlijk niet Sir Estevan maar Casimir Wuldfache."

Janika tuurde door de kijker. "Ik zie de muur en de poort. Maar Sir Estevan staat er niet, en ook niet Casimir Dinges. Nu zie ik ook het oude Kanitze kasteel."

"Hier bracht Gidion Dirby verscheidene gedenkwaardige maanden door, vermoed ik. Hij heeft een aantal van zijn avonturen beschreven.

Zijn stoel smeet hem op de vloer. Sir Estevan leegde een po over zijn kop. Hij zag jou dansen op zijn hersens zonder kleren aan."

"Een ding kan ik je verzekeren," zei Janika. "Ik heb nooit op Gidions hersens gedanst."

"Dat lijdt geen twijfel. Ze hebben je kennelijk gefilmd tijdens de Revue van het Schuim op Tamar en de beelden hebben ze hier gebruikt. Vrijwel zeker was het Casimir Wuldfache die de po hanteerde, want Sir Estevan ontkent het. Alles bij elkaar een verbazende serie voorvallen."

"Tenzij Dirby een beetje dol is, zoals ik weleens heb gedacht."

Ze naderden de reusachtige massa van de kasteelruïne. Het dak boven het immense centrale fort was al lang geleden weggerot en de zeven torens op de omtrek waren ingestort. Nu stonden er alleen nog stompjes tussen de brokken. De toren aan de westkant van het complex was hersteld en van een nieuw dak voorzien. Hierin was blijkbaar de buiten gebruik gestelde herberg gevestigd.

Hetzel liet de wagen rustig boven het kasteel zweven terwijl hij de ruïne verkende met de kijker. Hij staarde er zo lang en aandachtig naar dat Janika ten slotte vroeg: "Wat zie je?"

"Niets doorslaggevends," zei Hetzel. Hij borg de verrekijker op en keek omlaag. In de schaduwen van het centrale fort had hij een stapel kisten ontdekt die met een transparant zeil tegen het weer beschut waren. Uit het kasteel steeg trillend als hete lucht een rookpluim van gevaar op.

"Ik durf niet te landen," mompelde Hetzel. "Eerlijk gezegd voel ik grote drang om te vertrekken voordat iemand of iets ons vernietigt." Hij liet de luchtwagen met een ruk wegsnellen naar het westen.

Janika keek achterom. "Dit is niet helemaal de vredige excursie die ik me had voorgesteld."

"Ja. Ik had je beter niet mee kunnen vragen."

"Ik klaag niet... zolang ik er levend afkom."

Het kasteel van de uitgeroeide Kanitze werd een donkere vlek en loste op in de nevel.

"De rest van de reis moet betrekkelijk bezadigd verlopen. De halte van de Ubaikh hoort veilig te zijn."

"De patrouilles van de Olefract of de Liss denken misschien dat je wapens probeert te verkopen en maken je dood."

"Ik heb de vertaler van Sir Estevan. Zo nodig kan ik uitleggen wat ik doe."

"Niet aan de Liss. Zij geloven wat ze zien, en ze zijn uiterst argwanend."

"Nou ... waarschijnlijk zien ze ons niet."

"Ik hoop van niet."

De bushalte was gesitueerd op een keienvlakte. Hij bestond uit een wit met oranje doelschijf van honderd meter breed en een wachthuisje. Boven de noordelijke horizon torenden de silhouetten van bergen en in het oosten en westen verdween de vlakte in de troebele hemel. In het zuiden, twee kilometer van de halte, stond het kasteel van de stam der Ubaikh — net als de ruïne van de Kanitze was het een ontzagwekkend geproportioneerde massa. Het middenfort was afgezet met borstweringen. Een toren in het midden rees nog eens dertig meter de lucht in en droeg een plat dak van norse bruine plavuizen. Zeven wachttorens, die hoger en slanker waren dan die van de Kanitze, bewaakten het fort. Ze waren met gebogen steunberen aan het fort verbonden. Het terrein aan de voet van het kasteel was een en al bedrijvigheid — Gomaz en kleuters bezig met hun oefeningen en exercities. Over wegen naar oost en west rolden wagens volgeladen met wat Hetzel voor proviand hield. De buitenste torens leken omringd door klapwiekende zwarte gedaanten. Deze zweefden naar beneden, dartelden en tolden rond, doken neer en scheerden door de lucht en soms, door zich geweldig in te spannen, wonnen ze hoogte voordat ze opnieuw langzaam daalden in glijvlucht.

Hetzel landde naast het station. "We hoeven minder dan een uur te wachten als de bus op tijd is."

Na een halfuur verscheen de bus in de hoogte. Het was een ovaal compartiment dat op vier stuwmodules vloog. Hij landde precies in het midden van de oranje en witte schijf. De deur gleed open, een trap vouwde zich uit en een enkele gedaante stapte uit. De bus wachtte nog even, als een biddend insect, en suisde toen schuin naar het zuiden. Ondertussen was Hetzel met het vertaalapparaat naar de Ubaikh toegelopen.

De Ubaikh bleef staan om de situatie te taxeren. Zijn lellen waren stijf maar ongekleurd. Hij droeg een ijzeren band om zijn nek, wat een hoge status leek aan te geven en hij had een zwaard van gehamerd ijzer in een tuig van riemen op zijn rug. Hetzel bleef op tien passen afstand van de Ubaikh staan. Hij durfde niet dichterbij te komen.

De lellen van de Ubaikh bleven lijkwit terwijl een netwerk van pulserende groene aderen simpele vijandschap aanduidde.

Hetzel sprak in de vertaler: "U bent zojuist teruggekeerd uit Axistil." Het instrument produceerde een serie sis- en piepklanken die al fluitend boven de gehoordrempel uitstegen en weer afdaalden.

De Ubaikh nam een starre houding aan. Het witte bot van zijn gezicht was roerloos, de ogen gloeiden als zwarte edelstenen. Hetzel vroeg zich af of hij telepathisch beraadslaagde met zijn soortgenoten in het kasteel.

De Ubaikh siste, klikte, piepte en de vertaler produceerde op een papierstrook de woorden: "Ik heb Axistil bezocht."

"Wat heeft u daar gedaan?"

"Ik sta geen inlichtingen af."

Hetzel trok een gezicht. "Ik ben van ver gekomen om met u te praten, nobele en roemrijke Ubaikh krijger."

Blijkbaar wist de vertaler niet precies over te brengen wat Hetzel hiermee bedoelde, want de Ubaikh uitte een gesis dat de vertaalstrook in cursieve rode letters aangaf met 'woede'. Toen zei de Ubaikh: "Mijn rang is hoog en meer dan hoog: ik ben stamhoofd. Ben je gekomen om mij onder de rook van mijn kasteel te belasteren?"

"Zeker niet," zei Hetzel haastig. "Er is een misverstand in het spel. Ik ben gekomen om eerbiedig een inlichting aan u te vragen."

"Ik sta geen inlichtingen af."

"Ik zal mijn erkentelijkheid uitdrukken met een metalen gereedschap."

"Jullie handeltjes zijn waardeloos, zoals alle overeenkomsten van de Gaianen." De woorden kwamen sneller uit de machine dan Hetzel ze kon lezen. "De Gomaz zijn verslagen door metaal en energie, niet door moed. Het wijst op zwakte dat de Gaianen en de Liss en de Olefract zich verstoppen in metalen cellen en mechanische voorwerpen uitsturen om voor hen te vechten. De Gomaz zijn sterke krijgers en de Ubaikh zijn oppermachtig. Vaak verslaan zij de Kzyk, die door de Gaianen voorgetrokken worden. De Gaianen zijn verraderlijk. De

Ubaikh eisen gelijke toegang tot de geheimen van metaal en energie. Omdat ons dat ontzegd wordt, moeten de Kzyk een rivaliteitsoorlog klasse III ondergaan, ten nadele van onze lange eeuwen van liefde en oorlogsliefde en oorlogsachting. De Olefract en de Liss zijn onverbeterlijke lafaards. De Gaianen zijn lafaards, verraders en leugenaars. De Kzyk zullen nimmer profiteren van het schandaal van hun activiteiten. Kleuters en jongmaatjes moeten geoefend en getest worden. De Kzyk zullen een ras van zieke monsters worden, waaruit de kracht is weggezogen, liefde onwaardig, maar de Ubaikh zullen de stam vernietigen. Ook wij zijn verlangend naar de geheimen van metaal en energie, maar wij zullen nooit bedelaars worden."

De vloed van woorden hield abrupt op. Hetzel probeerde iets verzoenends te zeggen. "De Triarchie wil dat de nobele stam der Ubaikh rechtvaardig behandeld wordt."

Nu kwamen er groene vlekken op de lellen van het stamhoofd. Hetzel keek gefascineerd toe. De Ubaikh bracht geluiden voort en de vertaler drukte een nieuwe storm van woorden af. "Deze opmerking is ontbloot van betekenis. De Gomaz worden in bedwang gehouden met de kracht van metaal en de beet van energie. Anders zouden wij een oorlog klasse III tegen onze vijanden beginnen. De Triarchie is een monument van kleinmoedigheid. Zullen de Triarchs tegen een van ons durven te vechten? Zij zitten te rillen van angst."

"De Triarchs zijn gedood voordat zij zich over uw grieven konden buigen. Ook twee van uw metgezellen zijn gedood."

De Ubaikh bleef zwijgen.

Hetzel ging verder: "De moordenaar heeft ons allemaal onrecht aangedaan. Gaat u mee terug naar Axistil om de misdadiger te helpen grijpen?"

"Ik zal nooit terugkeren naar Axistil. Het is uitstekend dat de Triarchs gedood zijn. De Gomaz zijn een onderdrukt volk en hun huidige status is een tragedie. Laat de Gaianen alle Gomaz de geheimen van vuur en metaal leren in plaats van alleen aan de Kzyk, dan zullen allen samenspannen om de gemeenschappelijke vijand te verslaan. Scheer je nu weg; dit is het gebied van de onovertroffen Ubaikh stam. Ik zou je tot poeder vermalen als ik je wapens niet vreesde." Het wezen marcheerde weg.

De Gomaz waren een koppig ras, vond Hetzel. Hij liep terug naar de luchtwagen.

Janika vroeg: "En, wie heeft de Triarchs vermoord?"

"Hij wou me niets vertellen behalve dat hij de hele geschiedenis goedkeurt." Hetzel bracht de wagen in de lucht.

"Waar nu heen?"

"Waar ligt het gebied van de Kzyk?"

"Honderdvijftig kilometer ten noorden van hier, zowat. Achter de Shimkishbergen daar."

Hetzel raadpleegde de kaart en de zon, die al halverwege de westelijke einder gevorderd was. Hij richtte de neus van de wagen op de Zwarte Klifherberg. Janika ontspande zich.

"Wat wil je bij de Kzyk?"

Hetzel gaf haar de strook van het vertaalapparaat. "Een tirade tegen de zonden van de Gaianen."

Janika las de strook. "Het lijkt erop dat hij naar Axistil is gegaan om te protesteren tegen de voorkeursbehandeling die de Kzyk blijkbaar krijgen."

"En waarom zouden de Kzyk anders behandeld worden dan de anderen?"

"Ik weet het niet," zei Janika.

"Ik ook niet. Maar het zou het werk van Istagam kunnen zijn."

Hoofdstuk X

HERBERG DE ZWARTE KLIF hing gedeeltelijk over de rand van een machtige basaltrots onder een complex van titanenruïnes. Eronder lag een landschap uitgespreid dat door een waanzinnige poëet bedacht kon zijn: een drijfnatte vlakte met een onwezenlijk magenta gras, met her en der zwarte treurwilg en af en toe een eruptie van buitensporig hoge en broze galangalrieten die glinsterden als zilverdraden.

Toen Hetzel het terras op ging zag hij daar een stuk of tien andere gasten met drankjes voor zich die genoten van de rokende groene zonsondergang. Hij nam een tafeltje en liet een kruik granaatappelpunch en twee bekers van zilver en steen komen. Soms had zijn beroep voortreffelijke kanten, overwoog hij. De lucht die opsteeg van de vlakte bracht een geur van mos en galangal en een dozijn onbenoembare balsems aan. Ver op de vlakte deden magere, hoge kreten de stilte rillen en eenmaal riep een verre jammerkreet zo'n sfeer van mysterie en verlatenheid op dat Hetzel er kippenvel van kreeg.

Janika gleed op de stoel naast hem. Ze droeg een zachte witte rok en had haar haren in glanzende losse krullen gekamd. Een uiterst aanlokkelijk schepsel, dacht Hetzel en hoogstwaarschijnlijk ook even zorgeloos en openhartig als ze zich voordeed. Hij schonk een beker punch voor haar in. "De zonsondergang vanaf de Zwarte Klif is een bijzondere gelegenheid, en Vv. Byrrhis is een bijzonder man dat hij dit alles geschapen heeft."

"Buiten kijf," zei Janika effen. "Vv. Byrrhis is een bijzonder man."

"Al die herbergen — hoeveel zijn het er? Zes? Zeven? ... Daar zit een massa kapitaal in. Ik vraag me af hoe Byrrhis zoiets heeft gefinancierd."

Janika knipte met haar vingers om haar gebrek aan belangstelling te tonen. "Ik word niet geacht er iets van te weten — en dat weet ik dan ook niet. Maar het is algemeen bekend dat Sir Estevan Tristo heel rijk is."

"Het lijkt anders wel een riskante belegging," zei Hetzel. "Je kunt onmogelijk vaste rechten doen gelden op het onroerend goed."

"Vv. Byrrhis' aanspraken zijn evenveel waard als die van een willekeurige andere persoon. De Gomaz maken geen bezwaar, want kasteelruïnes zijn taboe. Zwarte Klif is beroemd om zijn zonsondergangen. En vannacht krijgen we geesten te zien."

"Geesten? Meen je het echt?"

"Jazeker. De Gomaz noemen de vlakte het Oord van Dolende Dromen."

"Zien ook anderen dan de Gomaz deze geesten?"

"Nou en of. Een paar saaie lieden zien alleen slierten moerasgas, of nachtkwartels met een witte sluier, maar niemand gelooft die bedompte onzin."

Het terras werd voller. "De herberg moet bijna helemaal vol zijn," merkte Hetzel op. "Ik vermoed dat Vv. Byrrhis scheppen geld verdient."

"Ik weet niet. Meestal lijkt hij jachtig en bezorgd. Ik geloof dat hij niet zo welvarend is als hij graag zou willen, maar wie is dat wel?"

"Ik in ieder geval niet."

"Als je deze zaak nu eens briljant oploste en Gidion Dirby gaf je een bonus van een miljoen SWE — wat zou je er dan mee doen?"

"Ik denk eerder dat ik een miljoen mispels van Gidion Dirby krijg. En van Sir Ivon Hacaway..." Hetzel schudde spijtig het hoofd. "Eerst moet ik de zaak nog oplossen." Hij pakte de vertaalstrook en bestudeerde hem even. "Er zitten een paar snippers informatie in deze tirade, vast en zeker per ongeluk. Iemand leert de Kzyk 'de geheimen van vuur en metaal'. Wie? Waarom? Istagam is de eerste die me voor de geest komt. De Kzyk leveren de arbeid en worden betaald met technologie, en dat zal wel verboden zijn. De Ubaikh kunnen het niet waarderen. De Liss en de Olefract denkelijk ook niet, dus worden hun Triarchs vermoord. Ik denk alleen hardop, dat begrijp je."

"Een nogal angstaanjagende gedachte." Janika keek onbehaaglijk in het rond.

Hetzel borg de vertaalstrook weg. "Morgen brengen we een bezoek aan de Kzyk, of bekijken ze tenminste uit de verte. Maar laten we nu over iets boeienders praten. Over Lljiano Reyes van Varsilla, bijvoorbeeld."

"Ik wil niet over mezelf praten... Alhoewel, om eerlijk te zijn... nou, ik kan het beter niet zeggen."

"Nu heb je me nieuwsgierig gemaakt."

"Zo interessant is het anders niet. Toen ik uit Palestria weg wilde, zei iedereen dat ik gek en stom was, wat best kan zijn. Maar hier vanavond in de Zwarte Klif, dat wilde ik vinden." Ze maakte een hulpeloos gebaar. "Ik weet dat ik niet duidelijk ben. Maar kijk, daarboven hangt de groene maan, en hier zitten wij uit te kijken over het Oord van Dolende Dromen en op geesten te wachten en granaatappelpunch te drinken. Thuis zou ik iets gewoons doen. Geen groene maan, geen punch, geen spoken."

Hetzel wist niets terug te zeggen. Een poos zaten ze zwijgend te kijken.

Een magere zwarte gedaante met langzaam slaande vleugels dreef over de maan. "Daar heb je een geest," zei Hetzel.

"Nee toch. Geesten vliegen niet zo... Het is te lang en te broos voor een gargouille... Het zal wel een zwarte engel zijn."

"En wat is een zwarte engel?"

"Als ik het goed heb, is dat wat we net zagen."

Hetzel stond op. "We worden allebei flauw van de honger. Ik stel voor dat we gaan eten."

In de ruïne van de centrale toren ondersteunden zes ijzeren poten een stenen schijf van twaalf meter doorsnede. Dit was een attribuut van een of andere Gomaz rite. In het midden rees een paal van verwrongen zwart ijzer vier meter de lucht in en spleet bovenaan uiteen in een aantal zwarte ijzeren takken met trosjes gele vlammen aan de punten — lichtgevend fruit aan een surrealistische boom. Hetzel en Janika beklommen een ijzeren trap en op de schijf begeleidde een steward in een groene en zwarte livrei hen naar een tafel met een wit laken, kristallen borden en zilver bestek.

Opkijkend zag Hetzel de blote hemel. Het fletse maanlicht viel op de noordelijke muur. "Wat doen ze als het slecht weer is?"

"In het regenseizoen sturen we de mensen naar de Andantinaiwoestijn in het zuiden. Daar kunnen ze naar de vulkanen en de grijpgieren en het Grote Stenenmonument kijken. Vv. Byrrhis heeft overal aan gedacht."

"Vv. Byrrhis is een vindingrijk man en zonder twijfel heel stimulerend om mee samen te werken."

Janika lachte. "Hij wilde me meenemen naar de Golgath-herberg op de Schedelvlakte, maar ik ging er niet op in, en sindsdien is hij niet meer stimulerend. Als hij wist dat ik hier met jou was, zou hij razend worden. Denk ik. Zelfs terwijl het zo onschuldig is."

Vv. Byrrhis' gevoelsaandoeningen leken ver weg en onbelangrijk. "Met wie denkt hij dat je hier bent?"

"Heeft hij niet naar gevraagd. En ik heb het niet gezegd."

De steward diende een salade van inheemse kruiden op die Hetzel prettig zuur vond smaken, een ragout van onherkenbare ingrediënten, dunne koeken van knapperend deeg, twee flessen geïmporteerde Zencse wijn, een gele en een donkeroranje met een dikke violette glans.

Janika zorgde voor de gebruikelijke Zencse wijnceremonie. Ze schonk een glas halfvol donkere wijn, veegde de glans weg met een zacht vierkant lapje en vulde het glas meteen met de gele wijn.

"Op de wijn na komt alles van Maz," zei ze. "Toen ik hier net was, vond ik dat alles naar mos smaakte en ik at bijna niets. Nu ben ik veel verdraagzamer. Maar ik moet nog steeds denken aan de gebakken oesters van Varsilla en de peperschotels en de yams gevuld met moerbeien... Laten we het dessert op het terras opeten en kijken of we geesten zien."

Het dessert bestond uit een lichtgroene sorbet en bekers pikant heet brouwsel uit de bast van een woestijnplant. Een uur lang stonden ze op het terras boven de vlakte. Ze hoorden weemoedige kreten in de verte en zacht, geheimzinnig getoeter, maar kregen geen geesten te zien. Weldra ging Janika naar bed. Hetzel dronk nog een kop thee en boog zich nog een keer over de vertaalstrook.

Een heel gecompliceerde situatie, dacht hij, en de onderdelen spraken elkaar niet alleen tegen maar hielden schijnbaar niet eens verband. Er stonden duidelijk hoge inzetten op het spel; niemand zou zich zo veel moeite geven om Gidion Dirby's haat op te wekken als het niet heel belangrijk was. En wat vreemd dat Casimir Wuldfache, die hij voor Madame X van Twisselbaan op Tamar naar Maz nagetrokken had, nu een rol moest spelen in de affaire Dirby-Istagam. Toeval? Hetzel schudde weifelend het hoofd. De onmiskenbare geur van het gevaar

hing in de lucht. Personen die zulke bewerkelijke plannen in gang
hadden gezet zouden vast hun hand niet omdraaien voor een moord
of wat. Misschien hadden ze al een Olefract, een Liss en twee Ubaikh
gedood. Scherpe waakzaamheid was geboden en hij moest ook Janika
beschermen.

's Nachts werd Hetzel wakker door het gedempte janken van een
energieomvormer. Toen hij naar het raam ging zag hij, vaag in het
licht van de laagstaande groene maan, de verdwijnende vorm van een
luchtwagen tegen de hemel. Vreemd, dacht hij. Heel vreemd.

In het bleke ochtendlicht namen Hetzel en Janika hun ontbijt op het
terras. Janika zag er flets en tobbend uit, en Hetzel vroeg zich af waar
haar sombere uitdrukking aan te wijten was. Hij vroeg: "Heb je goed
geslapen?"

"Gaat wel."

"Je lijkt erg teruggetrokken vanmorgen."

"Ik wil niet terug naar Hondstad en het reisbureau."

"We moeten wel terug naar Hondstad," zei Hetzel. "Maar jij hoeft
niet terug naar het reisbureau."

"Ik heb een contract voor zes maanden getekend. Als ik nu opzeg,
raak ik de helft van mijn tegoed kwijt."

Hetzel dronk zijn thee. "Waar wil je dan naartoe, als Hondstad je
niet bevalt?"

"Ik weet niet."

"Varsilla?"

"O... vroeg of laat. Maar nu nog niet. Ik weet niet wat ik wil. Ik ben
gewoon in een slechte stemming."

Hetzel dacht erover na. "Het zou kunnen dat Vv. Byrrhis het goed
vindt dat je je contract verbreekt."

"Vast niet. Hij heeft grapjes gemaakt die niet echt leuk waren. Maar
ik denk dat ik er toch maar mee ophoud."

"Vv. Byrrhis zou weleens hulpvaardiger kunnen zijn dan jij denkt.
Aan een knorrige of apathische receptioniste heeft hij niet zo veel. In
de tweede plaats... maar waarom zouden we erop vooruitlopen?"

Janika pakte zijn hand en kneep erin. "Ik voel me alweer wat vrolijker."

Hetzel betaalde de rekening. Janika deed een halfslachtige poging om de helft bij te dragen, maar dat weigerde Hetzel met een beroep op de edelmoedigheid van zijn cliënt, Sir Ivon Hacaway. Ze begaven zich naar het landingsplatform en stapten in de Hemus Wolkspringer. "Vaarwel, Zwarte Klif," zei Hetzel. Hij keek Janika aan. "Vanwaar dat lange gezicht?"

"Ik hou er niet van om afscheid te nemen."

"Je bent al net zo sentimenteel als Gidion Dirby." Hetzel steeg op. "En nu terug naar Axistil via het kasteel van de Kzyk. Als we boffen krijgen we een glimp van Istagam te zien."

Janika kon geen enthousiasme opbrengen voor de omweg. "Vanuit de lucht zal er niet veel te zien zijn en we spelen met ons leven als we landen."

"We zullen geen risico nemen, temeer niet daar een bezoek aan het Triskelion de zaak vermoedelijk al opheldert."

"O? Wat denk je daar dan te vinden?"

"De agenda, of de kalender, of hoe het heet, van de Triarchs. Ik wil weten hoelang van tevoren de Ubaikh hun bezoek hebben aangemeld."

"Dat lijkt me niet zo belangrijk."

"En daar vergis je je. Het is het kritieke element van de hele affaire, geloof ik." Hetzel keek op de kaart. "We vliegen noordwaarts over het gebied van de Ubaikh, over de Shimkishbergen en dan over de...hoe heet dat? De Steppe der Lange Botten?"

"Wegens een groot gevecht van duizend jaar geleden. De Ubaikh, de Kzyk en de Aqzh vochten tegen de Hissau. Het was een haatoorlog, omdat de Hissau nomaden en paria's zijn die kleuters van andere stammen in hinderlagen lokken wanneer ze na hun geboorte hun kasteel proberen te bereiken... Als je het een geboorte kunt noemen als ze zich uit een lijk graven."

"Hoe vinden de kleuters de weg naar huis?"

"Telepathisch. Ongeveer een derde deel overleeft de reis."

"Het lijkt me een hardvochtig systeem," zei Hetzel. "En de Gomaz lijken me wreed en hardvochtig, althans met menselijke ogen bezien."

"Omdat wij niet telepathisch tot een enkele eenheid zijn gesmeed."

"Precies. Zij zullen ons ook wel raar en wreed vinden, om even irrationele redenen...Daar hebben we het Ubaikh kasteel, in het westen."

Janika pakte de verrekijker. "Ze verlaten het kasteel. Het zijn troepen. Ze marcheren ergens naartoe — misschien tegen de Kzyk. Of de Kaikash, of de Aqzh."

Het Ubaikh kasteel verdween in de verte en vooruit doemden de Shimkishbergen op — zwarte scherven boven een puinhoop van lichtgroen en bruin fluweel. Erachter lag een kale grijsblauwe nevel-vlakte — de Steppe der Lange Botten, die allengs de halve einder besloeg... Hetzel hoorde een afwijkend geluid uit de motoren komen. De stuwers waren hoorbaar geworden en gonsden nu op de hoogste gehoorgrens; geleidelijk daalde de toonhoogte. Hetzel staarde perplex naar de brandstofmeter.

Janika zag het. "Wat is er?"

"Geen energie meer. De batterijen zijn leeg."

"Maar volgens de meter zijn ze nog halfvol!"

"Of de meter is kapot, of iemand heeft hem losgekoppeld van de accu's en die vervolgens leeg laten lopen. In elk geval verliezen we hoogte."

"Maar we zijn overal kilometers vandaan!"

"We hebben de radio nog." Hetzel morrelde aan de knoppen. "Toch niet, schijnt het."

"Maar wat kan er gebeurd zijn? Als het goed is worden deze wagens heel zorgvuldig onderhouden!"

Hetzel herinnerde zich de luchtwagen die hij 's nachts had gezien. "Iemand vindt dat wij lang genoeg geleefd hebben. Hij heeft genoeg energie overgelaten zodat we nog een flinke afstand van de herberg konden komen."

De luchtwagen zweefde naar de door de wind afgeslepen keien van de Steppe der Lange Botten. De twee bleven zwijgend zitten. Hetzel bestudeerde de kaart. "We zijn ongeveer hier. Het Ubaikh kasteel ligt hier vijfenzestig kilometer vandaan aan de andere kant van de ber-gen. Het kasteel van de Kzyk is bijna honderd kilometer naar het noordwesten. Het slimste wat we kunnen doen is op weg gaan naar de bushalte van de Ubaikh over de bergen. De bergen betekenen dat we moeten klimmen, maar we kunnen er vermoedelijk water vinden. Op de steppe hoeven we daar niet op te rekenen."

Janika kauwde op haar lip. "Kan je de radio niet repareren?"

Hetzel maakte hem open. Een blik op de vernielde onderdelen

zei hem genoeg. "De radio is er geweest. Als je wilt, kun je in de auto blijven terwijl ik hulp haal. Dat is misschien prettiger voor je."

"Ik ga liever met jou mee."

"Dat hoopte ik al." Hetzel keek nog eens op de kaart. "Als we terug waren gevlogen naar het zuiden, naar Axistil, dan waren we middenin het Kykh-Kych Moeras neergekomen en dan hadden we geen enkele kans gehad."

"Zo rooskleurig staan we er hier ook niet voor."

"Vijfenzestig kilometer is niet zo verschrikkelijk ver — twee of drie dagen lopen, afhankelijk van het terrein. Wat voor wilde beesten zouden we tegen het lijf kunnen lopen?"

Janika keek de hemel rond. "Gargouilles wonen in de bergen. Ze jagen op baby-Gomaz, maar als ze honger hebben vallen ze alles aan. 's Nachts komen de lalu's tevoorschijn. Gisternacht heb je ze op de vlakte gehoord. En we zien misschien ixxen — de witte vossen van Maz. Die zijn blind, maar ze jagen in meutes van twee of driehonderd. Het zijn afschuwelijke beesten. Ze vangen baby-Gomaz en brengen die groot als ixxen, en daarom zie je soms naakte Gomaz op handen en voeten over de vlakte rennen. Ze dienen als de ogen van de ixxen totdat de meute besluit om ze aan stukken te rijten. Als we Gomaz tegenkomen, beschouwen ze ons misschien als veldprooi en doden ons."

Hetzel rommelde in de verschillende berghokken van de wagen in de hoop een reserve-energiecel te vinden, maar hij bofte niet en vond niets. Buiten tuurde hij naar de horizon. Alles was even verlaten. Na een laatste blik op de kaart wees hij naar de bergen. "Recht onder die dubbele piek zit een pas. Vandaar moeten we een richel zien die een paar kilometer ten zuiden van het Ubaikh kasteel loopt. We zullen niet verdwalen. Met wat geluk doen we die vijfenzestig kilometer in twee dagen, als we niet gedood worden. Ik heb twee pistolen bij me, een mes en tien granaten. We hebben een goede kans om het er levend af te brengen. Ik zal de vertaler meenemen voor het geval we onderweg loslopende Gomaz tegenkomen. Langer wachten heeft geen zin, dus laten we maar gaan. Als je reservelaarzen bij je hebt, neem ze dan maar mee. En ook je jas."

"Ik ben klaar."

Ze gingen op weg naar het zuiden over een sponzige laag zwarte korstmossen. Hun laarzen wierpen donkere rookwolkjes op en hun voetafdrukken bleven duidelijk te zien.

"De ixxen zullen ons volgen als ze de sporen vinden. Men zegt dat ze de warmte na dagen nog voelen."

Hetzel pakte haar hand. "Ik weet zeker dat we veilig in Axistil komen, en reken maar dat de mensen op Varsilla je zouden bewonderen als ze je nu konden zien — bezig aan een voettocht over de Steppe der Lange Botten samen met een vagebond."

"Ik geloof niet dat ik al op de nominatie sta om te sterven... wie zou ons zo'n streek geleverd hebben?"

"Kun je dat niet raden?"

"Nee. Gidion Dirby? Vast niet. De Ubaikh? Hij zou er niet eens aan denken, en hij weet niets over luchtwagens."

"Wat denk je van Vv. Byrrhis?"

Janika's mond viel open van verbazing. "Waarom zou hij ons een kwaad hart toedragen? Om mij?"

"Misschien."

"Ik kan het niet geloven. En vergeet niet dat de luchtwagen van het reisbureau is, ofwel van Byrrhis, en hij is dol op zijn SWE's."

"Mettertijd zal alles bekend worden. Ondertussen, mocht je iets eetbaars zien, aarzel dan niet het te zeggen."

"Ik ben echt niet deskundig op dat gebied. Ik heb gehoord dat zo goed als alles giftig is."

"Zo nodig kunnen we twee, drie of zelfs vier dagen zonder voedsel."

Janika zei niets. Ze liepen zonder te praten. Hetzel bedacht zich dat hij alle restjes achterdocht jegens het meisje van zich af kon zetten. Ze zou zich toch niet vrijwillig onderwerpen aan zo'n ontbering. Anderzijds, als zij een medeplichtige van Byrrhis was, dan vond hij dit misschien wel een voortreffelijke gelegenheid om zich ook van haar te ontdoen.

De zon rees naar het zenit en allengs, heel langzaam, begonnen de toppen van de Shimkish de hemel te domineren. Tegelijk werd het terrein steeds moeilijker begaanbaar. De keien en het zand en de zwarte mosvelden gingen over in flauwe hellingen met prikstruik en zwart waskruid en de uitlopers van de eerste heuvels.

Na drie uur klimmen stonden ze bovenop een richel. Hier rustten ze uit en keken ze hoe ver ze al gekomen waren. Janika leunde tegen Hetzel. Hij sloeg zijn arm om haar heen. "Ben je moe?"

"Ik heb besloten daar niet over na te denken."

"Heel verstandig. We hebben een behoorlijk stuk afgelegd." Hij keek door de verrekijker naar het noorden. "Ik zie de wagen al niet meer."

Janika wees in de verte. "Kijk daar. Er beweegt iets. Ik zie niet wat."

"Gomaz — een marscolonne met vier wagens. Ze komen wel nader maar ze gaan naar het westen."

"Dat moeten Kzyk zijn," zei Janika. "Op patrouille, of misschien op weg om de Ubaikh te overvallen, of een van de stammen ten westen van de Ubaikh. Ik weet niet meer hoe ze heten. Hoeveel zie je er?"

"Te veel om te tellen. Een paar honderd, schat ik…Laten we maar verder gaan."

Een poos lang viel de weg mee, over de richel en toen een smalle hoogvlakte. Daarachter rees de grote massa van de Shimkish op. De dubbele piek bij de pas die hun voorlopige doel was nam een prominente plaats in.

Bij een bronnetje dronken ze wat en daarna klommen ze weer verder, nu regelmatig uitrustend.

"Aan de andere kant naar beneden gaat makkelijker," zei Hetzel, "en een stuk sneller."

"Als we ooit op de top komen. Ik begin me al zorgen te maken over de volgende tien stappen."

"We moeten maar doorgaan voor we stijf worden. Ik ben ook niet gewend aan bergklimmen."

De zon wentelde door de hemel. Twee uur voor hij onderging zwoegden Hetzel en Janika omhoog uit een met lianen overwoekerd ravijn naar een bergweide met een beekje. Hijgend, zwetend en met schrijnende schrammen afkomstig van beten, doornen en angels zegen ze neer op een platte steen. Het weiland was bedekt met een mat van kleine hartvormige bladeren. Honderd meter naar het oosten lag een bos waarvan Hetzel de meeste ingrediënten niet kon benoemen. Hij zag een paar bloedbomen met donkerrode stammen en dicht zwart gebladerte, paarse boomvarens, gigantische galangalrieten. Een halve kilometer verderop in het westen begon een dicht bos van bloedbomen. Sommige plekken van de weide waren vertrapt en er hing een eigenaardige stank in de lucht — een smerige muskusgeur die Hetzel associeerde met rotting, hoewel er niets doods te zien was.

Af en toe hadden ze onderweg in de bergen kleine dieren gezien, zoals springende zwarte wezels die een en al ogen, haar en grote tanden waren, een lang en laag-bij-de-gronds wezen als een armadillo zonder kop dat op honderd korte pootjes rondkroop, witte knaagdieren als sprinkhanen met koppen die sterk op de gekuifde witte schedels van de Gomaz leken. Een slaperig reptiel van zes meter had hen laten passeren met een gezicht dat er griezelig verstandig uitzag. In het ravijn hadden ze een school vliegende slangen verrast. Dit waren bleke, tere schepsels die op lange laterale franjes door de lucht gleden. Ixxen en kleuters hadden ze niet gezien, en ze hadden alleen last gehad van doorns en insecten. Nu zag Hetzel een tiental vormen met vierkante vleugels die door de lucht suisden met laag neerhangende koppen aan lange gespierde nekken — gargouilles. Ze kwamen van een hoge piek en cirkelden vijfentwintig meter boven het bos in het oosten rond. Afzichtelijke dieren, vond Hetzel. Hij merkte dat ze langzamerhand dichter naar de weide cirkelden.

Nu hoorde hij een krassend geluid, van hoog naar laag schetterend, op en neer over de gehoordrempel met een ingewikkelde cadans waar hij geen vat op kon krijgen. Hij wist ogenblikkelijk wat het geluid voorspelde.

"Gomaz!" fluisterde Janika. "Ze komen naar ons toe!"

Hetzel sprong op, zocht her en der naar een schuilplaats. Het ravijn waar ze net uitkwamen zou voldoen, maar aanlokkelijker was een rotstand een eindje naar het noorden die weelderig begroeid was met ijzerplant. Hij nam Janika bij de hand en samen klauterden ze tegen de rots op en lieten zich plat op de top vallen onder de zwarte reuzenbladeren.

Op hetzelfde moment kwamen de Gomaz het oostelijke bos uit — een kolonne van vier rijen die met kromme benen marcheerden. Op de oostelijke kant van het beekje hielden ze halt en hun weeklagende lied werd onhoorbaar. Ze gingen uit het gelid en waadden door het water.

Janika fluisterde Hetzel in zijn oor: "Het zijn Ubaikh — een oorlogs-bende."

Hetzel keek naar de Gomaz. "Hoe weet je dat het Ubaikh zijn?"

"Dat zie je aan de helmen. Kijk! Zie je die ene die apart staat? Is dat niet het opperhoofd dat in Axistil is geweest?"

"Ik weet het niet. Voor mij zien ze er allemaal gelijk uit."

"Het is 'm. Hij draagt nog steeds die ijzeren band en dat zwaard."

De Gomaz kwamen het water uit en stelden zich weer in rijen op, maar ze trokken niet verder. In de lucht zweefden de gargouilles met hun uitgerekte nekken.

Hetzel wees naar het bloedbomenbos aan de westelijke zoom van de weide. "Nog meer gargouilles!"

En daar verscheen een tweede groep Gomaz gevolgd door vier wagens. Ze zongen hun eigen zwevende, jankende polyfonie. "De Kzyk!" fluisterde Janika. "Dezelfde die we vanochtend zagen!"

De Kzyk marcheerden door alsof de Ubaikh onzichtbaar waren. Aan de rand van de beek verbraken ze de marsorde, precies zoals de Ubaikh, en waadden het water in. Ondertussen stonden de Ubaikh er stram en roerloos bij. Weldra keerden de Kzyk terug naar de westelijke oever van de beek en stelden zich weer in het gelid op; nu stonden ook zij kaarsrecht en bewegingloos te wachten.

Drie minuten lang verroerden Ubaikh noch Kzyk een spier, voor zover Hetzel kon bepalen. Toen stapte er een Kzyk krijger naar voren. Hij struinde op en neer langs het water met vreemde, hortende passen waarbij hij zijn benen hoog optilde en overdreven fijngevoelig neerzette.

Uit de gelederen van de Ubaikh kwam ook een krijger naar voren, die op soortgelijke wijze over de andere oever paradeerde.

Nog eens drie Kzyk traden uit het gelid en namen een serie bizarre houdingen aan waarvan de betekenis Hetzel totaal boven zijn pet ging. Op de oostelijke oever aapten drie Ubaikh de Kzyk na. "Zeker een soort oorlogsdans," zei Hetzel zacht.

"Een oorlogsdans of een liefdesdans."

Aan beide zijden van de beek, terwijl de witte vonk van de zon door de donkerende groene hemel zonk en de wind door de bloedbomen zuchtte, paradeerden en poseerden de Gomaz krijgers, wiegden met hun lichaam, maakten buigingen en stijve sprongen. Ze begonnen te zingen — eerst een gefluister, dan een harder en intenser gefluit en daarna een bonzend gejammer. De rillingen liepen over Hetzels rug. Janika huiverde en deed haar ogen dicht en drukte zich tegen Hetzel aan.

Het lied steeg vibrerend boven de menselijke gehoorgrens uit en hield toen op. De stilte knetterde van spanning. De dansers en poseurs keerden rustig terug in hun rijen.

De strijd werd aangebonden. De krijgers sprongen over het water met klapperende kaken en kozen een tegenstander. Beiden maakten schijnbewegingen, doken weg, weken achteruit en probeerden de ander bij zijn nek te grijpen met de kaken die ze nu ontbloot hadden.

Hetzel wendde zijn ogen af. Het was een afschuwelijk en wonderbaarlijk spektakel. De lucht werd verscheurd door hartstochtelijke smartekreten, geëxalteerde jammerklachten en het was allemaal even aangrijpend. Janika lag te rillen. Hij sloeg zijn arm om haar heen en kuste haar gezicht. Toen deinsde hij ontzet achteruit. Was hij meegesleurd door een telepathische vloedgolf? Verstijfd lag hij zich te verzetten tegen de stormen van moordzuchtige erotische opwinding.

De eerste overwinningen waren al geboekt. De winnaars hadden hun tegenstander bij de nek weten te grijpen en daar zenuwen doorgebeten of een hormoon geïnjecteerd, want plotseling werd de verslagene willoos, terwijl de zegevierende krijger zijn zaad in de romp van het slachtoffer plantte en vervolgens het knobbeltje in de nek van het slappe wezen opat.

Het gevecht eindigde. Van de weide steeg een nieuw geluid op dat het midden hield tussen gekreun en gezucht. De helft van de strijders leefde nog. Oorspronkelijk waren er meer Kzyk dan Ubaikh geweest, en nu nog, maar de Kzyk vertoonden niet de neiging om de overlevenden aan te vallen, onder wie — zag Hetzel met genoegen — ook het stamhoofd was. In de hoogte cirkelden nog de gargouilles. Een voor een schoten ze nu weg en klapperden naar de bergpieken. "Als de oorlog uit haat wordt gevoerd," zei Janika, "blijft geen van de verliezers in leven en dan nemen de gargouilles de lijken mee. Maar nu zullen ze bewakers achterlaten tot de baby's uitbreken." Ze keek Hetzel vragend aan. "Wat moeten wij nu?"

"Zo nodig kan ik mijn wapens gebruiken," zei Hetzel. "Vannacht zullen we hier moeten blijven. Een betere plek vinden we waarschijnlijk toch niet."

Na een ogenblik of wat keek Janika hem aan. "Je hebt me gekust."

"Dat klopt."

"Toen hield je op."

"Ik was bang dat de telepathie van de Gomaz me te pakken kreeg. Het leek niet waardig. Maar nu speelt de telepathie natuurlijk geen rol." Hij kuste haar opnieuw.

"Ik ben moe en vies en ik voel me ellendig," zei Janika. "Ik zal er wel afschuwelijk uitzien."

"Het vormelijke aspect van onze relatie schijnt het af te leggen," zei Hetzel. "Wat zouden ze op Varsilla zeggen als ze je nu konden zien?"

"Geen idee... ik wil het ook niet weten..."

Hoofdstuk XI

De nacht duurde lang en was naargeestig. In hun jas gewikkeld lagen Hetzel en Janika uitgeput te slapen. Toen het licht werd, ontwaakten ze verkrampt en met spierpijn en koud tot op het bot. Hetzel verkende behoedzaam de omgeving. De Ubaikh waren aan de oostkant van het water bij elkaar gekropen; de Kzyk vormden eenzelfde groep in het westen. Nu de dag aanbrak, reden ze hun wagens dichterbij en laadden kookpotten met voedsel uit. De Ubaikh staken de beek over en aten op voet van gelijkheid mee met de Kzyk. Daarna gingen ze terug naar de plek waar ze de nacht hadden doorgebracht. Een paar minuten zwierven ze over de weide en bekeken de lijken van het gevecht; toen begon er een gedeeltelijk telepathische samenspraak. Het opperhoofd van de Ubaikh scheen een heftige vermaning te uiten. Daarop overlegden de Kzyk en toen begonnen ze honend te fluiten tegen de Ubaikh, die verstijfde. Het opperhoofd begon heen en weer te benen, maar sneller dan de vorige avond. Deze keer leken de krijgers niet bezig met pronken; ze bewogen zich abrupt en hun gebaren waren ruw en nadrukkelijk. Het gezang begon — staccato frasen, schril en dominerend. Van de pieken kwamen de gargouilles omlaag. Met hun neerhangende nekken scheerden ze door de lucht boven de weide en observeerden de gebeurtenissen aandachtig.

Het zingen hield op; de krijgers gingen weer in het gelid staan. Hetzel sprong plotseling overeind.

"Ze zullen je zien!" riep Janika.

"Ik kan niet toestaan dat die Ubaikh gedood wordt. Hij is de enige betrouwbare getuige. Bovendien bevallen die wagens me wel. Kom mee naar beneden. Schiet op, voor ze beginnen te bakkeleien!"

Ze klauterden van de rots. Hetzel stapte de weide op. "Halt!" riep hij. Hij had het volume van de vertaler op maximaal staan. "Het gevecht moet gestaakt worden. Ga uit elkaar. Gehoorzaam mij, want ik heb wapens om allen hier te doden en de lijken zal ik achterlaten voor de gargouilles." Hij wees naar de hemel en een, twee, drie gargouilles ontploften in wolkjes van paarse vlammen en zwarte rook. Een paar verkoolde brokken vielen op de grond.

Hetzel wees naar het Ubaikh opperhoofd. "Jij moet meekomen. Die onrealistische arrogantie van jou duld ik niet langer. We rijden in de wagens van de Kzyk. Zij brengen ons naar de bushalte van kasteel Kzyk. Kzyk, bereid jullie voor op de mars. Ubaikh: verspreid jullie, ga terug naar je kasteel. Beide partijen mogen wachters achterlaten om de kleuters te beschermen." Hetzel wenkte Janika. "Kom."

De Gomaz stonden erbij als stenen beelden. Hetzel wees naar het stamhoofd. "Kom mee. Ga naar de andere kant van de beek en wacht bij de wagens."

Het Ubaikh opperhoofd maakte een serie schelle, razende geluiden waar de vertaalmachine geen raad mee wist. Hetzel deed een stap naar voren. "Ik word ongeduldig. Ubaikh, naar huis! Terug naar het kasteel! En jij —" hij wees het opperhoofd weer aan "— naar de overkant!"

De lucht galmde van vertoornd gefluit. Een Kzyk van hoge status uitte een woedend gekrijs. De vertaler meldde: "Wie bent u dat u zulke bevelen geeft?"

"Ik ben een Gaiaans opperheerser! Ik ben gekomen om de problemen van de Gomaz te onderzoeken. Ik heb deze Ubaikh nodig als getuige; ik kan zijn dood op dit moment niet toestaan."

"Ik zou niet gedood zijn," verklaarde het stamhoofd. "Ik was van plan twee dozijn Kzyk af te slachten en mij op hun lijken te ontlasten."

"Deze heldendaad zul je even moeten uitstellen," zei Hetzel. "Naar de wagens nu en vlot een beetje!"

De Ubaikh en de Kzyk staarden elkaar aan, besluiteloos en terneergeslagen. Hetzel zei: "Wie wil mij niet gehoorzamen? Laat hij naar voren komen!"

Niemand verzette een stap. Hetzel richtte zijn pistool en vernietigde twee lijken — een Ubaikh en een Kzyk. De Gomaz lieten een gejammer van afgrijzen en ontzag horen. "Naar de wagens," zei Hetzel.

Het stamhoofd slofte wrokkend naar de Kzyk wagen. De resterende

Ubaikh dromden onrustig bij elkaar. De Kzyk vormden zonder aarzelen een kolonne en marcheerden naar het westen. Hetzel, Janika en het stamhoofd van de Ubaikh klommen in een wagen, die hortend achter de krijgers aan rolde. "Dit is iets beter dan lopen," zei Hetzel.

"Helemaal mee eens," antwoordde Janika.

De wagen hotste de hoogten af. De Ubaikh zat nors en zwijgend in elkaar gedoken. Plotseling luchtte hij sissend zijn gemoed met een reeks lange woorden. Hetzel keek op de papierstrook. Daar stond: "Sinds er vreemde wezens op Maz zijn gekomen, staat alles op zijn kop. Vroeger was het beter geregeld."

"Het gaat de Gomaz nog steeds best voor de wind," zei Hetzel. "Als zij niet aan het veroveren waren geslagen, zouden ze nu niet onder toezicht staan."

"Jij hebt makkelijk praten," luidde het antwoord. "Wij veroveren omdat onze levensstijl dat eist. Wij doen wat wij moeten doen."

"Om dezelfde reden verdedigen wij onszelf. Je mag dankbaar zijn dat wij de Gomaz niet uitgeroeid hebben, zoals de Liss hadden willen doen. De Gaianen zijn geen harteloze moordenaars en daarom vraag ik je hulp om de schuldige aan te wijzen van de moorden in het Triskelion."

"Dat is een nietige zaak."

"Wie was de moordenaar dan?"

"Een Gaiaan."

"Maar welke?"

"Dat weet ik niet."

"Hoe weet je dan dat het een Gaiaan is?"

"Ik kan het bewijzen, en daarmee heb ik mijn plicht aan jou gedaan. Meer hoeft niet gezegd te worden."

De Kzyk krijgers begonnen opeens te schreeuwen van opwinding. Hetzel ging rechtop staan, maar hij zag alleen de hellingen van de Shimkish en de steenachtige grijze steppe. De Kzyk spoorden de trekwormen aan en de wagens holderden en bolderden over het pad terwijl de wormen zich kromden en uitrekten, zich kromden en uitrekten.

Hetzel sprak een vraag in de vertaler: "Vanwaar al die opwinding?"

"Nu hebben zij de list van de Ubaikh ontdekt."

"Welke list?"

"Gisteravond deden wij een grootscheepse schijnaanval op de Shimkish om hun meest —" hier onderstreepte de machine het woord *viriele* met rood "— krijgers weg te lokken van het kasteel, terwijl onze grootste troepenmacht het kasteel van de verraders overviel. De Kzyk hebben het plan nu begrepen. Zij haasten zich om hun kasteel te verdedigen, want dit is een oorlog klasse III om de Kzyk weg te vagen."

De wormen werden moe en hun tempo nam af. De krijgers draafden vooruit met een spoor van stofwolkjes achter zich aan en na korte tijd waren ze niet meer te zien tussen de mosheuveltjes die hier het naargeestige land wat opfleurden.

's Middags hield de wagen halt bij een oase. Deze bestond uit een plas modderwater omringd door rafelbomen en een paar onvoldragen galangals. Een wind uit het zuiden ranselde de zwarte rafelbladeren van de bomen en de galangals knalden en kletterden. Hetzel en Janika stapten uit en liepen naar het water. De modder eromheen toonde honderden scherpe sporen. De vorige avond hadden er drommen ixxen gedronken.

Hetzel en Janika lieten de plas angstvallig links liggen. Ze hadden allebei dorst maar wilden hier niet graag drinken, want er steeg een vieze, zoetige walm uit het water op. De voerlieden doken er onvervaard in, plasten rond, spatten zichzelf nat en dronken zonder gewetensbezwaren en maakten het water op hun beurt vuil. De Ubaikh deed met hen mee. Hetzel keek Janika aan. "Hoeveel dorst heb jij?"

"Niet genoeg."

"Ik ook niet."

De wagens vervolgden hun weg naar het noordoosten. De Shimkishbergen waren verdwenen en de steppe strekte zich kaal en bloot in alle richtingen uit totdat hij overging in de lucht.

Hetzel overlegde met de koetsier. "Waar is de bushalte van de Kzyk?"

"Nabij het kasteel."

"Breng ons daarheen."

"Ik begrijp uw bevel."

"Reizen jullie ook 's nachts?"

"Zeker; maar langzaam. De wormen zullen willen uitrusten."

"Hoelang duurt het voor we er aankomen?"

"Midden op de morgen. Ik vrees dat we de strijd zullen missen."

"Zonder twijfel komen er nog meer gelegenheden."

"Denk het ook wel."

Terug bij Janika zei Hetzel: "Vannacht blijven we in de wagen. Je zult wel honger hebben."

"Als ik denk aan wat er hier te eten is, valt het wel mee."

"Zodra we weer in Axistil zijn, gaan we eten in het Beyranion en dan bestellen we alles wat jij het lekkerst vindt."

"Dat zou aardig zijn."

Hetzel vroeg zich af of de Ubaikh 's nachts een poging zou doen om hem van zijn wapens te ontdoen. Menselijk gesproken leek die kans levensgroot, maar misschien was zo'n daad voor de Gomaz psychologisch ondenkbaar. In ieder geval kon het geen kwaad om op te letten.

Kort voor de zonsondergang arriveerde de wagen bij een nieuwe bron en deze keer wierpen Hetzel en Janika alle voorzorgen overboord en dronken ervan.

De zon zonk weg; aan de hemel verschenen gedempte kleuren lila en appelgroen en een purperen band, en toen kwam de schemer, die lang duurde, en toen de nacht. Hetzel pakte zijn pistool en hield het op de Ubaikh gericht, die geen vin verroerde. Janika doezelde wat en sliep tot de maan opkwam. Toen schoot ze wakker, beduusd dat ze in een wagen over de Steppe der Lange Botten hobbelde. Zij hield een uur lang de wacht terwijl Hetzel sliep. Hij ontwaakte toen de wagens stopten. Een eind verder stond in het maanlicht een geweldig mensachtig gedrocht, zes meter hoog met de beenwitte kop en het schild van een Gomaz. Het wezen liet een kakelend gehinnik horen en slofte toen zwaar weg. "Een boeman!" fluisterde Janika. "Ik heb van ze gehoord, maar ik verwachtte niet dat ik er ooit een zou zien. Ze moeten verschrikkelijk fel zijn."

De wagens reden door. De grote groene maan verhief zich in de hemel en veranderde de steppe in een griezelig mooi tafereel. Hetzel knikkebolde wat. Toen hij wakker werd lag Janika te slapen met haar hoofd op zijn schoot en de Ubaikh zat nog steeds op dezelfde plaats.

De nacht liep op zijn eind. In het oosten gloorde een onderzees licht: de zon kwam op achter een rij verre heuvels.

De Kzyk vuurden de trekwormen aan tot een hoger tempo. Weldra hotsten de wagens een gebied binnen waar peulvruchten en fruit werden gekweekt. De wagens sloegen een grindweg in die steil tegen de heuvel op liep. Op de top doemde het kasteel van de Kzyk op. Het was een luisterrijk fort omringd door een cirkel van slanke torens die met hoge loopbruggen aan het fort verankerd waren. De Ubaikh aanval was al begonnen: aan de zuid- en westkant van het kasteel ziedde het van activiteit.

Halverwege het kasteel rezen vier onduidelijke, hoge stellages op. Hetzel kon niet bepalen waarvoor ze dienden. Waren het belegeringswerktuigen? Daar leken ze te teer, te hoog en te topzwaar voor. Tussen de stellages en het kasteel krioelde een massa krijgers waar niet direct een bepaald patroon in viel waar te nemen.

Onderaan de helling bevond zich de bushalte, die identiek was aan die bij het Ubaikh kasteel.

De wagens rolden de heuvel af, nu vlot en geluidloos over de dikke laag mos. De koetsiers van de Kzyk stoorden zich niet aan het Ubaikh leger, net zomin als het stamhoofd; zij oefenden ten volle dat Gomaz kenmerk uit dat fonetisch wordt weergegeven met *kxis'sh* — een verheven en verachtelijke geringschatting voor omstandigheden die zo ver beneden je waardigheid zijn dat je ze niet eens opmerkt.

Hetzel begon langzamerhand enige tekening in het strijdgewoel te ontdekken toen hele pelotons de pronkende vertoning opvoerden die een agressief seksueel karakter had en waarmee de tegenstander nadrukkelijk werd uitgedaagd. Alle elementen van het leger kwamen aan de beurt en trokken zich daarna terug. Ondertussen schoven de grote houten stellages op houten rollen dichter naar het kasteel.

De wagen stopte bij de halte. Hetzel, Janika en de Ubaikh stapten uit. De wagens reden door naar het kasteel. Ze passeerden de poserende Ubaikh krijgers op vijftig meter. Beide partijen negeerden elkaar.

Op de muur van het wachthuisje hing een plakkaat met een tekst in de rode en zwarte ideogrammen die de mensen uitgedacht hadden om met de Gomaz te communiceren. Janika ontcijferde het. "We boffen — geloof ik. De bus komt om een uur of drie 's middags, om de andere dag, en als ik het niet verkeerd heb uitgerekend is dit de goeie dag. Hoe laat is het nu?"

"Bijna twaalf uur."

"Ik heb het gevoel alsof we al maanden onderweg zijn. Ik zal niet zeggen dat ik spijt heb van het avontuur, maar ik zal blij zijn als ik weer in de beschaving terug ben. En ik snak naar een bad."

"Ik snak ernaar levend aan te komen," zei Hetzel. "Tot ontsteltenis van onze vijanden."

"Meervoud?"

"Er moeten er minstens twee zijn, van wie er een vrijwel zeker Vv. Byrrhis is, of — zoals Gidion Dirby hem kende — Banghart. En dan hebben we Casimir Wuldfache nog."

"Ja. Die geheimzinnige Casimir van jou. Wie is dat nou?"

"Een component van een uitzonderlijke samenloop van omstandigheden. Met biljoenen en nog eens biljoenen mensen verspreid door het Gaiaanse Bereik, duikt Casimir op in twee opeenvolgende opdrachten. Ik wil graag met hem praten... Er schiet me nog iets te binnen. Als de Ubaikh de Kzyk en hun kasteel verwoesten, dan wordt Istagam ook vernietigd — waarop mijn plichten op Maz afgelopen zijn."

"En ga je dan weg? Met arme Dirby in het Expositorium?"

"Natuurlijk zou dat eerst nog opgehelderd moeten worden... Ik snap niet waar die houten torens voor zijn. Het moeten een soort aanvalswapens zijn."

De grote stellages werden in een halve kring op vijftig meter afstand van het kasteel geplaatst en nu zag Hetzel dat ze even hoog waren als de stenen forttorens of nog hoger. De pronkende troepen Ubaikh stelden zich in strakke gelederen op. De Kzyk op de borstweringen wachtten rustig af.

Janika trok haar schouders op. "Ik geloof niet dat ik telepathisch ben... maar er gebeurt iets dat ik bijna kan voelen, of horen... Het is of ze zingen of een verschrikkelijke ode opzeggen."

"Daar klimmen de Ubaikh in de torens."

"Dat zijn de vliegers. Bovenop trekken ze hun vleugels aan. De Kzyk wachten hen op."

De Kzyk vlogen als eersten uit. Afgeschoten door een toestel dat niet zichtbaar was, spatte een donkere gedaante met zwarte vleugels over de borstwering. De vlieger trok zijn benen op en schopte; de vleugels klapten op en neer en de vlieger maakte een bocht om hoogte te winnen op de plaats waar de westenwind omhoog gebogen werd door de kasteelmuur en een gebogen talud daaronder.

Een tweede Kzyk vlieger knalde de lucht in, en weer een en nog een; zeven vliegers draaiden mee in de luchtstroom die door het talud omhoog werd gestoten.

Nu schoof een van de vliegers zijn vlerken op zijn rug en dook naar een Ubaikh kapitein. De rijen Ubaikh begonnen te schreeuwen. De kapitein draaide zich om en zag dat hij in gevaar verkeerde. Hij greep een lans en stak die met het eind in de grond en de punt op de Kzyk gericht, die optrok en zwenkte en weldra weer terug was op zijn eerdere hoogte.

Nu stortten de Ubaikh vliegers zich van hun torens en in de opwaartse luchtstroming; in de lucht boven de transen ontstond een dozijn man-tot-man gevechten. De vliegers hakten naar het lichaam of het hoofd van hun tegenstander maar nooit naar de kwetsbare vleugels. Af en toe gingen er twee elkaar te lijf; ze scheurden en rukten aan elkaar terwijl ze langzaam om en om buitelend naar de grond vielen in een warboel van klapperende armen, benen en vleugels waaruit ze zich op het allerlaatste moment losmaakten, en soms helemaal niet.

Ubaikh vliegers landden op de transen om het gevecht met de Kzyk verdedigers aan te binden; anderen lieten zich neer op de steunen tussen de torens en het fort, waar de Kzyk zich beijverden om hen af te weren.

Een uur lang woedde het gevecht. De Kzyk sloegen de aanvallers af en het terrein raakte bezaaid met lijken. De wind nam toe en de vliegers zwierden virtuoos door het zwerk, soms heel hoog, voordat ze zich op hun tegenstanders lieten vallen.

Uitgerafelde wolken scheerden nu door de hemel en in het westen schetterde de bliksem door een zwarte wolkenbank. De vliegers werden naar de grond gesmeten en er stegen geen nieuwe meer op. De Ubaikh duwden de stellages dichter naar het kasteel toe en zetten ze scheef tegen de loopbruggen om ze als ladders te gebruiken. De Ubaikh krijgers krioelden over de transen. De Kzyk vochten terug en gooiden de stellages om. De verhitte gevechten op de borstweringen eindigden ermee dat alle Ubaikh gedood werden. De Kzyk gooiden de lijken naar beneden.

Uit een wolk boven het kasteel spatte een lans van wit licht omlaag, en nog een, en een derde, en drie rokende gaten gaapten in het fort en de Kzyk stoven wemelend naar buiten als een gestoorde mierenhoop.

Janika riep geschrokken: "Wat een verschrikkelijk onweer!"

Hetzel staarde verbluft naar de wolk die zulke ontzagwekkende schichten van energie had afgevuurd. Uit zijn ooghoek zag hij iets bewegen; een zwarte luchtwagen zweefde over de top van de heuvel. Hij pompte een projectiel in de wolk en stoof toen opzij en weg.

De wolk lichtte van binnenuit op met oranje vuur en als een dode vogel stortte er een geblakerde vorm naar beneden. Het model van het voertuig was Hetzel onbekend. Hij keek Janika aan.

"Dat is de patrouilleboot van de Liss."

Veiligheidsschakelingen in de boot van de Liss kwamen in werking. De boot bevrijdde zich uit zijn val en zwenkte naar het westen. Uit de boeg kwam weer een witte vuurstraal en nu werd de andere luchtwagen in een stralenkrans gehuld. Hij viel achter de heuvel. De Liss hinkten naar het westen. Hun boot schoot met schokken vooruit, hokte, keerde zijn staart omhoog en stortte toen pijlsnel neer en begroef zijn neus in de heuvel.

De Ubaikh en de Kzyk leverden nu vertwijfeld strijd. Alle hoffelijkheid en ridderlijkheid waren verdwenen. Uit het kasteel zwermden honderden Kzyk. Ze waren met tweemaal zo veel krijgers als de Ubaikh, die terugweken.

"Hier komt de bus uit Axistil," zei Janika met zwakke stem.

De bus landde. Er stapten twee Kzyk uit, die de strijd en het vernielde kasteel kalm en kritisch opnamen.

Hetzel, Janika en het stamhoofd van de Ubaikh stapten in. Hetzel liep naar de piloot. De bus steeg op en gleed op aanwijzingen van Hetzel laag over de heuvel. De luchtwagen lag rokend op het mos. Hetzel en de piloot sprongen op de grond en inspecteerden het wrak. In de kooi van verbogen metaal was een lijk zichtbaar. Ondanks de verwondingen en de brand herkende Hetzel de man die hij nog nooit had ontmoet maar goed kende — Casimir Wuldfache. "Zo kwam hij aan zijn eind," zei Hetzel. "Hij stierf voor Istagam."

Hoofdstuk XII

DE BUS VLOOG LANGS DE KUST van de IJzige Oceaan naar het noorden en boog dan af naar het zuidwesten. Inmiddels was het nacht geworden. Hetzel en Janika zaten half te slapen terwijl de Ubaikh stram rechtop bleef zitten. 's Ochtends vroeg landde de bus in Axistil. Vier Gomaz stapten uit en daarna de Ubaikh, Hetzel en ten slotte Janika, die doodmoe was. "De beschaving," zei Hetzel. "Axistil ligt helemaal op de rand van nergens, maar op dit moment lijkt het wel of we thuiskomen. Ga je mee naar het hotel om te ontbijten? Dan zie je je ouwe vriend Gidion weer terug."

Janika trok een wrang gezicht. "Ik wil Gidion niet zien. Pension Roosland is hier vlakbij. Eerst neem ik een warm bad, dan neem ik ontslag, en dan ga ik voor de rest van de dag naar bed. Ik hoop dat Zaressa niet al het warme water heeft opgemaakt."

"Tot vanavond dan in het hotel."

"Bedankt voor de heerlijke tijd. En ik zie je vanavond weer."

Hetzel keek haar na tot ze de hoek van de Laan der Verloren Zielen omging. De Ubaikh stond te stampen en te sissen. Hij was een ontzag inboezemend schouwspel met zijn gietijzeren helm voorzien van vijf pennen, zijn zwarte voorschoot met ijzerbeslag en zijn zwaard van zwart ijzer. In de vertaalmachine zei Hetzel: "Vandaag moeten we het slot van deze onaangename geschiedenis meemaken, wat ons allemaal deugd zal doen, behalve de moordenaar."

De Ubaikh antwoordde en de vertaler gaf het weer: "Vreemden zijn overdreven beschroomd. Zij vrezen de dood. Zij missen vaderlandsliefde." Het woord *vaderlandsliefde* was in rood gedrukt en onderstreept om aan te geven dat het een benadering was. "Waarom zo veel smart verspild aan een paar doden, die niet eens van je eigen soort waren?"

"De situatie is ingewikkelder dan jij denkt," zei Hetzel. "Hoe dan ook, jouw aandeel in de affaire zal spoedig zijn beslag krijgen en dan ben je vrij om terug te gaan naar je kasteel."

"Hoe eerder hoe beter. Laten we voortmaken."

"We moeten een uur of twee wachten."

"Een nieuw voorbeeld van Gaiaanse frivoliteit! De hele nacht razen wij met grote snelheid door de lucht om in Axistil te komen; nu talm je. De Gomaz daarentegen gaan recht op hun doel af en zijn precies."

"Vertragingen zijn soms onvermijdelijk. Ik neem je mee naar het beroemde Beyranion Hotel, een weelderig kasteel van de Gaianen, waar ik van plan ben je met een gift of twee te eren." Hetzel ging op weg over het Plaza. De Ubaikh siste gemelijk en beende achter hem aan met rammelend ijzer en zo zwaar stampend dat Hetzel zich een ongeluk schrok. Maar hij vermande zich en ging voor naar het hotel, waar tot zijn opluchting nog niemand uit de veren was.

Met onwillige en walgende geluiden betrad de Ubaikh Hetzels suite. Gidion Dirby was er niet. Dit verraste Hetzel amper. In zijn huidige geestesgesteldheid zou Dirby zich wel onvoorspelbaar gedragen.

Hetzel gebaarde naar de bank. "Rust uit op dit meubelstuk. Ik heb besloten je verscheidene giften aan te bieden om je schadeloos te stellen voor het ongemak." Hij ging naar zijn koffer en haalde er een handlamp en een vechtmes met een proteumsnijvlak uit. Hij legde uit hoe de lamp werkte en waarschuwde de Ubaikh voor het mes: "Pas goed op! De snede is onzichtbaar en hij snijdt door alles wat hij aanraakt. Je kunt je ijzeren zwaard doormidden snijden alsof het een riet was."

De Ubaikh uitte sisklanken. De vertaler verklaarde: "Dit is een daad van verzoening, die goedkeurend aanvaard wordt."

Dat was het Gomaz equivalent van 'bedankt', begreep Hetzel. "Nu zal ik baden en van kleren verwisselen. Zo spoedig mogelijk daarna zullen wij onze zaken afhandelen."

"Ik verbeid met ongeduld het ogenblik dat ik kan vertrekken."

"Het wachten zal tot een minimum worden beperkt. Rust wat. Probeer het mes alsjeblieft niet uit op het meubilair. Wil je in een prentenboek kijken?"

"Het antwoord luidt ontkennend."

✳

Schoon en in nieuwe kleren gestoken ging Hetzel terug naar de zitkamer. De Ubaikh was blijkbaar niet van zijn plaats gekomen. Hetzel vroeg: "Heb je voedsel of drinken nodig?"

"Het antwoord luidt ontkennend."

Hetzel liet zich in een stoel vallen. Het warme water had een slaap-verwekkend effect. Zijn oogleden werden zwaar. Hij keek op zijn horloge: het duurde nog minstens een uur voor hij Sir Estevan in het Triskelion kon verwachten. Hij sprak in de vertaler: "Waarom hebben de Ubaikh een oorlog van haat tegen de Kzyk ingezet?"

"De Kzyk hebben zich geallieerd met de Gaianen. Zij hebben toege-stemd in een verachtelijke collaboratie in ruil voor 'mensgoederen'—" dit woord werd in rood afgedrukt om aan te geven dat het een parafrase van een onvertaalbaar begrip was "— en de Gaianen leren hun energie-wapens bouwen. Binnen vijf jaar zwerven de Kzyk in overweldigende horden over Maz; hun kleuters zullen pistolen dragen en vliegen als gargouilles en onze kleuters vernietigen; de Kzyk zullen de wereld overheersen, tenzij de Ubaikh hen nu vernietigen, alleen of in samen-werking met andere loyale stammen."

"En waaruit bestaan deze 'mensgoederen'?"

"Ik heb genoeg gezegd tegen de Gaiaanse vijand. Ik zal niet meer zeggen."

Hetzel dacht na. Waar was Dirby? Als de Liss of de Olefract op de hoogte waren van zijn identiteit — en volgens Sir Estevan wisten zij alles wat zich afspeelde in het Triskelion en het hotel — dan zou het hem in Hondstad weleens slecht kunnen vergaan. Of zelfs in het hotel zelf, dat allesbehalve onkwetsbaar was, zoals Hetzel uit eigen ervaring wist. Mogelijk was Dirby met slaapgas behandeld en weggevoerd om nooit meer terug te keren.

De telefoon ging. Hetzel schoot met een ruk overeind. Hij drukte op de knoppen en toen keek hij in het gezicht van Janika. Ze zag er doodmoe en ontzet uit. Schor zei ze: "Vv. Byrrhis is dood! Er zijn die-ven geweest!"

"Waar ben je?"

"In het reisbureau."

"Wat doe je daar?"

"Ik kwam ontslag nemen, ik wil weg uit Axistil. Het geld kan me niet schelen, en Vv. Byrrhis ligt dood op de vloer." Haar stem steeg een trillende octaaf.

Na een ogenblik vroeg Hetzel: "Hoe is hij gedood?"

"Ik weet het niet."

"Hoe weet je dat er dieven geweest zijn?"

"De brandkast staat open en zijn portefeuille ligt op de vloer."

"En er is geen geld over?"

"Zo te zien niets meer. Wat moet ik doen?"

"Ik denk dat je het best de commissaris van Hondstad kunt opbellen. Verder heb je niet veel keus."

"Ik wil er niet bij betrokken worden. Ik wil geen vragen beantwoorden. Ik wil alleen weggaan."

"De oude man in de souvenirwinkel heeft je beslist zien aankomen en als je het niet meldt, zullen ze juist denken dat je er iets mee te maken hebt. Bel de commissaris en vertel hem de waarheid. Je hebt toch niets te verbergen."

"Dat is zo. Ik wou dat je hier was om mij te vertegenwoordigen in plaats van Gidion Dirby."

"Vandaag zuig ik een punt aan Dirby, en aan Istagam ook, hoop ik. Dan kan ik jou mijn volle aandacht schenken."

"Behalve als ik in de gevangenis van Hondstad zit."

"Ik bel je zodra ik klaar ben in het Triskelion. Als ik je niet thuis of in het reisbureau tref, probeer ik het in de gevangenis. Bel nu maar meteen."

Janika stemde somber toe en belde af. Hetzel draaide zich om en zag Gidion Dirby binnenkomen. De jongeman bleef abrupt staan en keek verwonderd van Hetzel naar de Ubaikh.

"Wie is dit?" vroeg Dirby. "Een nieuwe cliënt?"

Hetzel antwoordde niet. Dirby liep verder. Hetzel vond hem er opgewonden en verhit uitzien, blakend van een moeilijk te bepalen emotie. Trots? Triomf? Zuur vroeg Hetzel: "Hoeveel heb je van hem gepikt?"

Dirby deinsde achteruit alsof hij tegen een onzichtbare muur op was gelopen. Hij probeerde het zorgeloos te laten klinken toen hij vroeg: "Van wie?"

"Byrrhis."

Dirby's mond zakte open, maar krulde toen op in een strakke glim-lach. "U bedoelt Banghart."

"Hoe hij ook heet."

"Bezorgd om uw honorarium?"

"Helemaal niet."

"Misschien zou u wel bezorgd moeten zijn. Veel heeft u niet gedaan."

"Allereerst," zei Hetzel, "heb ik naar je geluisterd. In de tweede plaats heb ik voorkomen dat Aeolus Shult je uitleverde aan kapitein Baw. In de derde plaats heb ik een getuige van de moorden opgeduikeld." Hij knikte naar de Ubaikh. "Als jij onschuldig bent, zal hij dat getuigen. Dus voor de tweede keer: hoeveel heb je van Byrrhis gestolen, of Banghart?"

"U heeft er eigenlijk niets mee te maken," zei Dirby. "Alles wat ik hem afgenomen heb, was hij mij schuldig."

"Tweeduizend SWE is het salaris van de receptioniste. Duizend SWE is mijn honorarium. De rest van het geld interesseert me niet."

Dirby zette een stuurs gezicht. "De rest stelt niet veel voor. Wat schiet ik dan met de hele zaak op? Vergeet niet dat ik ook aanspraken heb!"

"Moet ik je eraan herinneren," zei Hetzel, "dat die 'aanspraken' bestaan uit wat jij met je smokkelarij hoopte te verdienen? En dat je nu net iemand vermoord hebt om aan dat geld te komen?"

"Ik heb niemand vermoord," snauwde Dirby. "Ik liep door de straat; ik keek in het reisbureau, en daar stond Banghart alsof hij van de prins geen kwaad wist. Ik ging naar binnen en het ene woord lokte het andere uit. Hij pakte zijn pistool en ik draaide zijn nek om. Ik won en ik nam het geld mee dat hij bij zich had."

Hetzel wachtte.

Onwillig zei Dirby: "Het was iets meer dan vijfduizend."

Hetzel wachtte.

Binnensmonds grommend pakte Dirby zijn portefeuille. Hij telde de biljetten uit en smeet ze op tafel. "Dat is drieduizend. Betaal de receptioniste er maar van af en wat er overblijft is uw honorarium."

"Dank je," zei Hetzel. "Nu zal Sir Estevan wel in het Triskelion gearriveerd zijn en dus kunnen we beginnen de moorden op te helderen."

Hij ging naar de telefoon. Het scherm bloeide op met het decoratieve bloemengezicht van Zaressa Lurling. Hetzel hoorde Gidion een verbijsterd geluid maken.

"Verbind mij alstublieft met Sir Estevan."

Zaressa keek beroepsmatig neutraal. "Sir Estevan heeft het druk: hij zal u vandaag niet kunnen ontvangen."

"Zeg hem dat Vv. Hetzel hem wenst te spreken; zeg hem dat ik dringende informatie bezit aangaande de recente moorden."

"Het spijt me, Vv. Hetzel. Sir Estevan wil beslist niet gestoord worden."

"Niettemin zul je zijn bezigheden moeten onderbreken. Hij heeft mij opgedragen mij zo spoedig mogelijk met hem in verbinding te stellen. Zeg hem dat de Ubaikh die de moorden heeft meegemaakt aanwezig is en toegestemd heeft inlichtingen te verschaffen."

Zaressa's mond trilde onzeker. "Ik mag hem niet lastigvallen. Waarom bespreekt u de kwestie later op de dag niet met kapitein Baw?"

"Jongedame," zei Hetzel, "ik bel op het uitdrukkelijke verzoek van Sir Estevan zelf! Verbind mij terstond!"

"Ik kan hem nu niet storen. Hij is in conferentie met kapitein Baw."

"Je zult hem wel moeten storen, want ik ga nu op weg naar het Triskelion met Gidion Dirby en de Ubaikh. Over vijf minuten zijn we er en Sir Estevan ziet ons graag komen." Hetzel hing nijdig op. "Wat een koppig wicht! Is ze een machine? Slaat Sir Estevan haar wanneer ze een fout maakt? Is zij vastbesloten Sir Estevan te isoleren van de realiteiten van het leven? Of is ze gewoon stom?"

"Ik heb dat meisje eerder gezien," zei Gidion Dirby met een moeilijke stem. "Soms toen ik gevangen zat werd ik wakker en dan kroop zij op handen en knieën door de kamer. Dat was zij!"

"Werkelijk?" zei Hetzel. "Weet je het zeker? Je zei laatst toch dat het meisje een masker droeg?"

"Toch herken ik haar."

Hetzel zei geërgerd: "We willen het minder ingewikkeld maken, niet nog ingewikkelder."

"Het is niet noodzakelijk een complicatie."

"Misschien niet. Tenslotte is Sir Estevan ook gefilmd in de gang van zijn eigen huis, vermoedelijk door Byrrhis... Nou, laten we verder gaan."

Dirby wreef nadenkend over zijn kin. "Misschien is het beter als ik hier wacht tot de zaak afgehandeld is. Ik voel er niet veel voor om kapitein Baw te riskeren."

"Als je onschuldig bent, hoef je je geen zorgen te maken."

"O, onschuldig ben ik wel, daar hoeft u niet bang voor te zijn."

"Dan moet je meekomen. Ik wil de omstandigheden precies gelijk maken aan hoe ze waren toen —"

"Een reconstructie."

"Juist, ja."

Dirby haalde zijn schouders op. "Goed dan. Maar als kapitein Baw me in het Expositorium gooit, moet u me eruit halen." Hij liep naar de deur. Hetzel deed een stap naar voren en hield hem met een arm in bedwang terwijl hij met zijn andere hand Dirby's buidel doorzocht en daar een pistool uit haalde. Dirby gaf een ruk en bevrijdde zich. Hij was laaiend. Hij stond op het punt om zich op Hetzel te storten, maar toen hij de bewerkstelliger in het gezicht keek — de arrogant omgekrulde mond, de koude grijze blik — en zag dat het pistool achteloos gereed werd gehouden, ging hij achteruit.

Hetzel zei vriendelijk: "Ik wilde me er alleen van verzekeren dat ik en niet jij de situatie beheerste. Kom dan maar mee."

Hoofdstuk XIII

HET DRIETAL LIEP over het uitgestrekte zilvergrijze Plaza. De zon hing nog niet hoog aan de groene hemel en de dag leek lichter dan normaal, zodat de zonderlinge architectuur van het Triskelion goed uitkwam.

Vvs. Felius en Vv. Kylo stonden achter de Gaiaanse balie. Toen Felius Gidion Dirby en de Ubaikh zag, deinsde ze achteruit met uitpuilende ogen en trillende kaken. Hetzel liep zonder omwegen naar het kantoor van Sir Estevan. Vvs. Felius begon verontwaardigd te roepen, waar Hetzel zich niet aan stoorde.

Sir Estevan stond in de wachtkamer bij het bureau van Zaressa met zijn hand op haar schouder. Zaressa's gezicht was roze en haar ogen waren nat. Sir Estevan leek haar te troosten. Hij keek Hetzel onvriendelijk aan. "Ik kan niet goedkeuren dat u mijn secretaresse overdondert."

"Zij heeft mijn vergrijp overdreven," zei Hetzel. "Ik heb alleen gezegd dat ik u wilde spreken. Ik heb hier de Ubaikh die getuige was van de moorden en Gidion Dirby, die ook aanwezig was. Hopelijk zullen wij nu achter de waarheid komen."

Sir Estevan leek ongeïnteresseerd in Hetzels opmerkingen. "Als ik het eerlijk moet zeggen, verveelt de hele affaire me. Wat mij betreft laten we alles in het ongewisse."

Gidion Dirby lachte schel. "Daar ga ik niet mee akkoord! U heeft mij beschuldigd en uw waakhond op me af gestuurd om me te arresteren. Nu wil ik horen wat de getuige te zeggen heeft."

Sir Estevan keek Dirby uitdrukkingsloos aan. Toen wendde hij zich tot Hetzel. "Ik heb net bericht gekregen dat Vv. Byrrhis vermoord is. Wat weet u hiervan?"

"Ik ben bewerkstelliger," zei Hetzel. "Als u wilt dat ik een onderzoek instel, hangt het van het honorarium af of ik u kan helpen. Vv. Dirby heeft mij in de arm genomen om de feiten van de Triskelionmoorden aan het licht te brengen, en dat is het enige waar ik mij nu mee bezighoud. Ik stel voor dat u kapitein Baw laat komen. Dan kunnen wij de zaal binnengaan en kan de Ubaikh wijzen waar de schoten vandaan kwamen."

Sir Estevan haalde onbewogen zijn schouders op. "Ik heb geen zin om aan zo'n demonstratie mee te doen. De Liss en de Olefract zijn de gekwetste partijen. Voer uw vertoning maar voor hen op."

"Waarom heeft u kapitein Baw dan op mij af gestuurd?" riep Dirby.

"Dat was kapitein Baws eigen initiatief."

"In mijn opinie," zei Hetzel, "zijn de Olefract en de Liss vermoord omdat zij op het punt stonden een klacht tegen Istagam aan te horen, waarop zij maar wat graag in actie zouden zijn gekomen. Gezien de omstandigheden van Dirby's gevangenschap en uw onwil om de zaak te onderzoeken, meen ik dat Dirby redenen heeft voor een juridische actie. Tenzij u nu meewerkt, krijgt het de schijn alsof u Istagam staat te dekken, vermoedelijk omdat u van de operatie profiteert."

"Dit is een volkomen verkeerde voorstelling van zaken," zei Sir Estevan. "Zoals ik tegen u heb gezegd, is Istagam een altruïstische onderneming georganiseerd door Vv. Byrrhis. De Gomaz werken productief in plaats dat ze elkaar vermoorden; in ruil leren ze de rudimenten van beschaving. Met de winsten van Istagam zijn de prachtige herbergen van het reisbureau gebouwd. Noch ik, noch Vv. Byrrhis hoeft zich ergens voor te schamen."

Opgewonden zei Dirby: "Wees daar maar niet te zeker van! Wie heeft de po boven mij omgekeerd? Dacht u dat ik dat vergeten was? Zeker niet! Geef me de kans en ik doe hetzelfde bij u."

Sir Estevan snoof van kil plezier. "Ik raad je aan geen brutale mond op te zetten. Je bevindt je nu in de jurisdictie van de Triarchie; ik kan je makkelijk overdragen aan de Liss en de Olefract en dan mag je hen op je brutaliteiten onthalen."

"Dan zou u uw bevoegdheid overschrijden," zei Hetzel. "Of u, als de Gaiaanse Triarch, is onrecht aangedaan, of dat is niet het geval. Allebei tegelijk gaat niet. Als u niet benadeeld bent, heeft u het recht niet Vv. Dirby ongemak te bezorgen."

"Op zijn minst," zei Sir Estevan, "zijn de Gaianen in verlegenheid gebracht en hebben ze een ontzaglijk gezichtsverlies geleden. Is het ten onrechte dat ik geloof dat Dirby heeft geprobeerd mij te vermoorden?"

"Dit is zuiver theorie en wordt nog door niets bewezen."

"Kapitein Baw was getuige."

"Neem omwille van de redenatie eens aan dat kapitein Baw zelf de Triarchs heeft doodgeschoten. Dan zou hij de misdaad vast en zeker aan Dirby toeschrijven. Denkt u ook niet?"

"Lachwekkend," zei Sir Estevan. "Waarom zou Baw de Triarchs vermoorden?"

"Diezelfde vraag geldt voor Dirby. Waarom zou hij de Triarchs vermoorden?"

"Ik zou het niet kunnen zeggen. Misschien is hij gestoord."

"Dus u wilt een gek arresteren en hem uitleveren aan de Liss en de Olefract?"

Sir Estevan liet merken dat het hem verveelde. "Misdadigheid is een soort waanzin; de Gaiaanse wet straft misdadigers. Dus straft de Gaiaanse wet waanzinnigen. Hoe gek is Dirby? Ik heb geen idee. Hij lijkt me nu normaal genoeg."

"Net als kapitein Baw. Net als u. En de Ubaikh niet te vergeten."

"Waar wilt u precies heen?" vroeg Sir Estevan.

"Ik wil u aanraden geen overijlde conclusies te trekken. Heeft u met Vv. Dirby gesproken, heeft u zijn relaas gehoord?"

"Nee, en dat is ook niet ter zake. De feiten zijn bekend."

"Vv. Dirby," zei Hetzel, "wees zo goed voor Sir Estevan te herhalen wat je mij hebt verteld."

Dirby schudde koppig zijn hoofd. "Laat hij me maar arresteren. Dan vertel ik mijn verhaal aan de rechtbank en laat hij 'm maar knijpen."

"Als jij het niet doet," zei Hetzel, "doe ik het."

"Ga uw gang maar. Het kan me niet verdommen."

Hetzel zei: "De omstandigheden waren als volgt." Hij gaf een bondige schets van Dirby's belevenissen. "Het is duidelijk dat Vv. Dirby geen misdadiger is maar een slachtoffer. De vraag is dus: wie is in werkelijkheid de moordenaar? Dit mysterie kunnen wij binnen tien minuten oplossen en het lijkt mij belangrijk om dit te doen."

"Belangrijk voor wie?" vroeg Sir Estevan koel. "Zoals ik zei, ik ben niet de benadeelde partij."

"Maar ik wel!" snauwde Dirby. "Misschien bent u zelf de moordenaar wel! Ik laat de Gaiaanse commissaris komen en geef hem alle feiten!"

Met een fatalistisch gebaar zei Sir Estevan: "Goed dan, laten we er een eind aan maken." Hij ging de hal in en wenkte kapitein Baw, die woedend met Vvs. Felius stond te praten. Allen dromden de zaal van de Triarchs in. Sir Estevan nam plaats op de zetel van de Gaiaanse Triarch. "Kapitein Baw, zet deze mensen alstublieft neer waar ze de vorige keer stonden."

"Uitstekend. De Ubaikh stond hier. Kom dan hier... brave jongen! Ik was net binnengekomen door de zijdeur met Dirby. Hij stond ongeveer hier, en ik liep verder. Ik was hier toen ik de schoten hoorde." Zich tot Sir Estevan wendend vroeg hij: "Komt dit overeen met uw herinnering, meneer?"

"Ja." Sir Estevan leek moe en futloos. "Min of meer wel."

"Precies," zei Dirby.

Hetzel vroeg via het vertaalapparaat aan de Ubaikh: "Was dit ongeveer de stand van zaken toen de schoten werden afgevuurd?"

De vertaalstrook vermeldde: "Ja."

"Goed — wie vuurde de schoten af?"

Hetzel las het antwoord. "Hij zegt dat hij het niet weet."

"'Hij weet het niet'! En u zei dat hij zou getuigen?"

Hetzel vroeg de Ubaikh: "Leg uw opmerking alstublieft uit. U hoorde de schoten; u zag waar ze vandaan kwamen. Maar u kunt niet het individu aanwijzen dat schoot?"

"De schoten kwamen daaruit." Het stamhoofd wees naar de deur van Sir Estevans kantoor. "De deur ging open; de schoten vielen; de deur werd gesloten. Ik heb verteld wat ik weet en nu zal ik terugkeren naar het gebied van de Ubaikh." Hij beende de zaal uit.

Dirby gaf een wraakgierige schreeuw. Hij deed een stap naar kapitein Baw toe, maar Hetzel ging voor hem staan. "Je bent nu van blaam gezuiverd. Je bent vrij om te gaan en staan waar je wilt. Waarom ga je niet terug naar Thrope om een poosje uit te rusten? Je hebt een aangrijpende tijd doorgemaakt."

Dirby grijnsde. "Dat is zeker, en ik denk dat ik dat inderdaad ga doen." Met een laatste blik op Sir Estevan draaide hij zich op zijn hakken om en verliet de zaal.

"En nu — louter uit nieuwsgierigheid — wie was er in uw kantoor?"

"Toen ik de zaal in ging, was er niemand."

"In dat geval schijnt Zaressa Lurling de schuldige te zijn."

"Onmogelijk! Kunt u zich voorstellen dat zij een wapen richt en afvuurt?"

Hetzel haalde zijn schouders op. "Er zijn wel vreemder dingen gebeurd. Had u hier geen flauw vermoeden van?"

Sir Estevan antwoordde niet. Hij keek naar zijn kantoor. Toen zei hij: "Ik neem aan dat we het nu tot het bittere eind moeten voortzetten." Hij liep naar de deur en stootte die open. Zaressa Lurling was weg; Vvs. Felius zat achter het bureau. "Zaressa is ziek geworden," zei Felius. "Ze vroeg me haar plaats in te nemen en is naar huis gegaan."

Sir Estevan stond er stijf bij. Hetzel vroeg: "Vvs. Felius, herinnert u zich wat er direct voorafging aan de moorden?"

"Jazeker."

"Is Vv. Byrrhis, of iemand anders, Sir Estevans kantoor binnengegaan?"

"Absoluut niet. Er is niemand gekomen behalve uzelf en die vent van Dirby."

"Dank u. Ik geloof niet dat u nog langer hoeft te blijven."

Vvs. Felius keek Hetzel nijdig aan en vroeg aan Sir Estevan: "Heeft u mij nog nodig, Sir Estevan?"

"Nee, dank u, Vvs. Felius. U kunt gaan."

Met haar neus in de wind zeilde Vvs. Felius de kamer uit. Sir Estevan liet zich zwaar op een stoel zakken.

"Zo ging het dus... Zaressa heeft geschoten, of zij liet de moordenaar door uw privé-ingang binnen. Naar haar motieven kunnen wij slechts raden. In ieder geval is zij even schuldig als de moordenaar, Wuldfache of Byrrhis. Zijn identiteit doet er niet toe, want beiden zijn dood. Ik verdenk Wuldfache, en ik neem aan dat Zaressa verliefd op hem was."

"Ja," kreunde Sir Estevan. "Ongetwijfeld... Ik geef toe dat ik haar verdacht... en ik wilde de waarheid niet weten."

"Kennelijk heeft u meer dan een terloopse belangstelling voor Zaressa."

"Daar hoeft u zich niet om te bekommeren."

"Het doet niet ter zake, daar ben ik het mee eens. Byrrhis was het brein achter het plan. Hij begreep welke immense winsten er in Istagam besloten lagen, zelfs gedurende een betrekkelijk korte periode. Hij wist ook dat de Triarchs beslist in verzet zouden komen. Hij maakte zich gereed om het verzet in de kiem te smoren en bracht Dirby naar Muz. Als Dirby voor een overtuigende moordenaar moest doorgaan, moest hij een motief krijgen en vandaar zijn behandeling, die Byrrhis denkelijk wel amusant vond. Hij werd geholpen door Wuldfache, wiens avonturen een sage apart zijn.

"In het oude Kanitze kasteel werd Dirby geconditioneerd. Zijn geest werd volgestouwd met een catalogus van krankzinnige voorvallen. Maar Dirby zelf was niet krankzinnig en hij zou uitdrukkelijk volhouden dat deze voorvallen echt gebeurd waren. Hoe heftiger hij daarop hamerde, hoe gekker hij zou lijken. Iedere zielkundige zou constateren dat hij hyperparanoïde was. Beter nog, zijn ijlingen zouden steun krijgen van een geheugenonderzoek, waarbij immers alleen subjectieve realiteiten worden gepeild.

"Byrrhis bedacht dus een subtiel, gecompliceerd en soepel plan. Als er klachten aangaande Istagam kwamen, zouden de Liss en de Olefract Triarchs gedood worden en zo krijgt Istagam een extra jaar, langer misschien; en Sir Estevan wordt iemand die op het nippertje ontsnapt is aan een moordaanslag door een paranoïde zwerver.

"Maar hoe staat het met Sir Estevan? Hij moet ook overgehaald worden om de activiteiten van Istagam door de vingers te zien. Sir Estevan is een trots en halsstarrig man. Hoe halen wij hem over? Hij moet gechanteerd worden. Nu zijn de voorbereidingen getroffen om hem overtuigend af te schilderen als slecht, laaghartig en idioot. Als hij tegenstribbelt of zijn mond voorbijpraat, zal Byrrhis, veilig in Hondstad of buiten de planeet, de moorden in het openbaar uit de doeken doen en verklaren dat Sir Estevan zijn medeplichtige is. Dirby's hallucinaties worden als echt gewaarmerkt. U, Sir Estevan, heeft dan deze absurde kunsten uitgehaald, u heeft de po boven Dirby omgekeerd en u wordt het mikpunt van verachting en bespotting in het hele Bereik; uw waardigheid en reputatie bent u voorgoed kwijt. Aldus verkeert u niet in de positie om Vv. Byrrhis iets in de weg te leggen."

Even vertrok Sir Estevan geen spier. Zijn gezicht leek een klassiek knap masker. Zijn gouden haar viel tot op zijn schouders, zijn kin was onverzettelijk. Wat zich achter het masker afspeelde bleef een raadsel. Sir Estevan zou net zo goed een geslepen en gecompliceerd werkend verstand kunnen bezitten als een wezenloze stomkop zijn.

"Heel opmerkelijk," zei hij koud. "Maar ik ben niet zo gevoelig voor de 'openbare verachting en bespotting' als u wel aanneemt. Ten tweede zijn de Kzyk hun zucht naar kennis alweer kwijt. Ze hebben geen belangstelling voor de finesses van de spelling en het dubbele boekhouden; zij willen geweren en kanonnen en machines om de kastelen van hun vijanden met de grond gelijk te maken en daar durfde Byrrhis, ondanks zijn listigheid, niet aan te beginnen."

"Byrrhis stond al klaar om een even kostbaar artikel aan te voeren," zei Hetzel. "Viriliteitshormoon — *chir*. Hij heeft een lading chemicaliën opgeslagen in het Kanitze kasteel, of ik moet me wel heel sterk vergissen. De Kzyk zouden onafgebroken werken, want *chir* is het spul dat hen het dierbaarst is. En Byrrhis heeft zo'n enorme hoeveelheid *chir* geïmporteerd dat ik vermoed dat hij een hele keten van Istagams wilde stichten in de verschillende delen van de wereld. Na een jaar of twee zou hij met pensioen kunnen gaan als een bijzonder rijk man."

Sir Estevan wendde zich af. "Ik wil niets meer horen."

"Een laatste vraag om mijn nieuwsgierigheid te bevredigen: wat gaat u met Zaressa doen?"

"Ik zal haar vragen met het eerste schip van Maz te vertrekken en nooit meer terug te komen. De misdaad was niet tegen een Gaiaan gericht, en meer kan ik niet doen, ook niet als ik dat wilde."

Hoofdstuk XIV

OVER HET GLIMMERENDE grijze Plaza liep Hetzel terug naar het Beyranion Hotel. Hij had zijn doeleinden bereikt: hij had een aardig honorarium opgestreken maar de situatie stemde hem niet tevreden. Voor de honderdste keer vroeg hij zich af wat zijn werk waard was. Mochten hebzucht, haat, wellust en wreedheid verdwijnen, dan zou er weinig emplooi voor bewerkstelligers overblijven... Maz was allesbehalve een vrolijke wereld. Het vertrek zou een opluchting zijn.

In de eetzaal van het Beyranion nam hij een vroege lunch en toen belde hij vanuit zijn kamers de ruimtehaven. De *Xanthine*, een pakketboot van de Argo Navis Lijn, zou de volgende ochtend uit Axistil vertrekken. Hetzel reserveerde plaats.

Hij schonk zich een beker Baltranck likeur in en voegde er een scheut sodawater aan toe. Dirby, zag hij, had zich tijdens zijn afwezigheid dapper door de fles heen gewerkt. Ach, waarom niet? Gidion Dirby — een stuurse kerel die wijsheid noch verdraagzaamheid noch edelmoedigheid had geleerd van zijn wederwaardigheden: zoals gebruikelijk. Tragedies hadden niet noodzakelijk een adelende uitwerking; ellende verzwakte de ziel vaker dan dat hij er sterker van werd. Alles bij elkaar opgeteld kon men Gidion Dirby tot de gemiddelde mensen rekenen. Hetzel concludeerde dat hij hem geen kwaad toewenste. Casimir Wuldfache? Byrrhis? Hij werd niet warm of koud van ze. Sinds de confrontatie in het Triskelion was hij neerslachtig. De reden lag voor de hand: vermoeidheid na de gebeurtenissen in de Zwarte Klif, in de Shimkishbergen, op de Steppe der Lange Botten. Nu hij zijn likeur dronk leek het allemaal onwezenlijk en broos, dromen.

De deurklok kondigde een bezoeker aan. Hetzel glipte naar het buffet en pakte zijn wapen. Daarna controleerde hij de ramen. Bezoekers direct na het slot van een zaak luidden vaak onheil in. Hij schoof behoedzaam naar de deur en schakelde de kijkplaat in. Deze onthulde het gelaat van Sir Estevan Tristo.

Hetzel opende de deur. Sir Estevan kwam langzaam binnen. Hij zag er heel ongewoon en mat uit, vond Hetzel. Zijn huid had de kleur van stopverf en zijn gouden haar leek verlept. Zonder op een uitnodiging te wachten zeeg Sir Estevan in een stoel. Hetzel schonk nog een glas Baltranck in en gaf het aan zijn bezoeker.

"Dank u." Sir Estevan liet de vloeistof door het glas wervelen en staarde neer in de weerspiegelde lichtflitsen. Hij keek Hetzel aan. "U vraagt zich af wat ik hier doe."

"Helemaal niet. U wilt met mij praten."

Sir Estevan glimlachte flets en proefde de likeur. "Inderdaad. Zoals u al geraden had, had ik een bijzondere belangstelling voor Zaressa en nu staat het huilen mij nader dan het lachen. Het leven lijkt grimmig, werkelijk heel grimmig."

"Dat kan ik me voorstellen," zei Hetzel. "Zaressa was een uitermate bekoorlijk wezentje."

Sir Estevan zette zijn glas op de tafel. "Byrrhis ontmoette haar in Twisselbaan op Tamar, schijnbaar in behoeftige omstandigheden. Hij stuurde haar hierheen met een aanbeveling dat ik haar een baan moest geven. Ik werd verliefd op haar.

"Ik plaatste Vvs. Felius over naar de receptie en installeerde Zaressa als mijn secretaresse. Daar maakte ze zich binnen de kortste keren onmisbaar. Ondertussen zwoer ze natuurlijk samen met die ellendige Byrrhis." Sir Estevan pakte zijn glas en dronk. "Maar nu, arm ding, vergeef ik haar alles. Zij boet zwaar voor haar vergrijp."

"Ja? Ik dacht dat u haar eenvoudig zou opdragen van Maz te vertrekken."

"Dat heb ik ook gedaan, en zij zou het doen. Maar ik heb u verteld dat de Liss en de Olefract mijn kantoren afluisteren. Zij wisten het tegelijk met ons dat Zaressa betrokken was bij de moorden. Zaressa ging naar haar kamers om te pakken. Ze werd aangesproken door twee mannen, naar een wagen gebracht en aan de Liss overgeleverd. Haar kamergenoot vertelde het me; ik heb krachtig geprotesteerd, maar vergeefs. Ze hebben haar weggestuurd in een Liss schip. Zij zal nimmer meer een mens zien in het zielige restant van haar leven."

Hetzel reageerde met een trieste grimas. Zwijgend zaten beide mannen naar het kleurenspel in hun glas te kijken.

Sir Estevan was vertrokken. Hetzel zat een poos in gedachten verzonken. Toen telefoneerde hij Pension Roosland. Janika was er niet. Hij vroeg zich af waar ze kon zijn.

Vijf minuten later drukte ze op zijn deurklokje. Hetzel liet haar binnen. Haar ogen waren roodbehuild, haar gezicht gezwollen van tranen. "Heb je gehoord wat er met Zaressa is gebeurd?"

Hetzel sloeg zijn arm om haar heen en streelde haar haren. "Sir Estevan vertelde het me net."

"Ik wil weg van Maz. Ik wil hier nooit meer terugkomen."

"Morgen vertrekt er een pakketboot. Ik heb passage voor je geboekt."

"Dank je. Waar brengt hij ons heen?"

"Waar wil je naartoe?"

"Ik weet niet. Alles is goed."

"Dat kan geregeld worden." Hetzel pakte de fles Baltranck, die nu leeg was. "Heb je zin in een aperitief? We kunnen in de tuin gaan zitten en de kelner iets laten brengen."

"Dat staat me wel aan. Laat me even mijn gezicht gaan wassen. Ik zie er vast belachelijk uit. Maar als ik aan Zaressa denk, heb ik het niet meer."

Ze zaten aan een tafel waar ze het glinsterende zonnevlokje door de hemel zagen zweven. Aan de overkant van het Plaza was het Triskelion een kolos in de nevel. "Dit is een vreselijke wereld," zei Janika. "Ik zal het nooit meer vergeten, ik zal nooit meer vrolijk en zorgeloos zijn. Weet je, ik had net zo goed het slachtoffer kunnen zijn als Zaressa; ik had makkelijk precies kunnen doen wat zij deed. Hoe kon zij weten dat Casimir Wuldfache van plan was de Triarchs dood te schieten?"

"Zo... dus Vv. Byrrhis was helemaal niet de boosdoener."

Janika lachte minachtend. "Hij zou het risico nooit hebben genomen. En Zaressa zou voor hem nooit de deur hebben geopend. Voor Casimir wou ze alles doen. Zelfs in Twisselbaan smachtte ze al naar hem. Hij had liever mij; ik kon hem niet uitstaan, en Casimir en Zaressa hadden allebei de pest aan mij."

"Casimir is vreemd genoeg verantwoordelijk voor mijn aanwezigheid hier."

"O? Hoe komt dat?"

"Eerst dacht ik dat het een toeval was, maar nu —"

Er kwam iemand aanlopen; Gidion Dirby slenterde het pad op. Hij snakte naar adem en verstijfde toen hij Janika zag. Zijn ogen puilden uit. "Wat spook jij hier uit?"

Hoofdstuk XV

NET ALS DE EERSTE KEER ontving Sir Ivon Hacaway Hetzel op het terras van zijn huis Harth Manor. Hetzel had telefonisch al een beknopt verslag gedaan en ditmaal gedroeg Sir Ivon zich stukken vriendelijker.

Hetzel gaf een gedetailleerde beschrijving van zijn activiteiten en overhandigde zijn onkostenrekening, die Sir Ivon een treurige glimlach ontlokte. "Op mijn eer, maar u laat zich goed verzorgen!"

"Ik zag geen reden om te beknibbelen," zei Hetzel. "Ik doe werk van hoge kwaliteit onder omstandigheden van hoge kwaliteit. Dan moeten wij nog een enkel punt bespreken — de bonus die u aanbood voor doorslaggevende bewerkstelliging. Istagam bestaat niet meer, en doorslaggevender kan het nauwelijks."

Sir Ivons gezicht bewolkte. "Ik zie echt geen reden voor een extra uitgave."

"Zoals u wenst. Ik zou een wat kleiner bedrag kunnen verdienen door een artikel te schrijven voor het vakblad van de micronica-industrie waarin ik de mogelijkheden bespreek van een nieuw en beter opgezet Istagam. Tenslotte is het niet verboden en ook nooit verboden geweest om Gomaz als arbeiders te gebruiken en *chir* is goedkoop."

Sir Ivon slaakte een vermoeide zucht en pakte zijn chequeboek. "Duizend SWE is voldoende en ik zal erop toezien dat *chir* bij de wet verboden wordt."

"Tweeduizend zou uw waardering beter uitdrukken. Maar ik neem genoegen met vijftienhonderd en ik geloof dat Sir Estevan Tristo al een embargo op *chir* heeft ingesteld. Maar toch…"

Met een sip gezicht schreef Sir Ivon de cheque uit. Hetzel bedankte hem, wenste hem een goede gezondheid toe en vertrok. Bij de voordeur van het landhuis drukte hij op de bel en toen de lakei de deur opende vroeg hij belet bij Vrouwe Bonvenuta. Hij werd naar de bibliotheek gebracht en daar verscheen zij weldra. Toen haar oog op Hetzel viel, trok ze haar ene wenkbrauw op. "Ja?"

"Ik ben Miro Hetzel, aan wie een vriendin van u, een zekere Madame X, een kleine discrete opdracht toevertrouwde."

Vrouwe Bonvenuta wette haar lippen met de punt van haar tong. "Ik ben bang dat ik geen Madame X ken."

"Zij verlangde ernaar een heer terug te vinden die Casimir Wuldfache heette, en ik kan met genoegen melden dat ik zijn huidige verblijfplaats achterhaald heb."

"Werkelijk?" Haar stem klonk ijziger dan ooit.

"Ten eerste moet ik u meedelen dat Casimir Wuldfache misbruik maakte van Madame X en haar vriendschap met u, en Sir Ivons documentenarchief heeft geplunderd. Dit is natuurlijk een hele schok voor u."

"O, ja. Natuurlijk. Maar anderzijds... ik denk dat ik de Madame X op wie u doelt wel ken. Zij zal willen weten waar deze Casimir Wuldfache te vinden is."

"Deze inlichting bereikte mij in het kader van een andere bewerkstelliging, en ik zal er dan ook geen betaling voor verlangen, temeer niet daar Wuldfache dood is."

"Dood!" Vrouwe Bonvenuta knipperde met de ogen en zocht met juwelen vingers steun bij een stoel.

"Zo dood als een pier. Ik heb zelf zijn lijk gezien op de Steppe der Lange Botten, ten noorden van Axistil op de planeet Maz, waar hij zaken deed. Mag ik u een vraag stellen?"

"Schokkend nieuws! Wat wilt u vragen?"

"Een klein feitje. Heeft u mij aanbevolen bij Sir Ivon, of heeft hij tegen u gezegd dat ik een efficiënte en betrouwbare bewerkstelliger was?"

"Ik hoorde hem met een van zijn vrienden over u spreken en ik beval u aan bij Madame X."

"Dank u," zei Hetzel. "Nu is de keten der gebeurtenissen gesloten. Mijn beste wensen voor Madame X en ik hoop dat het nieuws over Vv. Wuldfache haar niet zal ontstellen."

"Dat vermoed ik niet. Het was een zakelijke aangelegenheid. Ik zal haar meteen opbellen. Goedendag, Vv. Hetzel."

"Goedendag, Vrouwe Bonvenuta. Het was een genoegen u te ontmoeten."

FREITZKE'S BEURT

Hoofdstuk I

TOEN HETZEL ARRIVEERDE in Cassander op de planeet Thesse, nam hij onder een schuilnaam zijn intrek in het Hotel der Werelden. Na een bad en een maaltijd zette hij zich neer voor de communicator en bestelde een beveiligd kanaal, dat gegarandeerd bestand was tegen derden. Hij raakte toetsen aan, sprak een codewoord en op het scherm verscheen zijn embleem: een schedel met de Boom des Levens die uit een van de oogkassen groeide. Zijn eigen stem zei: "Het kantoor van Miro Hetzel, bewerkstelliger."

"Ik wil spreken met onverschillig wie er in het gebouw aanwezig is," antwoordde Hetzel, hoewel hij uiteraard heel goed wist dat het gebouw bestond uit niets dan wat schakelingen in het Communicatiecentrum van Cassander.

"Het gebouw is op dit ogenblik verlaten," verklaarde de bekende stem. "Miro Hetzel is niet direct beschikbaar. U wilt zo vriendelijk zijn een boodschap achter te laten?"

"Twee zes twee zes. Hier Miro Hetzel. Sein de boodschappen door."

Door de code en de analyse van zijn stem gerustgesteld dat Hetzel zelf deze opdracht gaf, stond het ontvangstsysteem zijn opgeslagen berichten af, die dateerden vanaf Hetzels vorige vertrek uit Cassander. Veel hiervan was van beuzelachtige aard. Er waren twee bedreigingen, drie waarschuwingen en vier eisen dat hij moest betalen. Enkele berichten, ingesproken met behoedzame of verdraaide stem, soms met warrige, slechts half samenhangende zinnen, pasten niet in een bepaald patroon maar naar deze boodschappen luisterde Hetzel met nauwlettende aandacht: ze behelsden zaken die de sprekers zodanig dwars zaten dat zij ze niet in klare taal onder woorden konden brengen. Maar Hetzel hoorde niets dat hem van dringend belang voorkwam.

De resterende berichten, zeven in getal, waren afkomstig van mensen die een beroep op Hetzels diensten wilden doen. Geen ervan kwam met informatieve bijzonderheden. Drie ervan bezigden de uitdrukking: 'Geld speelt geen rol' of verklaarden: 'De kosten zijn ondergeschikt aan het resultaat.' Hetzel kreeg het vermoeden dat verscheidene van deze potentiële cliënten verlost wilden worden van chantageplegers en dit was een procedure waarmee hij in het verleden opvallend succes had geoogst. Andere verzoeken om zijn hulp waren niet zo vlot in een bepaalde categorie onder te brengen. Nadat het ontvangstsysteem uit iedere aanvrager zo veel mogelijk informatie had gepeurd, kregen allen te horen: "Miro Hetzel bevindt zich momenteel niet op de planeet. Mocht u binnen drie dagen geen antwoord van hem krijgen, dan raden wij u de Extran Effectueringsdienst aan, wier integriteit en vaardigheid van grote klasse zijn."

Het laatste bericht in het geheugen van het systeem was bijna op de minuut drie dagen tevoren vastgelegd en dit bericht wekte bij Hetzel de grootste belangstelling. Hij luisterde er nogmaals naar: "U kent mij niet; mijn naam is Conwit Clent. Mijn adres is Villa Dandyl, Radiaalweg, Junis. Ik ben geconfronteerd met een bijzonder vervelend probleem — voor mij in ieder geval is het vervelend. U vindt het wellicht lachwekkend. Ik zou u misschien niet opgebeld hebben als de zaak niet een zekere Faurence Dacre betrof, en uw naam kwam ter sprake. Alleen zijdelings, haast ik mij eraan toe te voegen. Ik herhaal dat de kwestie van groot belang is en de kosten, binnen redelijke grenzen, zijn geen bezwaar. Ik ken uw reputatie en ik hoop dat u zo spoedig mogelijk contact met mij kunt opnemen."

Hetzel belde ogenblikkelijk naar Conwit Clent, die in de vriendelijke, heuvelachtige buitenwijk Junis woonde.

Bijna direct verscheen het gezicht van Clent op het beeldscherm. Het was een gezicht dat er in normale doen gemoedelijk en vriendelijk uit moest zien, met krullend blond haar en een goedgevormde, wat zware neus. Zijn kin was een vierkant blok. Nu was het gezicht bleek en vertrokken en de rossige huid vertoonde een ongezonde grijze tint.

Hetzel stelde zich voor. "Sorry voor de vertraging. Ik ben pas een uur geleden in de stad gekomen."

Clents gezicht toonde grote opluchting. "Uitstekend! Kunt u naar mijn huis komen? Of heeft u liever dat ik u in de stad ontmoet?"

"Een ogenblik," zei Hetzel. "Kunt u mij iets over de zaak vertellen?"

Clent schraapte zijn keel en gluurde over zijn schouder. Toen mompelde hij ongemakkelijk: "Het is iets waarover het moeilijk praten is, onder alle omstandigheden. U herinnert zich Faurence Dacre?"

"Jazeker."

"Wist u dat hij chirurg geworden is?"

"Ik heb niets meer van hem gezien of gehoord sinds hij van school af is."

"Dan zult u ook zijn huidige verblijfplaats niet kennen?"

"Nee."

Clent zuchtte ongelukkig, niet zozeer om Hetzels antwoord, maar alsof zekere akelige vermoedens van hem nu onweerlegbaar bevestigd waren. "Als u naar Villa Dandyl wilt komen, zal ik u alles uitleggen en dan zult u wel begrijpen waarom ik een beroep op u doe."

"Uitstekend," zei Hetzel. "Ik kom onmiddellijk. Ik moet wel opmerken dat ik mijn honoraria subjectief bereken en dat ik voldoende vooruitbetaling verlang om mijn redelijke onkosten te dekken."

Clent toonde weinig belangstelling voor dit aspect. "In dat opzicht zullen wij geen onenigheid krijgen."

Zodra het scherm vrij was, belde Hetzel de Extran Effectueringsdienst waarmee hij vriendschappelijke betrekkingen onderhield. Dit bureau gaf hem inzage in zijn dossiers. Conwit Clent werd hierin beschreven als een onopvallende jongeman in goeden doen en met een goed karakter, een geestdriftig zeiler, amateur-sterrensteenverzamelaar*, en de laatste tijd was hij gegrepen door de gecompliceerde cuisine van Twair die een modieuze populariteit genoot onder de jeunesse dorée van Cassander. Zeer kort geleden was hij getrouwd met de beeldschone Perdhra Olruff, afkomstig uit een even rijke familie als de

---

* Kristallen die men af en toe in de sintels van dode sterren aantreft.

zijne. Zijn leven was gespeend gebleven van schandalen, in de doofpot gestopte stommiteiten en zelfs van onverantwoordelijke uitspattingen; het scheen dat Clent een van smetten vrij, veilig en onbedreigd leven leidde. De foto's toonden een man wiens gezondheid zonneklaar was. Hij had blonde krullen en zijn mond was vertrokken in een grijns van chronische goedgeluimdheid; deze Conwit Clent leek op de Clent met wie Hetzel zojuist had gesproken, en tegelijk was er een onaanwijsbaar verschil. Perdhra Olruff was onmiskenbaar iemand van hartverscheurende schoonheid; slank, donker haar, een onschuldige, geïnteresseerde blik, alsof zij overal zocht naar de vluchtige geheimen van de natuur. Haar blik op de wereld was wellicht wat ernstiger dan die van Conwit Clent.

Vervolgens informeerde Hetzel naar inlichtingen over Faurence Dacre, maar dit leverde weinig op. Dr. Dacre was slechts twee jaar tevoren in Cassander gearriveerd en had binnen korte tijd een reputatie als briljant en verbeeldingsrijk chirurg opgebouwd. Hetzel grijnsde verbeten.

Precies het beeld dat Faurence Dacre zichzelf het liefst had willen geven. En alles welbeschouwd, waarom niet? Zijn vaardigheid, zelfverzekerdheid en verstandelijke vermogens maakten hem uitstekend geschikt voor zo'n carrière.

Het dossier over Dacre bevatte niets dat duister of louche was. In zijn twee korte jaren in Cassander was hij de lieveling van de gegoede stand geworden en er was veel vraag naar zijn diensten. Hij zou zich in ongeveer dezelfde kringen bewegen als Clent en het was onvermijdelijk dat ze elkaar leerden kennen.

Hetzel stond op vanachter de communicator en kleedde zich om in een vlot donkerblauw en grijs pak. Hij ging de foyer in en drukte de toets van de 'vertrek'-koker in. Toen de deur opengegleden was, stapte Hetzel in de capsule, waarna de deur automatisch dichtgleed. In het rooster sprak hij: "Villa Dandyl, Radiaalweg, Junis." De capsule viel neer, koos een route en zette er vaart achter. Het scherm in de wand toonde flitsende, min of meer correcte beelden van het landschap dat voorbijgleed: het zwarte ijzer en glas van centraal Cassander, daarna de Parkgordel, vervolgens de geïsoleerd liggende kleine buitenwijken tussen de rookbossen, dan de brede, dichtbebladerde argents, de bloeiende quains, de cyaanmimosa's en de kardemoms die de Magnetische Heuvels bedekten, en ten slotte door het Junisdal naar de grootse villa's van Junisstad.

Onderweg blikte Hetzel terug op zijn levensloop, geïnspireerd door de naam 'Faurence Dacre'. Deze blik besloeg meer jaren dan hij wenste te tellen. Van de Aarde was hij met zijn ouders eerst naar Alpheratz VI gereisd, waar zijn vader, die ingenieur was, gewerkt had aan het Grote Drie-Oceanenkanaal, daarna naar Neroli, waar zijn moeder gestorven was in een zandstorm in de Blaffende Woestijn, wat gevolgd werd door een trieste vlucht langs een stuk of vijf planeten die hij zich amper herinnerde. Op Thesse werd zijn vader beheerder van het onderhouds-systeem van de Bevende Berg en daar, aan de academie van Bevend Water, ontving de jonge Miro Hetzel zijn schoolopleiding.

Miro Hetzel was een ongewone jongen geweest: sterk, vlug, intel-ligent. Hoewel hij stuurs noch verlegen was, was hij niet spraakzaam en gezellig van aard en hij maakte niet makkelijk vrienden. Van zijn vader had hij geleerd praktisch te denken en op zichzelf te vertrouwen (dat dacht hij tenminste graag); zijn moeder, een Gael van het eiland Skye, had Miro's jonge wezen verrijkt met een hang naar het subtiele en mysterieuze. Deze twee invloeden disharmonieerden toch niet, maar werkten evenwijdig aan elkaar en versterkten elkaar (geloofde Miro).

Zonder moeite nam Miro het moeilijke leerprogramma van de academie van Bevend Water in zich op en de jaren gingen plezierig voorbij. Tijdens zijn laatste schooljaar kwam er een nieuwe jongen in zijn klas: Faurence Dacre, zojuist gearriveerd van de wereld Cambiasq waar, zo vertelde hij, zijn vader, Heer Icelyn Dacre, een groot eiland bezat en over het leven van duizend mensen beschikte. Faurence Dacre was zichtbaar een opmerkelijke knaap, even knap als de Prins der Duisternis, met haar als glanzende zwarte zijde, ogen als topazen die van opzij belicht werden. Hij was lang, sterk, lenig en kon intens gecon-centreerd bezig zijn; hij blonk uit in sport. Op de academie, waar bijna alle leerlingen in een of ander opzicht uitmuntten, trokken zijn capaci-teiten geen speciale aandacht, en daarom spande Faurence zich steeds intensiever in; intensiever en meedogenlozer dan de omstandigheden leken te wettigen, zo dachten velen.

Op het gebied van de studie weerde Faurence zich met een

verachtelijk gemak, alsof de leerstof kinderwerk was, en wederom riepen zijn vermogens geen bewondering op; zijn enige vriend was Miro Hetzel, die verdraagzaam genoeg was om zich te vermaken met Faurence's capriolen. Af en toe ried hij Faurence aan zich meer bescheiden, ernstig en eenvoudig te gedragen, welk standpunt vol hoon door Faurence werd afgewezen. "Pah! Uilenpraat! De mensen zien je zoals je jezelf ziet: de bange hond krijgt een trap, en terecht!"

Miro Hetzel zag geen noodzaak om door te gaan over dit onderwerp. Faurence Dacre's oogpunten waren niet absoluut onredelijk, en tenslotte werd de school vaak genoeg omschreven als een sociaal laboratorium, of een wereld in miniatuur, waarin iedere leerling leerde zijn persoonlijkheid te optimaliseren. Maar zou Faurence dat wel leren? De achting van schoolgenoten kon niet op commando afgedwongen worden, zeker niet op de academie van Bevend Water; Miro wist niet eens waar die achting aan te danken zou moeten zijn, en of het een vruchtbaar onderwerp voor overpeinzingen was.

Faurence en Miro werden beiden lid van de schaakclub. Tijdens het toernooi versloeg Miro zijn klasgenoot met enig spektakel. Toen hij "schaakmat" zei, sloeg Faurence zijn topazen ogen op en zag Miro een lange, langzame minuut aan. Toen hief hij zijn hand op en een ogenblik dacht Miro dat hij van zins was het schaakbord keihard door de kamer te smijten. "Volgende keer meer geluk," wenste Miro hem monter toe.

"Schaken is geen geluksspel."

"O, dat weet ik nog niet. Soms kan een listige strategie bedorven worden door een stomme zet van de tegenstander. Is dat geen geluk?"

"Ja. Maar ik heb jou geen stomme zetten zien doen."

"Dat hoop ik maar. Ik speelde om te winnen."

"Ik ook." De twee wandelden het schoolterrein op. Het gezicht van Faurence onderging een serie duidelijk leesbare veranderingen: van verbijstering via sombere treurnis tot verbeten, starre kalmte.

De twee lagen languit op het gras onder de kromme takken van een onderstebovenboom. "Zo," zei Faurence. "Nu hoef je alleen nog Cloy Routhe te verslaan om kampioen te worden."

Kauwend op een graspriet knikte Miro rustig.

"Ik snap het gewoon niet," zei Faurence griepend. "Zo hoort het niet te zijn."

Miro wilde iets zeggen, maar lachte toen alleen: een verstikt lachje van verwondering en ongeloof. "Echt, je kunt het wereldgebeuren niet veranderen door het alleen maar te willen!"

"In dit opzicht verschillen wij van elkaar," zei Faurence, "hoewel ik mijn levensfilosofie vervat heb in bewoordingen die wat lastig over te brengen zijn. In wezen is het dit: ik moet de beste worden omdat ik de beste ben. Deze vergelijking bevat dwingende noodzakelijkheden die in beide richtingen werken, en dit neem ik als het fundamentele uitgangspunt van mijn wezen. X betekent Y en moet Y betekenen; Y betekent X en moet X betekenen. Zoals alle systemen levert ook dit gevolgtrekkingen en instructies op. De beste ontvangt wat het beste is; hij verwerft de macht om zijn wensen te realiseren, om zijn vijanden voor schut te zetten, om de voordelen van de rijkdom te benutten. Als ik geconfronteerd word met iets dat strijdig lijkt met de vergelijking, of iets dat een leemte in die vergelijking lijkt voor te stellen, dan moet ik zorgen voor een aanpassing of opheldering; niet in de vergelijking, die vanuit zijn fundamentele uitgangspunt een onweerlegbare kracht bezit, maar in het aanpassen van de termen van de vergelijking aan de variabelen van het bestaan."

"Je uitgangspunt zou verkeerd kunnen zijn," zei Miro loom. "En dan valt je hele systeem in duigen. Tenslotte verzinnen ook andere mensen hun vergelijkingen."

Faurence schudde gedecideerd het hoofd. "Ik ben overtuigd van het tegendeel. De wereld is van mij; ik hoef alleen de vergelijking te leren gebruiken. Vandaag won jij met schaken: dat was onmogelijk geweest als ik op de goede manier gebruik had gemaakt van de vergelijking!"

Miro lachte opnieuw. Faurence's redenatie amuseerde hem. "De enige manier om een schaakspel te winnen, is beter te spelen dan de ander. Als wij honderd keer speelden, zou ik jou vijfennegentig keer verslaan, tenzij jij je manier van spelen veranderde. Weet je waarom? Je speelt te driest, je denkt je tegenstander met zuiver élan te overrompelen."

Faurence zei koel: "Niet waar. Ik ben de beste speler; je kunt mij alleen door een speling van het lot verslaan."

Miro haalde zijn schouders op. "Je zegt het maar. Het woord 'best' zegt mij niets. Mijn tegenstander ben ikzelf, niet jij."

Faurence zei: "Goed, uitstekend. Je erkent dus mijn superioriteit."

"Zeker niet. Zulke oordelen, als die ooit nodig zijn, vellen anderen wel. Maar het is een absurd onderwerp. Laten we over andere dingen praten."

"Nee. Dit gesprek is niet absurd. Ik kan je verslaan en ik zal het bewijzen." Nu haalde Faurence een zakschaakspel tevoorschijn en zette het op het gras. "Laten we nog een spel doen. Jij mag kiezen." Hij stak Miro zijn vuisten toe.

Miro keek naar het spel. Er ontbraken twee zwarte pionnen. Had Faurence in beide vuisten een zwart stuk? Miro pakte een witte pion en zei: "Deze keer moet jij kiezen." Hij stak op zijn beurt zijn vuisten uit.

Na een ogenblik wees Faurence een van beide handen aan en koos aldus het witte stuk. Zo begon het spel. Als eerst speelde Faurence met brandende concentratie en zijn topazen ogen leken wel licht te geven. Misschien nam hij Miro's commentaar op zijn speelstijl wel ter harte, want hij speelde nu wat voorzichtiger, al was het duidelijk dat hij leed onder deze beperking. Amper in staat zijn pret te verbloemen, legde Miro een valstrik waarvan hij zeker wist dat Faurence hem niet zou kunnen weerstaan; en inderdaad, Faurence stuurde zijn toren ver over het bord om Miro's loper klem te zetten. Nu verzette Miro een pion en de toren kon geen kant meer uit. Faurence bestudeerde het bord, geeuwde dan en rekte zich uit. Hij wees over het terrein. "Daar heb je ouwe Szantho op weg naar zijn wekelijkse pootjebaden. Wat een waanzinnige badkledij draagt hij toch altijd!"

Miro keek waar hij wees en vestigde zijn blik toen weer op het schaakbord. Faurence's hand belemmerde zijn uitzicht. Faurence verplaatste een loper. "Schaak," zei Faurence. Zijn toren was gered. Aha! dacht Miro. De vergelijking beheerst niet slechts de kosmos maar ook de regels van het schaakspel. Hij zou zijn ogen niet meer van het bord afnemen.

Twee zetten later zag Miro kans om een vermetele uitval te doen, dwars door het gebied dat bewaakt werd door de loper voordat Faurence Miro's aandacht afleidde. Met een volkomen effen gezicht verzette Miro zijn stuk. Faurence deed een beschermende zet; Miro was weer aan zet: "Schaak." En bij zijn volgende zet: "Schaakmat."

Zorgvuldig stak Faurence het schaakspel weer in zijn zak. "Kom," zei hij, "laten we een partijtje worstelen."

Miro schudde zijn hoofd. "Het is te warm voor zulke inspanningen. En wat heeft het voor zin? Als ik win, kwets ik jouw zelfachting. Als jij wint, ga je nog vaster geloven in jouw mystiek, wat helemaal niet gezond voor je is."

"Toch zul je worstelen. Bereid je voor!" Faurence viel aan en Miro, die een zucht van tegenzin slaakte, was gedwongen zich te verdedigen. De twee knapen hadden ongeveer hetzelfde formaat en waren even snel en lenig. Faurence worstelde met het vuur van de fanaticus, wat hem tweemaal zoveel energie kostte als Miro in het geweer bracht, die niet meer deed dan Faurence's grepen afweren, totdat Faurence heel kort het evenwicht verloor; toen overviel Miro hem meteen en wierp hem met gemak tegen de grond, en op Faurence's borst gezeten drukte hij diens schouders tegen de grond. "Er is niets aan," zei Miro vrolijk. "Je moet nog maar wat aan die vergelijking van je knutselen; hij werkt niet erg." Hij stond op. "Laten we die flauwekul verder vergeten. Het is vermoeiend."

Faurence ging op zijn knieën zitten en rees langzaam overeind. Toen viel hij Miro plotseling aan, zodat diens hoofd tegen de stam van de onderstebovenboom smakte. Verdoofd en vol pijn wankelde Miro weg. Faurence sprong op zijn rug, smeet hem tegen de grond en Miro zag concentrische rode ringen voor zijn ogen. Vagelijk hoorde hij nog de stem van Faurence: "Zie je nu hoe mis je het had? Snap je het nu?" En hij gaf Miro een schop in zijn nek.

Hoofdstuk II

De capsule opende zich en Hetzel stapte uit in een ondergrondse ontvangstkamer waarvan de vloer betegeld was met witte en blauwe arabesken. Aan het ene einde stroomde water uit de muil van een griffioen in een brede kom en de nis hierachter was beschilderd met een klassiek landschap. In het tegenoverliggende eind was een deur naar Villa Dandyl. Een stem vroeg: "Wie is daar, alstublieft?"

"Miro Hetzel."

Een ogenblik werd Hetzels beeltenis bestudeerd. Toen zei de stem: "Welkom; gaat alstublieft binnen."

De deur schoof opzij en Hetzel nam plaats op een schijf die hem naar de begane grond verhief. Hier wachtte Conwit Clent hem op. De man was enkele centimeters langer dan Hetzel, en tien kilo zwaarder. Hij droeg een zachtgroen pak en donkergroene sandalen. Hij had geen al te beste houding en zijn huid had een grijze ondertint, zoals Hetzel al had opgemerkt, die op een slecht werkende spijsvertering scheen te wijzen. Het viel Hetzel moeilijk in deze man de kordate blonde zeilliefhebber van vroeger jaren te herkennen.

Clents welkom was hartelijk. "Ik ben zeer verplicht door uw prompte komst, Xtl* Hetzel; het lucht me op om u te zien."

"Ik hoop maar dat ik u kan helpen," antwoordde Hetzel. "Vergeet niet dat ik nog helemaal niet weet wat u van mij wilt."

Clent gaf een vreemd, koortsig lachje. "Ik zou het u in één woord kunnen zeggen — of liever twee woorden — maar dan zou u denken dat ik gek ben. Laten we naar de studeerkamer gaan. Mijn vrouw is op

---

* Xtl (uitgesproken 'kstel'): de beleefde aanspreektitel in Cassander, oorspronkelijk afkomstig van het woord *stletto* of 'piratenkapitein'.

bezoek bij vrienden en we zullen niet gestoord worden." Hij loodste Hetzel door een luchtige gang behangen met varens en vlinderbloemen naar een kamer die ingericht was in de bekoorlijke stijl die de naam Archaïsch Lusitanisch droeg. Hij verzocht Hetzel plaats te nemen in een stoel van leder en hout, schonk bekers likeur in en installeerde zich ten slotte op een bank. Na een paar haastige slokken van zijn likeur leunde hij achterover met een grimmig, vastberaden gezicht. "Eerst ben ik naar Dobor's Onderzoeksbureau gegaan en ik vroeg ze Faurence Dacre op te sporen. Ze hebben hun best gedaan, wat niet genoeg was. Terwijl zij Dacre's levensloop uitplozen, ontdekten ze dat u zijn klasgenoot was geweest en Xtl Dobor ried mij onmiddellijk aan me tot u te wenden. Ik geloof dat hij zich ergerde dat ik hem niet volledig in vertrouwen had genomen."

"Waarschijnlijker is het dat hij geen aanknopingspunten had of dat al zijn mensen bezet waren. Wat is uw probleem?"

Clent sprak verder met een doodse, eentonige stem. "Ik ben een rijk en in de betere kringen bekend man. Tijdens mijn jeugd hield ik mij onledig op de manieren die men zou kunnen verwachten: met reizen, sport, en ik heb een kaag van vijftig voet waarmee ik tussen de Schaduweilanden vaar, of soms ook over de Florient naar de Hesperiden. Behoorlijk lange tijd ben ik vrijgezel gebleven, ofschoon ik best wel geniet van vrouwelijk gezelschap. Hier en daar minnekoosde ik wat maar ik dacht er niet over te trouwen tot ik Perdhra Olruff ontmoette bij een vriend." Clent lachte weemoedig. "Ik wist dat ik nooit meer van haar wilde scheiden — en dat was een verlangen dat ik niet direct kon vervullen, omdat zij daar was in gezelschap van de briljante en vooraanstaande chirurg Faurence Dacre die heel duidelijk verliefd op haar was.

"De dag daarna hebben we samen geluncht. Ik vroeg haar of Dacre iets voor haar betekende en zij leek, niet echt ontwijkend, maar laten we zeggen terughoudend. Om een lang verhaal kort te maken, ik kwam erachter dat dr. Dacre dezelfde plannen had als ik en dat hij haar volhardend en ijverig het hof maakte. Ze moest hem wel serieus nemen; hij was tenslotte een man van aanzien, een goede verschijning en ook nog een beetje een beroemdheid. Desondanks gaf Perdhra de voorkeur aan mij. Waarom, dat weet zij zelf het best. Misschien lijk ik makkelijker in de omgang. Na verloop van tijd besloten we te gaan trouwen. Perdhra vertelde dr. Dacre het grote nieuws zo aardig als ze kon. Hij maakte de toepasselijke opmerkingen en daarmee leek de zaak afgehandeld. Maar de volgende dag belde hij mij op en vaardigde een verbazingwekkend decreet uit: ik moest mijn bemoeienissen met Perdhra staken en mocht haar nooit meer benaderen, en wel omdat hij haar voor zichzelf had bestemd en al het andere was daaraan ondergeschikt. Toen ik mijn stem weer kon gebruiken, zei ik hem dat hij naar de duivel kon lopen. Hij antwoordde slechts dat dit de eerste, laatste en enige waarschuwing was die ik zou krijgen en dat als ik zijn bevelen niet gehoorzaamde, ik de consequenties moest dragen."

Clent dronk nog wat voor hij zijn relaas vervolgde. "Hij maakte me bang. Dat geef ik toe. Ik zei niets tegen Perdhra en uiteraard peinsde ik er geen moment over om haar op te geven. Ik stelde haar juist voor om meteen te trouwen, hier in de villa, en niet in de Tempel van Bargherac zoals we oorspronkelijk van plan waren. Perdhra vond het goed; we nodigden een paar familieleden en goede vrienden uit en we trouwden. Meteen hierna vlogen we naar Port Sant, waar mijn boot ligt. We waren van plan een maand of twee rond te kruisen, naar de Luchtspiegeleilanden, daarna naar Tinghal en als de passaat aanhield, ook nog naar Geraniol.

"We arriveerden in Port Sant. Ik ontdekte dat er in de kaag ingebroken was en dat de richtingvinder gestolen was. Het was een diefstalletje van niks en verder scheen alles in orde. Ik liet Perdhra aan boord achter en ging op weg naar de winkel waar ze scheepsbenodigdheden verkochten, maar honderd meter verderop.

"Daar ben ik nooit aangekomen. Ik weet niet wat me overkomen is. Ik kwam bij in het districtsziekenhuis, waar ik onder een valse naam lag. En wat was er met Perdhra gebeurd? Niets. Ze was niet ontvoerd, niet bedreigd en niemand had haar hevig het hof gemaakt. Ze had alleen een boodschap gehad dat ik een ongeluk had gekregen, dat de tocht uitgesteld moest worden en dat ik zo spoedig mogelijk contact met haar zou opnemen.

"Ik zal niet uitweiden over haar reactie. Natuurlijk was ze helemaal van streek. Ze ging terug naar Cassander en probeerde uit te zoeken wat er met mij was gebeurd, wat totaal niets opleverde.

"Toen ik weer bijgekomen was, kwam ik erachter dat ik vier dagen bewusteloos was geweest. Ik voelde me — vreemd. Ik kan het gevoel niet precies beschrijven. Maar ik wist wel dat er aan mij geprutst was." Clents mond vertrok in een zure grimas. "Nou ja, het heeft geen zin om er omheen te draaien. Toen ik terug was in Villa Dandyl inspecteerde ik mezelf zo goed ik kon, en ik ontdekte een litteken op mijn scrotum. Ik liet er meteen een dokter bijkomen. Hij onderzocht mij en bevestigde mijn vermoeden. Er was iets met mijn zaadklieren gedaan. De dokter voerde een chromosoomanalyse uit. De klieren waren niet van mij. Het was keurig geopereerd: alles paste prachtig en er was geen spoor van afstoting. Ik was nog steeds Conwit Clent, dat wel, maar de mannelijke hormonen waren van een ander. Het zaad was vruchtbaar, maar niet het mijne; ik kon geen eigen kinderen meer verwekken. Ik wist natuurlijk wie hiervoor verantwoordelijk was, maar daar schoot ik niets mee op. Wie had die klieren geleverd? En waar waren de mijne?

"Of Dacre had zijn eigen organen in mij getransplanteerd, wat ik sterk betwijfelde, of klieren die gekweekt waren uit een cultuur van zijn eigen organen, of de organen waren afkomstig van een of andere weerzinwekkende bron, wat nog het waarschijnlijkst leek. Daar heeft u de hele geschiedenis in een notendop." Opnieuw vertoonde Clent zijn schaapachtige grijns.

Hetzel pakte zijn beker en keek hoe de gouden kringels in de drank heen en weer golfden. "En wat wilt u dat ik doe?"

"Ten eerste — dat spreekt wel vanzelf — wil ik mijn ontbrekende delen terug. Perdhra en ik willen een gezin stichten. In de gegeven omstandigheden is dat niet doenlijk. Ik wil eraan toevoegen dat het idee dat de hormonen van een ander door mijn lichaam stromen mij ontzettend tegenstaat.

"Ten tweede wil ik dat Dacre gestraft wordt. Door de wet of niet, hoe dan ook, ik wil dat hij spijt krijgt van zijn daad."

"Begrijpelijk," zei Hetzel. "Weet uw vrouw van de geschiedenis?"

Clent schudde zijn hoofd. "Ik kan er niet toe komen het haar te vertellen. De dokter heeft haar gezegd dat ik een zeldzame hartafwijking heb die niet gevaarlijk is tenzij ik me bovenmatig inspan en dat ik medicijnen inneem om die inspanningen onmogelijk te maken. Ze maakt zich wel zorgen, maar ze blijft opgewekt en toegenegen; ik heb het echt getroffen met mijn vrouw."

"Heeft Dacre nog contact met u of uw vrouw opgenomen?"

"Niet met mij, en ik geloof ook niet met Perdhra."

"Wat had Dobor te melden?"

"Zeer weinig. Dacre is niet te vinden; volgens zijn praktijk is hij voor een onbepaalde tijd van de planeet af, wat schijnbaar zijn normale doen is." Clent posteerde zich gemelijk bij een gewelfd raam dat op een ommuurde tuin uitkeek. Over zijn schouder zei hij: "U begrijpt wel waarom de kosten me niet interesseren." Hij draaide zich om. "Neemt u de zaak op zich?"

"Jazeker," antwoordde Hetzel. "Ik neem de zaak op mij."

Clent mompelde iets dat niet te verstaan was en kwam toen terug, waarna hij de bekers weer volschonk.

Hetzel zei: "U begrijpt dat ik helemaal niets kan garanderen. Ik kan u zelfs niet veel hoop geven."

"Dat weet ik. Dat realiseer ik mij allemaal heel goed."

"U moet instemmen met een bepaalde voorwaarde. U bent iemand met een sterke wil en u bent gewend zelf op te treden. Maar in deze zaak kan ik niet hebben dat u mij per ongeluk tegenwerkt."

"Dat begrijp ik."

"Ik wil de absolute zeggenschap over deze zaak hebben. U mag niets ondernemen zonder mijn goedkeuring. Anders levert het niets dan ergernis voor ons beiden op."

Clent ging hiermee akkoord, misschien wat treurig kijkend. "Ik neem aan dat dat niet meer dan verstandig is. Hoe staat het met uw honorarium?"

"Ik begin nu met duizend SWE onkostengeld, waarvoor ik u later een gespecificeerde rekening zal geven. Mijn honorarium hangt af van wat ik bereik, welke risico's ik moet nemen, hoelang ik eraan bezig ben. Op dit moment kan ik geen bedrag noemen."

Zonder een woord opende Clent een kastje en haalde er een pakje bankbiljetten uit dat hij Hetzel toewierp. "Duizend SWE. Nee, een kwitantie hoeft niet."

Hoofdstuk III

In het Hotel der Werelden nam Hetzel contact op met Eban Dobor, de oudste partner van Dobor's Onderzoeksbureau. "Ah, Hetzel," zei het ronde, vriendelijke gezicht op het scherm. "Het verbaast me niet om van jou te horen."

"Ik ben net terug van Villa Dandyl. Bedankt voor je verwijzing."

"Nee hoor, jij lag voor de hand. Het riekt gewoon niet naar ons soort werk."

"Toch bedankt. Hoe ben je achter Bevend Water gekomen?"

"We hebben gesproken met Dacre's kennissen, zogenaamd om biografisch materiaal voor een medisch tijdschrift te verzamelen. Hij is ongeveer twee jaar geleden in Cassander gearriveerd en zover wij te weten kunnen komen, heeft hij geen verleden. Alleen heeft hij zich een keer achteloos tegen een vriendin laten ontvallen dat hij op die academie had gezeten. Hij spreekt uitsluitend in algemeenheden en hij ontwijkt vragen met dit soort opmerkingen: 'O, maar dat was toen en nu is het nu!' of 'Het was saai, stom en beuzelachtig, iedere minuut ervan. Laten we over iets anders praten.' Hij heeft iedereen in zijn praktijk betaald en weggestuurd behalve een receptioniste en die weet vrijwel zeker niets."

"Wat zegt zijn medische vergunning?"

"Niets. De gemeente erkent geen diploma's of geloofsbrieven; de normen in het Bereik variëren te sterk. De Medische Inspectie van Cassander neemt tien dagen durende examens af en geeft alleen op basis van die examens vergunningen af. Het resultaat van die examens is openbaar. Faurence Dacre behaalde een score van 98,2 terwijl het maximum 100 is en dit is bijna zonder precedent. De man op het kantoor van de Inspectie die mij hielp, grijnsde heel vreemd tegen mij en schudde zijn hoofd toen we het over die score hadden. Ik vroeg: 'Wordt er ooit bedrog gepleegd tijdens dat examen?' Hij antwoordde: 'U zou versteld staan als u wist hoe vermetel die mensen kunnen zijn, die wij maar moeten vertrouwen!'

" 'En dit resultaat van 98,2?'

" 'Het is niet aan mij om er iets over te zeggen. Als een kandidaat de Inspectie weet te overtuigen, wie ben ik dan om te twijfelen? Het is wel een slimmerik, die dr. Dacre, en dat is-ie.'

"De conclusie ligt dus voor de hand. Hij was niet populair bij zijn collega's, al willen ze niet zeggen waarom niet. Enige afgunst speelt natuurlijk wel een rol, want Dacre zat in één keer aan de top."

"Had hij liefdesgeschiedenissen?"

"Links en rechts, maar niets serieus tot hij Perdhra Olruff ontmoette. Daarna zag je die twee overal; volgens de berichten was het een adembenemend stel."

"Waar ging hij heen toen hij de academie verliet?"

"Geen informatie voorhanden. Ik probeerde het met de dossiers van Bevend Water. 'Alle informatie is geheim en onschendbaar!' — dat kreeg ik te horen van de oude dominie Cheasling. Ze zijn bang voor problemen; massa's rijke mensen sturen hun zoons erheen. Ik mocht alleen in het jaarboek kijken. Dacre's huisadres was de Caelzie Keizerrijksherberg, hier in Cassander. Nutteloze informatie; de bedrijfsleiding daar bewaart zijn paperassen maar drie jaar en niemand herinnert zich hem of zijn familie. Er zijn geen Dacre's op Thesse. Meer staat er niet in ons dossier en je mag het allemaal hebben."

"Ik zal moeten beginnen waar jij opgehouden bent."

"Dat zeker. En waar doe je dat?"

"In Bevend Water."

Hoofdstuk IV

JAREN WAREN GEKOMEN en gegaan; levens die van stapel waren gelopen in hoop en onschuld waren hun vaart kwijtgeraakt of gestrand; maar de academie van Bevend Water was nauwelijks of niet veranderd. Hetzel ontdekte een nieuw botenhuis naast het Tanjareebosje; de onderstebovenbomen besloegen meer grond; de groenstenen kantoren, laboratoria, klaslokalen, practica en slaapzalen leken een fractie kleiner, wat slaperiger en stoffiger onder de enorme Palladische iepen die van de verre Dashbourneplaneet waren ingevoerd waar, vierhonderd jaar tevoren, dominie Kasus, de stichter van de academie, het eerste levenslicht had aanschouwd. Verder was alles zoals Hetzel het zich herinnerde. Hij landde zijn gehuurde luchtwagen op het terrein voor bezoekers, stapte uit en wandelde op zijn gemak naar het Kasusgebouw.

Het was in de middag, nog te vroeg voor zijn plannen. Hij ging op een bank naast het vierkante plein zitten en keek naar de bedrijvigheid die, hoezeer ook lijkend op die van twintig jaar geleden, toch anders scheen. Hoe open, hoe ochtendvers waren deze jonge gezichten! Hetzel kon amper geloven dat hij lid van zo'n weinig wetende groep moest zijn geweest. Hij was niet sentimenteel aangelegd, maar voelde toch een vleug van melancholie... Er werd een gong geluid. Hetzel keek op zijn horloge. Als de routine in de loop der jaren niet veranderd was — en waarom zou die veranderd zijn? — was de administratieve staf nu bezig zijn kamers te verlaten en gebouw Kasus zou slechts beheerd worden door Cholly de conciërge, of zijn opvolger, of diens opvolger.

Hetzel wachtte nog een halfuur en toen liep hij over het plein naar gebouw Kasus. Hij besteeg de treden van het bordes en ging de vestibule in, die nog precies zo rook als vroeger. Links van hem bevond zich een grote kamer, bekend als het kantoor van de administrateur, die ook gebruikt werd voor diverse andere doeleinden. Zoals verwacht vond Hetzel hier Cholly de conciërge; enkele graden verder vooroverhellend, lichtelijk meer convex van buik, met de helft van zijn fiere haarbos minder, maar in wezen niet veranderd. Zekere instellingen benaderden het eeuwige, overdacht Hetzel.

Cholly keek op van zijn werk. "Het spijt me, meneer; de kantoren zijn voor vandaag gesloten."

"Wat ergerlijk nu!" riep Hetzel uit. "Dan ben ik voor helemaal niets uit Cassander komen vliegen!"

"Helaas, meneer. Voor iets dringends zou u dominie Cheasling te hulp kunnen roepen, maar hij zou u niet dankbaar zijn."

Nu leek Hetzel diep na te denken. "Misschien is dat niet nodig als u een handje zou willen helpen. Natuurlijk zou ik u schadeloosstellen voor de overlast en dan hoeven we dominie Cheasling niet lastig te vallen."

Cholly sprak behoedzaam: "Wat verlangt u precies, meneer?"

"Ik ben advocaat en ik probeer een van de oud-leerlingen van de school op te sporen zodat ik hem een erfenis kan uitbetalen. Hiervoor heb ik zijn adres nodig, dat daar in de dossiers zou moeten staan."

Cholly lachte zuur. "Geen kans, meneer. Dominie Cheasling staat dat soort dingen niet toe. We hebben hier te veel rijkeluiszoontjes en ze zijn altijd bang voor ontvoeringen en zo."

"Aan de hand van verouderde dossiers?" zei Hetzel schamper. "Niet erg waarschijnlijk, hoor."

"U kent dominie Cheasling niet, meneer. Hij laat niets aan het toeval over." Cholly legde duidelijk geen verband tussen de voormalige leerling Miro Hetzel en deze man met zacht zwart haar en grijze ogen.

Hetzel trok zijn portefeuille en klopte er peinzend mee op de balie. "In dat geval bof ik dat ik te laat ben gekomen." Hij haalde een biljet van vijf SWE tevoorschijn. "Misschien wilt u zo vriendelijk zijn om mij even bij de dossiers te laten zodat ik de nodige inlichtingen kan nagaan. We hoeven dominie Cheasling niet eens te storen."

Cholly keek met krullende lippen naar het geld. "Hoe weet u dat die informatie daar te vinden is?"

"Waar anders?"

"Mmf. Dominie Cheasling zou me villen..." Met een scheef oog keek hij weer naar het bankbiljet. "Kunt u daar tien SWE van maken?"

"Als dat betekent dat ik niet voor niets ben gekomen: ja." Hetzel voegde de daad bij het woord.

"Wacht dan even," zei Cholly plots actief. "Ik wil de voordeur op slot doen en op de ketting, dan kan niemand ons verrassen."

Terugkomend zei hij samenzweerderig: "Wat er ook gebeure, mijn naam mag nimmer genoemd worden."

"Dat kan ik garanderen," zei Hetzel. Cholly liet hem achter de balie. Hetzel liep regelrecht naar de kast 'toelatingen', trok een la open en vond alras de plaat van zijn laatste jaar op de academie.

"Wat gaat u handig om met de dossiers," merkte Cholly sceptisch op. "Hoe komt het dat u zo zeker van uw zaak bent?"

"Al dit soort archieven lijken op elkaar," zei Hetzel afwezig. "Nu eens kijken — ah ja; de repro." Hij stak de plaat erin en las de index die op het scherm aanflitste. Cholly kwam over zijn schouder meekijken, maar Hetzel stuurde hem terug. "Hoe minder u weet, hoe beter, voor het geval dominie Cheaslings argwaan mocht worden gewekt."

Cholly schuifelde zenuwachtig weg. "Haast u dan. Ik kan niet de hele avond wachten."

Hetzel verdraaide de knoppen. Zoals Eban Dobor had gemeld, had Faurence Dacre opgegeven dat zijn plaatselijk adres de Caelzie Keizerrijksherberg in Cassander was. Hetzel besteedde geen aandacht aan de kaart maar stelde in op Dacre's oorspronkelijke toelatingsaanvraag.

"Er komt iemand over de treden naar het bordes!" zei Cholly gejaagd. "U kunt niet langer blijven!"

"Het is zo gebeurd," zei Hetzel. Met zijn stylus schreef hij een adres op:

Gangardiehuis, Willanella
Diestl; provincie Derd, Semblat
Wittenmond

En daaronder schreef hij een naam, de handtekening onder de aanvraag:

Vela, Vrouwe Keurboom

Hoofdstuk V

HETZEL BRACHT VERSLAG UIT aan Clent. Zonder omhaal zei hij: "Ik vermoed dat Dacre de planeet voorgoed heeft verlaten."

"Waarom zegt u dat?" vroeg Clent. De troost die Hetzels bemoeienis met de zaak hem had gegeven, was al gesleten: hij zag er weer even treurig en smartelijk uit als bij de eerste ontmoeting.

"Een aantal feiten bij elkaar geven mij dat in, hoewel geen ervan op zichzelf doorslaggevend is. In Cassander staat hij voor schut door uw huwelijk, dat denkt hij tenminste. Ik vermoed dat Cassander zijn charme voor hem kwijt is. Hij weet ook dat u hem zoekt, hoewel ik betwijfel of hij zich daar echt ongerust om maakt: in zijn ogen bent u nu alleen nog iemand om te verachten."

Clent maakte een schor keelgeluid.

"Verder schijnt het zijn gewoonte te zijn om herhaaldelijk de planeet te verlaten, wat de indruk wekt dat hij nog elders een huis heeft, of een hoofdkwartier, hoewel dit natuurlijk niet beslist hoeft. Maar alles bij elkaar genomen, lijkt er reden om te geloven dat hij Thesse verlaten heeft. Daar houd ik het althans op."

"Maar waarheen?" vroeg Clent met holle stem. "Iedere dag vertrekken er twintig schepen van Cassander; in alle richtingen liggen honderd werelden. Daartussen iemand vinden, is als het vinden van een druppel in de oceaan!"

"In zekere zin is dat waar," beaamde Hetzel. "Maar niemand verplaatst zich zonder sporen achter te laten. De gebruikelijke methode is een bezoek brengen aan de ruimtehaven en pogen uit te zoeken met welk schip hij vertrokken is: dit is uiteraard bijna onbegonnen werk als de betrokkene zijn best heeft gedaan om zijn gangen geheim te houden.

"Het alternatief is: in het verleden beginnen, voordat hij behoefte kreeg aan listen en heimelijkheid, en uitzoeken op welke plaatsen hij graag kwam, waar hij misschien nog een keer zou opduiken, en deze methode stel ik voor."

"Ik ben bang dat ik het niet kan volgen," bromde Clent.

"We kunnen zijn leven of achteruit natrekken, of vooruit," legde Hetzel uit. "Vooruitgaand heb ik geen enkel aanknopingspunt, helemaal niets. Achteruit heb ik er in ieder geval één: naam en adres van zijn moeder."

Clent was echt verbaasd. "Hoe bent u daaraan gekomen?"

Precies als de beroepsgoochelaar hield Hetzel zijn methoden het liefst geheim, zodat het effect des te frappanter leek. Hij zei dan ook vriendelijk: "Het is mijn stelregel om mijn informatiebronnen nimmer te openbaren. U begrijpt wel waarom niet."

Clent begreep er niets van maar zei braaf: "Ja, vanzelfsprekend."

"Ik zal zelf naar Wittenmond gaan voor een gesprek met Dacre's moeder," zei Hetzel. "Maar het voor de hand liggende veronachtzamen we ook niet. Een ander zal trachten Dacre's spoor vanuit Cassander te vinden, al betwijfel ik of hij meer geluk zal hebben dan Eban Dobor."

Clent vroeg moedeloos: "Wanneer hoor ik weer van u?"

"Ik zal u zo goed mogelijk op de hoogte houden van de ontwikkelingen."

Clent bromde: "Als het geld opraakt, bel dan om meer. Het enige wat ik wil is — nou ja — succes."

"Ik doe mijn best."

Hoofdstuk VI

ROND DIE MACHTIGE gele baaierd die bekend stond als Jingkens' Ster zwaaiden enkele dozijnen planeten die allemaal verkend waren door Gieter Jingkens, een vrolijke vrijbuiter uit de tijd van de Grote Expansie. Drie van deze planeten, de zogenaamde Zusterplaneten, leken op elkaar in afmetingen, massa, soortelijk gewicht, atmosfeer, klimaat en land-waterverhouding; hun flora en fauna waren in ongeveer dezelfde mate ontwikkeld. Deze bijzondere omstandigheden waren niet aan de aandacht van de Gaiaanse geleerden ontsnapt; de overeenkomsten, analogieën en divergenties hadden stof opgeleverd voor tienduizend monografieën en er was een geheel nieuwe chronometrie van de evolutie opgesteld op basis van de zogenaamde 'Jingkense Parallellen'.

De 'Zusterplaneten', Wittenmond, Gietersmond en Skalkemond, waren oorspronkelijk in bezit genomen door drie epoden van de Gereformeerde Anti-gnomische Credentisten en de uiteenlopende ontwikkeling van deze mensen was van grote interesse voor sociale antropologen. De bewoners van Wittenmond hadden een florerend mercantiel systeem geschapen en dreven handel met het hele stelsel. Bewust of onbewust breidden zij het denkbeeld van exacte metingen en gespecificeerde kwaliteit uit tot de allergewoonste details van het dagelijks leven. Iedere gradatie van luxe was omschreven en de waarde was vastgesteld: voorrechten, ontspanning, eigendom, kleding en toebehoren — alles moest strikt overeenkomen met de status. Muziek, architectuur, de keuken, zelfs de inrichting van de tuin en de bloemsierkunst: alles was gerangschikt in hiërarchieën van smaak en toepasselijkheid. De samenleving, die uiteraard in tal van lagen was verdeeld met een gecompliceerde aristocratie, was geenszins verstard. De overgangen van de ene kaste naar de andere namen een vooraanstaande plaats in de gedachten van iedere Witt in. De situatie gaf allesbehalve aanleiding tot wrok maar werd juist door hoog en laag gewaardeerd en gesteund aangezien de gegradueerde samenleving de mensen niet van elkaar vervreemdde of isoleerde in solipsistische cellen, doch eenieder intens bewust maakte van zijn medemensen; iedere Witt, hoe laag of verheven ook, genoot in ieder geval van zijn deelname aan het ingewikkelde spel en was er trots op dat hij de gecompliceerde regels onder de knie had. De wereldwijze Witt die gekapitteld werd omtrent de onrechtvaardigheden van het leven op Wittenmond, merkte slechts op dat deze onrechtvaardigheden overal bestonden maar dat ze op Wittenmond erkend en gecodificeerd waren.

Mensen van andere werelden plachten zich hogelijk te verwonderen om de talrijke details die het bestaan der Witten onoverzichtelijk leken te maken, zonder te begrijpen hoe de codes de Witte manier van leven heel precies specificeerden, zonder te begrijpen dat hun eigen, schijnbaar simpele samenleving een veel grotere ingewikkeldheid inhield, te wijten aan dubbelzinnigheden, toespelingen, implicaties, vlot wisselende stemmingen en ondertonen, symbolen die al dan niet op een bepaald moment een betekenis bezaten, superioriteiten en inferioriteiten die opgelegd werden door subtiele kleine wedstrijdjes welke veel meer frustratie opriepen dan de onpersoonlijke onderscheiden die de Witten aanlegden; en uiteindelijk leek élke samenleving voor een vertegenwoordiger van de andere een ondoordringbaar troebel gebeuren.

Toen hij in Diestl op Wittenmond arriveerde, ontdekte Hetzel hier een zeer bekoorlijke stad die in een serie verschillende niveaus gebouwd was op de heuvels die rond de Flouderklafbergen lagen. De Limoenrivier die zich vanaf de noordelijke vlakten omlaag slingerde, passeerde de industriewijk en maakte dan een scherpe hoek naar de Irruptor Oceaan die dertig kilometer van de stad lag met daartussen een golvend landschap van bossen en tuinen en statige landgoederen die het eigendom waren van handelsprinsen van de hoogste standen.

De ruimtehaven besloeg drie vierkante kilometer buitengewoon kostbaar land op slechts een kilometer ten noorden van de zakenwijk van Diestl; de handelaars van de stad begrepen de waarde van het gemak heel goed.

Hetzel verliet de haven en nam een glijweg naar het Reizigershotel.

Hij had de gewoonte zich allereerst te verzekeren van een gerieflijk onderdak. In zijn keurige, zij het steriele kamer raadpleegde hij het adresboek en daaruit vernam hij dat Diestl onderverdeeld was in drieënzeventig marken, allemaal met hun eigen stelsel van bijzonderheden. Het adresboek somde deze trouw op. Zo ontdekte Hetzel dat Willanella een wijk was waar vertegenwoordigers van de midden-adel hun residentie hadden. Deze huizen waren stuk voor stuk gebouwd op terreinen van niet minder dan 4.856 vierkante meter groot, met een waarde van niet minder dan 200.000 SWE*, en verzorgd door tenminste zes bedienden. Het adresboek stelde Hetzel gerust dat Vela, Vrouwe Keurboom nog steeds woonde in Huize Gangardie in Willanella en het gaf haar adres, en de leden van haar huishouding, onder wie zijzelf; verder Lazar, Baron Keurboom, een butler, een kok, een oppertuinman en zes bedienden, allemaal voorzien van een communicatiecode. De opsomming vermeldde niemand die Faurence Dacre had kunnen zijn.

Daar hij geen bepaald plan de campagne had, huurde Hetzel een flitter die hem in een oogwenk naar Willanella in het westen voerde en hem afzette op een terras dat vijftig meter van Huize Gangardie lag.

Door slechts twintig meter te lopen en op een aarden wal te klimmen, kreeg Hetzel een uitstekend uitzicht op het gebouw dat vermoedelijk Faurence Dacre tijdens zijn kinderjaren geherbergd had. Hetzel zette een macroïde bril op en bestudeerde de sierlijke voorgevel, maar leerde hiervan niets van belang... Zijn aandacht werd getrokken door een beweging. Uit de achtertuin kwam een vrouw met donker haar die een witte rok droeg die onder het lopen over het gras veegde. Ze was lang en imposant, niet gezet, hoewel haar wangen, kaken en kin bol waren. Maar haar ogen flitsten statig en de hoeken van haar gezicht wezen op een exotische schoonheid die nu helaas verleden tijd was.

Hetzel hield haar in het oog terwijl zij met vuur een bos bloemen sneed. Met wat een geestdrift stortte ze zich niet op prijsexemplaren! Met welk een weerzin versmaadde ze de bijna uitgebloeide bloemen! Met welke extase van verontwaardiging plantte ze haar witte slof op een schadelijk insect!

---

* SWE: de Standaard Waarde-Eenheid; de waarde van de ongeschoolde arbeid van een standaard-man onder standaard-omstandigheden gedurende een Gaiaans uur; het enige artikel van onveranderlijke waarde.

Hetzel nam zijn bril af. De vrouw was ontvlambaar en emotioneel; haar rechtstreeks benaderen zou zeker haar argwaan wekken.

Hetzel ging van de wal af en liep langzaam voorbij het huis. Hij bleef staan bij een villa aan de overkant van de laan, waar een oudere man in oude kleren een rozenboom snoeide. Hetzel bestudeerde de snoeitechniek van de man. Hij maakte een opmerking over de weelderige groei van de heg, over de geur van de bloemen en toen was het al een gesprek. Hetzel maakte zich bekend als een rijke edelman van de Oude Aarde die wellicht belangstelling had voor de aanschaf van een huis.

"Het is onwaarschijnlijk dat u hier in Willanella iets treft," verklaarde zijn nieuwe kennis. "Wij zitten hier allemaal al tamelijk lang en vast."

"Toch hoorde ik over een edel huis dat wellicht spoedig te koop zal worden aangeboden. En ik vroeg me af of het dat daar niet zou kunnen zijn, daar aan de overkant."

"Hoho! Huize Gangardie? Geen schijn van een kans, meneer. Dat is het huis van de Keurbooms en die wonen daar al een eeuwigheid."

" 'Keurboom', zegt u? Ik ken die naam ergens van. Hebben zij niet een beroemde zoon — een geleerde of chirurg of iets van dien aard?"

"Laat Heer Lazar daar maar buiten. Het moet Vrouwe Keurbooms zoon uit haar eerste huwelijk zijn. Ik heb gehoord dat hij eindelijk geslaagd is, maar pas nadat hij uit huis ging. Hij kon het nooit vinden met Heer Lazar."

"Dat is niet zo ongewoon in zo'n situatie. Probeert hij nooit zich met zijn nieuwe vader te verzoenen?"

"Niet zover ik weet. Ik heb hem al jaren niet meer gezien."

Hoofdstuk VII

HIER EN DAAR in Diestl informerend, hoorde Hetzel dat de familie Keurboom oorspronkelijk zijn welvaart te danken had aan het uitgeverswezen en dat Lazar, Baron Keurboom nu leefde van de opbrengst van investeringen. Zijn eerste vrouw had hem geen kinderen geschonken; na zijn scheiding had hij een buitenlandse vrouw gehuwd, een zekere Vela Woxonoy van Todnie, die met een toneelgezelschap naar Diestl kwam, samen met haar jonge zoon. Keurboom, die tegenwoordig half invalide was, verdeelde zijn tijd tussen zijn huis en zijn club. Hetzel concludeerde dat de optimale gelegenheid voor een ontmoeting in die club te vinden moest zijn, waar een weigering om te converseren met een buitenlandse heer, die misschien een klant was, excentriek gevonden zou kunnen worden.

Hetzel trad dan ook op een geschikt moment de Apollonische Club binnen en liet een boodschap naar Heer Keurboom brengen waarin hij hem om enkele ogenblikken van zijn tijd verzocht.

Heer Keurboom liet hem tien minuten wachten. Toen sjokte hij zwaar de kleine zitkamer in waar hij Hetzel aantrof. Hij inspecteerde Hetzel vanuit de deur. Het was een gedrongen, zware man, niet bijzonder lang en met een bleke huidskleur, spaarzaam zandkleurig haar en een enorme vooruitstekende kin die vreemd strijdig was met de rest van zijn tamelijk onbenullige gezicht. "Ja meneer?" vroeg hij met schurende stem. "U bent Miro Hetzel?"

"Dat is juist, Heer Lazar."

"En over wat wenst u mij te spreken?"

"Ik zal uw tijd niet verspillen, meneer, noch de mijne. Ik wil de huidige verblijfplaats van uw stiefzoon Faurence Dacre weten."

Keurbooms stemgeluid veranderde in een sissend gefluit en Hetzel vroeg zich af of hij soms middels een synthevox sprak. "Spreek mij niet van die persoon. Ik heb niets te zeggen."

Hetzel knikte begrijpend. "U heeft geen prettige herinneringen aan dr. Dacre."

"Dr. Dacre, bah!" Keurbooms lippen bewogen onwillekeurig en zijn mondhoeken werden vochtig. Met grote moeite wist hij uit te brengen: "Dat is alles, meneer. Meer zal ik niet zeggen!"

Hetzel stak zijn vinger op. "Sta mij toe dat ik de reden van mijn belangstelling verklaar. Faurence Dacre heeft hoogst ergerlijke onrechtmatigheden gepleegd in Cassander op Thesse. Ik wil hem vinden zodat hem rekenschap kan worden afgedwongen. Wij spreken in het volste geheim, dat verzeker ik u; uw naam zal nimmer genoemd worden."

Langzaam liet Keurboom zich in een zetel zakken. "Ik weet niet waar hij is. Als ik het wist..."

"Maar misschien kunt u mij wel andere dingen vertellen, waarmee ik hem kan opsporen. Bijvoorbeeld —"

Keurboom hief zijn hand op. "U moet wat ik zeg strikt vertrouwelijk behandelen, begrijpt u dat? Niemand mag het weten, ook Vrouwe Vela niet."

"Ik stem in met uw voorwaarde."

"Welnu: wat is voor u belangrijk?"

"Alles wat u mij kunt vertellen."

Keurboom stak een verward verhaal af, doorspekt met woedeaanvallen die hem vrijwel onverstaanbaar maakten. "Ik heb mijn best gedaan voor de knaap. Het was zonneklaar dat zijn moeder hem verwende en zijn hoofd vulde met onzin. Ondanks haar weeklachten stuurde ik hem weg naar een uitstekende school op Thesse: de academie van Bevend Water. Nou, daar hield hij het een of twee jaar uit en toen stuurden ze hem terug, tot grote vreugde van zijn moeder, en toen hadden we hem weer thuis. Een poos hield hij zich kalm; hij las over mystiek, allemaal wartaal en stupide onzin! Zijn moeder gaf mij bevel dat ik hem niet lastig mocht vallen omdat hij zich voorbereidde op een carrière in de psychologie. Toen zag ik hem een tijdlang niet meer bezig met zijn boeken en ik begon me af te vragen wat hij uitspookte. Ik vond hem in de tuinschuur — zijn 'laboratorium', noemde hij dat. Hij was inderdaad bezig experimenten uit te voeren, dat wel, met de dochter van de tuinman! Hij had haar gehypnotiseerd, haar smerige drugs gevoerd en allerlei enge streken met haar uitgehaald. Ik betrapte hem op heterdaad en zette hem het huis uit. Zijn moeder gruwde van de hele zaak, en ze probeerde het goed te praten, maar deze ene keer dreef ik mijn zin door en Faurence werd de laan uitgestuurd. Ik wilde niets meer met hem te maken hebben. Een maand of twee woonde hij bij zijn tante, toen deed zijn moeder hem op het Technisch Instituut van Narghuys op Gietersmond. Natuurlijk mocht ik de rekeningen betalen. Ik heb begrepen dat hij het medische programma heeft genomen en hij schijnt een briljant succes te zijn geworden. Zijn moeder wil tegen mij niet over hem praten en ik geloof dat zij haar best doet om hem te vergeten." Heer Lazar maakte een kort gebaar. "Dat is alles wat ik u over Faurence Dacre kan vertellen, zoals hij zich noemt."

"Zou hij zich dan eigenlijk anders moeten noemen?"

"Het is een kwestie van principes. Mijn vrouw en haar eerste echtgenoot waren slechts informeel verenigd. De wet van de Witten stelt in zo'n geval dat de nakomelingen de naam van de moeder moeten dragen. Faurence heeft lak aan deze wet en negeert ook de wensen van zijn moeder; zowel 'Keurboom' als 'Woxonoy' wijst hij af als naam en hij gebruikt die van zijn vagebond van een vader..."

Hoofdstuk VIII

TWEE UUR NA ZIJN ONDERHOUD met Heer Keurboom ging Hetzel aan boord van het passagiersschip *Sobranad*, dat hem naar Gietersmond moest brengen. Omdat hij midden in de nacht in Narghuys aankwam, begaf hij zich regelrecht naar het Cosmoluxhotel aan het Prater Huss-plein. Nadat hij een kamer besproken had, ging hij op het terras van een café aan het plein zitten, half verscholen achter de waren van bloemenverkopers die zich daar de hele nacht ophielden. De ober bracht hem een karaf van de plaatselijke wijn en een knetterend bord worstjes. Soms, bedacht Hetzel, was de franje van zijn vak heel aardig. Gietersmond verdiende de voorkeur boven Wittenmond, was zijn con-clusie. De lucht leek versterkender, de hemel wijder, hoger, de wind blies minder ingehouden, leek het. Hetzel vroeg zich af hoe de damp-kringen van de twee planeten zich verhielden. Meer zuurstof? Een ander mengsel van edelgassen? Meer of minder kooldioxide, ozon, zwaveloxide, zeldzamere, ijlere gassen? Zulke variaties leverden sub-tiele psychologische verschuivingen op die in de loop der jaren een cumulatief effect kregen.

De ziel van een volk spiegelt zich in zijn architectuur: dat was het aforisme van de aloude wijze Unspiek, Baron Bodissey. Hetzel vond het een overtuigende stelling. De structuren van Narghuys zou niemand sober, of eenvoudig, of schraal kunnen noemen; desondanks leken ze minder bloemrijk dan die van Diestl. De Witten benadrukten het ingewikkelde, ten koste van samensmelting. Geen enkele welving hield verband met een andere; afwisseling was verheven boven eenheid; geen enkele textuur werd herhaald als het menselijk vernuft een andere kon bedenken.

De mensen van Narghuys gebruikten een soortgelijke batterij

van motieven en bereikten daarmee verrassend andere effecten. De bouwwerken van Narghuys vertoonden minder eigenzinnigheid en meer stijl; de bogen waren minder weelderig en dikwijls waren de diverse onderdelen en aspecten van een gebouw in een logische samenhang verenigd. De verschillen in architectuur weerspiegelden de verschillende bezigheden van de twee volkeren. De Witten handelden, de Gieten bouwden, ontwierpen, vervaardigden. De Witten verkochten goederen, de Gieten deskundigheid. De technische academies van Gietersmond waren wijd en zijd in het Bereik vermaard; de werkplaatsen en laboratoria produceerden een onafgebroken stroom van nieuwe producten, die niet allemaal noodzakelijk praktische waarde hadden, en de Witten verkochten ze graag.*

Meteen na het ontbijt begaf Hetzel zich naar de Academie van Medische Wetenschappen van Narghuys. Hij had gemerkt dat een rechtstreekse benadering soms evenveel inlichtingen opleverde als een week van steels gewroet. Hij ging zonder omwegen naar de informatie-balie en richtte zich tot de knappe jonge vrouw in het donkerblauwe en witte uniform die mensen te woord stond.

"Ik stel belang in de loopbaan van dr. Faurence Dacre, die hier gestudeerd heeft," zei hij. "Met wie zou ik hierover kunnen spreken? Misschien wel met u?"

Ze glimlachte. Hetzels bewonderende blikken schenen haar niet in verlegenheid te brengen. "Hoe wordt die naam gespeld?" Toen Hetzel dat had gezegd, drukte zij op toetsen en knoppen, maar het scherm bleef leeg. Ze schudde het hoofd. "We hebben geen verwijzingen naar deze persoon. En ik zie dat ook anderen navraag hebben gedaan."

---

* Op Skalkemond, de derde en buitenste van de 'Zusterplaneten', bevonden zich de grote banken, financiële instellingen, academies voor wiskunde, kosmologie, projectieve speculatie en esthetiek, conservatoria voor muziektheorie en kritische evaluatie. Vergeleken met de andere Zusterplaneten, leek de architectuur van Skalkemond simpel en streng.

De Skalks, die zich intensiever bezighielden met abstracties dan de Gieten en de Witten, waren onderhevig aan een wijder en dieper bereik van geestelijke stoornissen. Ze waren vooral gebrand op beveiliging en hadden een verbazingwekkend stelsel van wijkcontrole ontwikkeld dat de misdaad en het geweld tot een minimum reduceerde.

"Misschien gebruikte hij de naam Woxonoy — Faurence Woxonoy."

"Faurence Woxonoy?" Opnieuw toetste zij informatie in. "Hij heeft hier acht jaar gestudeerd: tot twaalf jaar geleden, om precies te zijn."

"En waarheen ging hij toen?"

"Dat weet ik niet, meneer: het staat hier niet bij. U zou het best kunnen spreken met zijn oude collegehoofd."

"Uitstekend. Wie kan dat zijn?"

Ze keek in het scherm. "Dr. Aartemus. Ik ben bang dat hij tot vanmiddag bezet is."

"Dan zou u misschien een afspraak voor mij willen maken? Ik ben Miro Hetzel."

"Zoals u wilt, meneer. Zal ik erbij zeggen dat het in verband met Faurence Woxonoy is?"

"Wat u maar wilt."

Op het afgesproken uur betrad Hetzel de vertrekken van dr. Aartemus. Daar ontdekte hij een magere grijze man van normale lengte die een bleek, breed voorhoofd bezat onder een grove grijze stoppelmat. Het kwam Hetzel voor dat zijn gelaatsuitdrukking tegelijk wijs, verdraagzaam en sardonisch was en toen hij opstond, zag Hetzel dat hij lam was. " 'Heelmeester, heel uzelf!' " citeerde dr. Aartemus. "Gelukkig kan de heelmeester van tegenwoordig dat gebod opvolgen — als hij wenst. Ik wens het niet. Ik word gesteund door onvermoeibaar metaal dat mij nimmer ongerief bezorgt. Ik ben niet bang voor platvoeten, ingegroeide teennagels, jeuk, eelt, gestoten tenen, eczeem of duizend andere kwalen. Zelfzuchtig ben ik niet; als u dat prettig vindt, amputeer ik ter plekke uw beide benen."

Hetzel wees het aanbod met een glimlach van de hand. "Ik ben niet het modieuze type waarvoor u mij blijkbaar aanziet."

"Jammer. U wilt mij geloof ik een vraag stellen?"

"Inderdaad, in verband met een zekere Faurence Woxonoy, die zich tegenwoordig dr. Faurence Dacre noemt. Ik wil hem bijzonder graag opsporen."

"U bent niet de enige," zei dr. Aartemus. "In de loop der jaren heb ik meer van deze vragen gehad." Hij maakte het zich gemakkelijk. "Normaal houden wij ons aan onwrikbare regels. We zijn discreet, al was het maar om onszelf te beschermen. Wij bevelen geen van onze afgestudeerde pupillen aan, alhoewel wij graag en breedvoerig informatie verschaffen over degenen die gezakt zijn. Het geval van Faurence Woxonoy, of Dacre als u dat liever hoort, is anders. Hij was een briljant student met een waarlijk vernieuwingsgezinde geest. Toch zakte hij voor verscheidene vakken en hij kreeg hier geen diploma."

"Zo! Desondanks speelt hij zonder wroeging voor arts. Kan dat wel?"

"Het is in ieder geval realistisch. Het Gaiaanse Bereik omvat talloze gemeenschappen en allemaal moeten ze hun eigen normen hanteren. Een doctorandus van de Peulzomp Medische School in Sek Sek op Rieten zou hier op Gietersmond nog geen geval van hik mogen behandelen. Anderzijds is Faurence Dacre hier wel gezakt, maar hij was voortreffelijk toegerust om waar dan ook in de rest van het Bereik een praktijk te beginnen."

"Waarom heeft hij dan geen diploma gekregen?"

"Om het bondig te zeggen, hij pleegde fraude. Ik — beter gezegd wij — wezen hem af wegens gebreken van zijn persoonlijkheid, niet van zijn techniek. Hij hoefde helemaal niet te frauderen. Hij nam alleen aanstoot aan bepaalde opmerkingen van mij en stelde zich vervolgens tot taak aan te tonen dat hij met lof voor mijn vak kon slagen zonder een van zijn opdrachten werkelijk uit te voeren. Het hele jaar hield ik hem in de gaten; tenslotte ben ik niet dom. Ik beidde mijn tijd, wel inziend dat een kleine terugslag, een berisping, geen indruk op hem zou maken. Het hele jaar vervalste hij zijn werk, op tal van vernuftige manieren. Maar ik had meer ervaring en was nog veel vernuftiger. Op de laatste dag sprak ik mijn klas toe, wat trouwens een heel goede klas was: ik hoefde slechts vijf man op herhaling te sturen. 'Ik feliciteer jullie,' zei ik. 'Allen hebben voortreffelijk werk geleverd. Op één na. Die ene is Faurence Woxonoy, die om slechts hem bekende redenen de hele cursus lang consequent bedrog heeft gepleegd.' Daarna vertoonde ik op het klassenscherm de diverse voorvallen die ik in dat jaar had vastgelegd. De klas amuseerde zich natuurlijk opperbest. Halverwege mijn demonstratie stond Woxonoy op en verliet de klas."

Hetzel bromde wat en vroeg: "Wat gebeurde er daarna met hem?"

"Ik beschik niet over feiten. Ik hoorde alleen dat hij aan de slag was gegaan in de Zuidelijke Torpeltijnen, in een oord dat Masmodo heet." Hij stelde een vraag in een microfoon. "Wie houdt praktijk in Masmodo, op Jamus Amaha?"

Een stem antwoordde: "Dr. Leuvil, die met pensioen is. De dichtst-bijzijnde arts in actieve dienst is te vinden in Kroust."

"Dank u." Dr. Aartemus richtte zich weer tot Hetzel. "Jamus Amaha is het meest woeste gebied op de planeet — maar half beschaafd, eigenlijk."

Hetzel dacht na wat hem te doen stond. "Misschien zou u zo vrien-delijk willen zijn om dr. Leuvil voor mij op te bellen en hem naar dr. Dacre te vragen?"

Dr. Aartemus richtte zijn blik op het plafond, maar drukte toen met een schouderophalen een code op zijn toestel, wat slechts resul-teerde in nijdige zoemgeluiden. Uiteindelijk meldde zich een vrouw. "Centrale, Masmodo."

"Ik probeer dr. Leuvil aan de lijn te krijgen," zei Aartemus. "Zonder enig succes."

"Dr. Leuvil is met pensioen en hij neemt zijn communicator niet meer op. Probeert u dr. Winke op Twijfelachtig Eiland."

"Een moment. Kunt u dr. Leuvil een boodschap bezorgen? Zegt u hem alstublieft dat dr. Aartemus in Narghuys op een gesprek met hem wacht."

De telefoniste gaf node toe dat deze procedure uitvoerbaar was. "Een ogenblik geduld, alstublieft."

Vijf minuten later begon het scherm te knetteren en branden en te midden van zich langzaam uitbreidende groene kringen verscheen het gezicht van een blonde jonge vrouw in een verwelkt verpleegsters-uniform. Haar gezicht was rond en knap op een gemelijke manier, maar wat te vlezig. "Wie belt daar? Dokter wie?"

"Dr. Aartemus, van de Medische Academie in Narghuys. Ik wil graag enkele woorden spreken met dr. Leuvil."

"Verwacht hij een telefoontje van u?"

"Ik denk het niet, maar —"

"Bent u een oude vriend?"

"Dat kan ik nauwelijks beweren, maar toch —"

"Dan zal dr. Leuvil niet met u spreken."

"Maar dat is dan toch uiterst nors van hem! Ik ben een collega — geen rekeningloper en geen armlastige patiënt!"

"Het spijt me, dokter. Mijn bevelen laten niets aan het toeval over."

"Goed dan. Weest u zo vriendelijk dr. Leuvil te vragen of hij weet waar dr. Faurence Dacre zich ophoudt, of dr. Faurence Woxonoy, zoals hij zich misschien heeft genoemd."

Nu lachte de verpleegster met een gemaakt stemmetje. "Ik weet heel zeker dat hij met u niet en met niemand niet over dr. Dacre wil spreken."

"Kent u zelf dr. Dacre?"

"Jazeker."

"Kunt u mij zeggen waar hij nu is?"

De verpleegster schudde haar hoofd. "Ik zou het echt niet weten."

"Dank u voor uw hulp." Dr. Aartemus schakelde het scherm uit en keerde zich om naar Hetzel. "Zo staat de zaak dus. Meer kan ik niet doen."

"Dr. Aartemus, ik ben u allererkentelijkst voor uw tijd en moeite."

Hoofdstuk IX

VAN NARGHUYS NAAR MASMODO op Jamus Amaha reizen was heel
wat moeilijker dan de reis van Diestl naar Narghuys. Hetzel nam
een luchtschip zuidwaarts naar Jonder aan de mond van de Grote
Vissenrivier; daar stapte hij over op een plaatselijke koppelvlucht
die bij ieder gehucht onderweg over het schiereiland Malabar stopte.
Uiteindelijk bereikte hij hiermee Kaap Jaun en vandaar ging hij per
oceaanschuimer naar Paunt op het eiland Kletterer.

Naar het westen, over de horizon en nog ver daar voorbij, verliepen
de Torpeltijnen. Dit was een reeks rotshompen en pieken, allemaal
omringd door een franje van strand en een paar honderd vierkante
meter gangee, sprugge, magentathee, cardenilstruik en kokospalmen,
welke laatste via een onbekend aantal etappes van de Oude Aarde
waren geïmporteerd. Slechts enkele Torpeltijnen werden door mensen
bewoond. Circa de helft was tot reservaat voor de inheemse Flamboyards
uitgeroepen, terwijl andere geen mens iets te bieden hadden omdat de
zee waterscraggen, oorlogsalen, pletterpoot en geweivissen herbergde,
terwijl raptap, zwaardvliegen, kurkentrekkerteken en saltatoren de
stranden onveilig maakten.

In Paunt huurde Hetzel een luchtvoertuigje en vloog daarmee acht-
honderd kilometer over de keten van Torpeltijnen naar Jamus Amaha.
Masmodo, de voornaamste nederzetting van dit eiland, omvatte
een hotel, drie cafés, verschillende winkels en magazijnen, een klein
ziekenhuis of kliniek, een aantal overheidskantoren, een scheepswerf
en verspreide huizen. Wrakke steigers staken de haven in, schots en
scheef en met kromme poten; hieraan lagen vissersboten. Enorme
zwarte nieshoutbomen wierpen schaduw over de straten en begrens-
den de waterkant.

Hetzel landde achter het postkantoor en vond een kamer in het Grote Westelijke Hotel. Het was in het begin van de middag. Jingkens' Ster, halverwege de blauwpurperen hemel, keek woedend neer op de zandstraten en trok een zure harsgeur uit de flinterdunne nieshout-bladeren, glom en flikkerde op de trage golfjes die loom onder de steigers door kabbelden.

Vanaf de veranda van het hotel overzag Hetzel de lange hoofdstraat. Deze liep van de wal, langs de gemeentekantoren tegenover het hotel, tot aan de helling met de kliniek en daarbij in de buurt het huisje van dr. Leuvil.

Na tien minuten van overpeinzingen wandelde Hetzel naar de kade. Een paar mannen knutselden aan hun visgerei, anderen hurkten op hun korte, kromme benen en keken uit over de haven. Geen innemend stel, vond Hetzel: plomp en lomp, smalle voorhoofden, zware kinnen en kaken, uitstekende neuzen en zware oren. Dit waren de Arsh wier voorvaderen, ontsnapt uit het Correctie-instituut van het eiland Sanctissimus, hun toevlucht hadden gezocht in het oerwoud van Jamus Amaha. Na eeuwen van afzondering waren de Arsh een weinig talrijke, maar duidelijk te onderscheiden ondersoort geworden.*

Hetzel ging een van de krakende steigers op naar Dongg's Taverne

---

* De legendarische stermenter Yane Cargus sloot een overeenkomst af met de uitsluitend uit mannen bestaande groep vluchtelingen. Hij sprak af honderd jonge vrouwen te leveren voor een tarief van vijfhonderd rode sarcenels. Dit waren op edelstenen lijkende voorwerpen die gewonnen werden uit het senso-rium van Flamboyards. Cargus overviel het klooster van het Goddelijk Prisma in Blenny op Lutus, en roofde aldaar tweehonderddertig novieten. Toen hij zijn lading afleverde, eiste hij duizend sarcenels en anders ging de koop niet door. Hij legde de nadruk op de kwantiteitskorting. De vluchtelingen merkten op dat sarcenels zeldzaam waren, dat de Flamboyards zich met klauw en tand tegen de winning verzetten en dat voor de resterende zesentachtig mannen, tweehonderddertig vrouwen wat te veel van het goede waren, met een factor twee, en het belangrijkst was dat de vrouwen lid waren van dat lelijke en groezelige ras, de Gettucks; helemaal niet wat de vluchtelingen voor ogen had gestaan. In het gevecht dat hierop volgde, incasseerde Yane Cargus vierender-tig wonden, hem toegebracht met nieshoutlansen, maar overleefde het door een wonder. De ontsnapte gevangenen kwamen gratis in het bezit van twee-honderddertig vrouwen en zo ontstond het ras der Arsh.

aan het zee-einde ervan. Het inwendige van het etablissement was koel en zeer ruim. Het bamboeriet waarvan de wanden waren gevlochten zeefde het schijnsel van Jingkens' Ster zodat er een filigraan van licht over de planken vloeren draaide. Drie Arsh, slechts gekleed in wijde kruislappen en krullend gerande hoeden met hoge, holle kegelpunten erop, zaten dicht op elkaar gehurkt bier uit reusachtige kroezen te drinken. Ze wierpen een scheve blik over hun schouder, wat op de een of andere manier honend leek; toen keken ze weer voor zich en hervatten hun grommende gesprek.

Hetzel ging zitten en weldra kwam de barmeid naar hem toe. Het was een blonde jonge vrouw, breed van heupen en goed in het vlees. Haar gezicht was niet zozeer hard als wel onvermurwbaar.

"Meneer, wat is uw wens?"

"Iets koels, iets makkelijks. Wat zou u voorstellen?"

"Wij maken een lekkere punch, met rum, cabinche, zuurlipsap en citroensap."

"Dat klinkt precies goed."

Met een statige manier van doen bracht de barmeid hem een groengeel mengsel dat Hetzel plezierig zuur vond smaken. "Heel goed," zei hij haar.

Ze knikte kil. Ze had een rond gezicht, net als de verpleegster van dr. Leuvil; niet heel lang geleden was ze misschien knap geweest.

Hetzel vroeg: "Is het altijd zo warm in Masmodo?"

"Het grootste deel van het jaar, behalve tijdens de regens."

Hetzel kwam tot de conclusie dat de verpleegster bepaald aantrekkelijker was dan de barmeid, wier welvingen gevaarlijk dicht de benaming 'vet' benaderden, zelfs als hij rekening hield met het leeftijdsverschil van zo'n vijf jaar. "Bent u geboortig uit deze streek?" vroeg hij.

De vrouw reageerde alleen met een meesmuilend zure grijns en ging naar een andere klant toe. Hetzel dronk peinzend zijn punch uit, beidde zijn tijd en bestelde er nog een. "En neem er zelf ook een."

"Bedankt, ik drink niet."

Toen zijn tweede glas gebracht werd, vroeg Hetzel: "Wat kun je hier doen om je te vermaken?"

"Hier zitten, drinken, naar de golven luisteren. Soms vertellen de Arsh schunnige verhalen of vermoorden elkaar. Dat is het wel zo'n beetje."

"Maar als je ziek wordt is er tenminste een ziekenhuis vlakbij. Wie is de dokter?"

"De dokter doet het niet meer, hij behandelt niemand meer."

"O ja? Ik dacht dat ik een verpleegster in dat huis ernaast binnen zag gaan. Ze leek een beetje op u."

"Een 'verpleegster'?" De barmeid fronste haar bijna onzichtbare wenkbrauwen om dit vertoon van Hetzels gebrek aan waarnemingsvermogen. "Ze regelt gewoon de dingen. Ze verzorgt haar vader, zou je kunnen zeggen. Vindt u echt dat ze op mij lijkt?" Dit laatste was een honende uitdaging.

"Niet echt, behalve dat ze blond is. U heeft karakter en stijl, als u het niet erg vindt dat ik het zeg."

"Hmf. Ik heb er hier niets aan."

"Waarom drinkt u niet iets?"

"Ik kan het spul niet verdragen. Ik word er een en al vlekken van."

"Nee, dat moeten we niet hebben!" zei Hetzel overdreven bezorgd. "Overigens, toen ik in het adresboek van Masmodo keek, zag ik dat er nog een arts vermeld stond. Het kan wel een oud boek geweest zijn." Hetzel keek de barmeid vragend aan.

"Zal wel." Ze vertrok weer.

Hetzel ging terug naar de veranda van het hotel. Daar zette hij zijn macrobril op en begon het doktershuisje in het oog te houden. Later op de middag kwam de 'verpleegster' — als ze dat was — de voorgalerij op om te overleggen met de chauffeur van een kruideniersauto. Een halfuur later verscheen er langzaam een gebogen man op het terras die in de schaduw van een parasol ging zitten. Hetzel zag onder een hoge Arshe hoed enkele vochtige grijze haarslierten, een bleek gelaat en een lange, gebogen neus. Eenmaal keek hij recht in twee troebele, grijswitte ogen. Dr. Leuvil, als dit inderdaad de gepensioneerde dokter was, keek turend her en der over het land. Hetzel kreeg het idee dat zijn gezichtsvermogen niet zo scherp was.

Hetzel zette zijn vergrotende bril af en slenterde op zijn gemak naar het huisje van de dokter toe. De dokter zou hem al dan niet te woord staan; voor subtiel gedoe of talmen was geen aanleiding.

De dokter wilde Hetzel niet te woord staan. Zodra hij te dichtbij kwam, stond de arts op, schudde misnoegd het hoofd en ging op de tast het huis weer in. Toen Hetzel aanbelde, klapte er een luikje in de voordeur open en de verpleegster keek naar buiten. "Dokter Leuvil is in ruste. Hij neemt geen patiënten meer aan."

"Ik ben geen patiënt," zei Hetzel. "Ik wil alleen een paar feiten weten in verband met zijn vroegere associé, dr. Dacre."

"Dr. Leuvil wil met niemand spreken, meneer."

"Brengt u hem alstublieft mijn boodschap. Ik wacht hier."

De verpleegster sloot het luikje. Wat later kwam ze terug. "Hij wil niet praten over dr. Dacre."

"Zeg hem dat dr. Dacre zich moeilijkheden op de hals heeft gehaald en dat de inlichtingen van dr. Leuvil belangrijke invloed op de kwestie kunnen hebben."

De verpleegster schudde haar hoofd. Haar blonde kurkentrekker-krulletjes dobberden op en neer. "Dat zeg ik hem niet, hij zou alleen maar van streek raken. En hij wil beslist niet over dr. Dacre praten; daar wordt hij ziek van." Ze wilde het luikje weer dichtdoen maar Hetzel hield het open. "Is hij er echt zo slecht aan toe?"

Plotseling glimlachte het meisje en er kwamen kuiltjes in haar ronde gezicht. Hetzel vond haar heel charmant. "Hij denkt van wel, en komt dat niet op hetzelfde neer?"

"Ik weet het niet," zei Hetzel. "Geef hem alstublieft mijn boodschap en vraag hem erover te denken. Morgen kom ik terug."

"Doet u geen moeite." Nu ging het luik dicht.

Merkwaardig, dacht Hetzel. Hij ging terug naar zijn hotel. Vanaf de galerij zag hij Jingkens' Ster in de Mondiale Oceaan zinken.

In het restaurant van het hotel ging het licht aan. Hetzel liep er binnen voor zijn avondmaaltijd. De kelnerin was zonder meer te dik. Haar huid was bleek en een overvloed van blonde krullen hing over haar forse schouders. Haar wangen waren rond, haar boezem bolde op, haar flanken zetten het kerskleurige weefsel van haar broek onder spanning en alles bibberde en deinde terwijl ze haar taken vervulde. Terwijl de barmeid van Dongg's Taverne een hard en bitter cynisme aan de dag legde en de verpleegster van dr. Leuvil zich koel en gereserveerd opstelde, leek de kelnerin vriendelijk en niet op eigen voordeel uit. Ze gaf Hetzel advies aangaande het karige menu en stelde voor dat hij beter geen muf bier kon nemen maar misschien de smakelijker sublumecider wilde proberen, waarvan de kracht niet te versmaden was. Toen Hetzel opperde dat zij zelf misschien ook wel een flink glas van deze drank wilde, of iets anders, stemde ze ogenblikkelijk in. Vijf minuten later, toen de laatste gast bediend was, liet ze zich grommend van behaaglijkheid neer op de stoel naast Hetzel en dronk met geestdrift haar cider. Hetzel bestelde meteen nog twee grote glazen. "U drinkt met een verfijnde waardering voor de drank," zei hij. "Zo'n karaktertrek zie ik met genoegen."

De kelnerin keerde zich naar de keuken. "Freitzke! Verschoon de tafels! Ik ben verwikkeld in een zakengesprek met deze heer!"

Een bakvisje, ook blond en nu reeds overmatig bedeeld met vrouwelijk toebehoren, begon stuurs het restaurant op orde te brengen.

"Uw zuster?" vroeg Hetzel.

"Het is inderdaad mijn zusje. Moet je het stomme kind toch zien, zal ze het nooit leren? Freitzke! Opdienen van rechts, afruimen van links!"

"Wat geeft dat nou?" mopperde Freitzke. "Er zit toch niemand aan die tafels."

"Je moet oefenen; hoe wil je het anders leren?" De kelnerin wendde zich weer tot Hetzel. "Arme Freitzke! Onze hele familie is linkshandig, vader, moeder — nu helaas dood! — en alle meisjes, maar Freitzke denkt ook nog met haar linkerhand. Niettemin is het een dierbaar en lief wezen, al heeft ze dan ook last van onredelijke mokkende buien."

"Is de barmeid bij Dongg ook familie?"

"Ook een zuster."

"En dan is er nog de huishoudster van dr. Leuvil, of is zij zijn verpleegster?"

"O die intrigerende kat! Dat is ook een zuster. Het is net wiskunde. Vijf jaren tussen iedere zuster en de volgende. Eerst kom ik, Ottile, dan Impie bij Dongg, dan Zerpette in het huis en ten slotte Freitzke in de keuken. Maar we staan elkaar helemaal niet na aan het hart. Dat komt door iets dat in ons bloed zit. Onze vader leeft nu als een kluizenaar en verdraagt alleen Zerpette, die uiteraard zijn rijkdom hoopt te erven als hij doodgaat."

"U herinnert zich natuurlijk dr. Dacre nog."

Ottile stiet een grof gelach uit. "Hoe zou ik hem kunnen vergeten? Hij bedierf mijn onschuld! Hij zwoer dat de liefde van Faurence en

Ottile even befaamd zou worden als die tussen Prins Wortimer en
de Zijdefee, of als ik dat liever had, als de liefde van Macellino Brunt
en Cora Besong. Nooit eerder had ik een man zo rapsodisch horen
praten! Ik zei tegen hem: 'Neem mij! Wijd mij in in deze beroemde
hartstochten!' Maar zijn plichten staken een spaak in het wiel. Hij
en mijn vader konden nooit met elkaar opschieten. Vader werkte
behoedzaam; Faurence was een waaghals. Als vader iemand een zalfje
gaf, stak Faurence de patiënt in een van zijn dure machines en voerde
een bijzondere operatie uit. 'Genezen' was het wachtwoord van mijn
vader. 'Snijden!' was de leus van Faurence. Ze waren vier jaar bij elkaar
en kregen toen een verschrikkelijke ruzie. Faurence werd de laan
uitgestuurd maar mijn vader hield al Faurence's prachtige machines
achter als onderpand voor de schuld die Faurence aan hem had. Toen
ik het nieuws hoorde, begon ik treurig mijn koffer te pakken. Ik was
toen nog gehecht aan mijn vader en ik wilde niet uit Masmodo weg. Ik
parkeerde mijn koffer op straat en stond te wachten tot Faurence kwam,
in mijn mooiste kleren. Eindelijk kwam Impie naar buiten rennen om
me te vertellen dat Faurence zonder mij was vertrokken."

"Wat een gênante situatie!"

"Nou. Faurence was een ploert."

"Waar ging hij toen naartoe?"

"Hij wilde zijn geluk beproeven op Skalkemond. Zelfs ik had hem
wel kunnen zeggen dat dat vergeefse moeite was, de Skalks zijn toch zo
keurig en ordelijk. Alles moet precies op een bepaalde manier gedaan
worden en dat is helemaal niet Faurence's stijl. Binnen twee jaar kreeg
hij een enorm schandaal aan zijn broek en toen gooiden ze hem de
planeet af. En wat denk je? Hij kwam prompt weer hierheen, een en al
trots en brutaliteit! Ik herinnerde hem aan onze onverbrekelijke liefde
maar hij wilde er niets van weten; helaas was ik een beetje aangekomen.
Faurence sprak met mijn vader, hij wilde zijn machines terugkopen,
voor de helft van de waarde, maar vader weigerde naar hem te luisteren;
en wat deed Faurence? Hij begon zelf een praktijk. En wie koos hij als
zijn verpleegster en vertrouwelinge? Niet mij maar Impie! Het schijnt
dat zij altijd al een oogje op hem had, de drogbattiel. Ach ja, in ieder
geval is ze nu niet beter af dan ik."

Hetzel begreep dat dit het moment was voor een opmerking.

"Slechter dan u, zou ik zeggen. U heeft tenminste uw waardigheid bewaard!"

Ottile knikte zo heftig dat haar blonde krullen ervan dansten. "Zij verkeert in een haveloze omgeving. Ik ga tenminste met heren om."

Hetzel opperde dat een enkel slokje sublumebrandewijn misschien wel heel goed zou vallen na de cider en Ottile was het hiermee roerend eens.

Nadenkend merkte Hetzel op: "Ik zou denken dat Masmodo amper groot genoeg is voor twee artsen."

"Juist! Al is er meer klandizie dan op het eerste gezicht misschien lijkt, met de Arsh en de Hondebaarden langs de hele kust en ook de sublumekwekers op de Jokowand. Ongeveer in deze tijd werd vader ziek en hij sloot zijn praktijk en alle klanten gingen naar Faurence. Een tijdlang waren hij en die nare Impie de drukste mensen van Masmodo. Zowel overdag als 's nachts, daar twijfel ik niet aan. In ieder geval betaalde Faurence wat hij vader schuldig was en hij kreeg zijn prachtige spullen terug en bovendien nam hij ook nog de kliniek over. Het huisje wilde hij ook hebben, maar vader wilde niet weg. Toen zorgde Zerpette al voor hem en hij voelde zich heel goed tussen al zijn aandenkens, dus waarom zou hij zich ongemak op de hals halen?"

"Heel juist." Hetzel hield haar de fles voor. "Nog een slokje van deze uitstekende brandewijn?"

"Daar zeg ik niet nee tegen."

Hetzel schonk met gulle hand. "Ga alstublieft verder met uw relaas. U bent een geboren vertelster."

"Er komt nog veel meer. Faurence begon heel bijzonder werk te doen. Een Arsh — hoe heette hij ook weer? Sabin Cru — viel uit zijn boot. Een scragge viel hem aan en plukte hem als een kip. Ze hesen hem in een wasmand uit het water; er was niet genoeg van hem over om hem goed aan vast te pakken. Maar Faurence ging driftig aan de slag. Hij leverde groots werk en Sabin Cru bleef in leven, en sindsdien kwamen alle Arsh naar dr. Dacre toe, en zelfs ook de Hondebaarden, hoewel sommigen weerhouden werden door een zeker gerucht."

"Wat voor gerucht?"

Ottile keek behoedzaam links en rechts. "Wie weet wat er waar van is? Klinkt het geloofwaardig dat dr. Dacre een geheim laboratorium had, aan de kust bij Tinkum's Zandbank, en dat hij daar rare experimenten uitvoerde en een Hondebaard probeerde te kruisen met een Flamboyard?"

"Zo voor de vuist weg: nee," antwoordde Hetzel. "Maar ik weet dan ook niet wat een Hondebaard mag zijn, laat staan een Flamboyard."

"Hondebaarden zijn hopelozen, strandlieden; je vindt ze vooral aan dit eind van de Torpeltijnen. Heeft u nog nooit een Flamboyard gezien?"

"Nog nooit."

"Dan heeft u een verrassing in petto. Het zijn onze belangrijkste inheemsen. Tweebenige fruiteters met veren, de meest kleurige en bizarre schepsels die je je voor kunt stellen. Ze hebben roze en paarse pluimen en oranje donsballen en gouden hoorns. Waarom Faurence met zulke wezens zou willen knoeien gaat je verstand te boven; ieder normaal mens zou weten dat zulke kunsten niet kunnen. Hoe dan ook, iemand — en iedereen denkt dat vader het was — verlinkte hem. De Medische Inspectie kwam hier in sneltreinvaart kijken en toen was er geen eind aan de stennis; als Faurence dan onschuldig was wat dat geheime laboratorium betrof, dan had hij in ieder geval iets anders op zijn geweten dat even slecht was. Hij deed zijn handeltje op slot en verdween uit Masmodo en is nooit meer teruggekomen."

"En wanneer was dit?"

"Het moet ongeveer twee jaar geleden zijn geweest, min of meer."

"Waar belandde hij hierna?"

Ottile schokschouderde lillend. "Impie zou het misschien weten. Ze trok haar mooiste kleren aan, ze pakte haar koffers en ging ermee op straat staan wachten, maar net als de eerste keer kwam Faurence helemaal niet opdagen. Na een poosje bracht ze haar koffers weer naar binnen en trok haar gewone kleren aan. Zelfs nu nog weigert ze resoluut over Faurence te praten, hoewel ik soms wel probeer samen met haar herinneringen op te halen."

"Faurence Dacre lijkt een man met rekbare principes."

"Wat dat betreft zijn Impie en ik het in ieder geval eens."

"Zou uw vader weten waar Dacre zich tegenwoordig ophoudt?"

Ottile beantwoordde Hetzels gebrek aan scherpzinnigheid met een jammerlijk hoofdschudden. "Van alle mensen van het Gaiaanse

Bereik, is er één die vader meer haat dan alle andere. En dat is Faurence Dacre. Maar zijn trots weerhoudt hem er zelfs van om Dacre's naam uit te spreken, of te luisteren als een ander die naam noemt."

"Wat is er met Dacre's kostbare apparatuur gebeurd?"

"Die staat nog in de kliniek. Wilt u het graag zien?"

"Heel graag! U vertelt een bijzonder levendig verhaal en mijn nieuwsgierigheid is gewekt."

"Alleen uw nieuwsgierigheid?" vroeg Ottile met een schalkse blik.

"Maar is dat mogelijk?" vroeg Hetzel. "Ik heb het nu natuurlijk over de kliniek."

"Zeker wel," zei Ottile, "want ik heb de sleutel."

"Vindt dr. Leuvil het niet erg?"

"En wat dan nog? Hij heeft er niets mee te maken."

Hoofdstuk X

HETZEL GEZELLIG BIJ DE ARM NEMEND, leidde Ottile hem tegen de helling op. De hemel straalde van sterren; de wind zuchtte door het nieshout. Een onregelmatige rij zwakke lampen die schots en scheef over het water waggelden, gaf de route naar Dongg's Taverne aan, waar een guirlande van groene en rode lantaarns verlossing voor droge kelen beloofde.

Dr. Leuvils simpele witte huisje stond aan de ene kant van de weg, de kliniek aan de andere. "Daar zijn we dan," kondigde Ottile aan. "De kliniek van Masmodo, en die is helemaal niet slecht, heb ik me laten vertellen."

Ze haalde een cilinder tevoorschijn die ze tegen het codeplaatje hield. De deur zwaaide open. Ze deed lampen aan. "Dit is de ontvangstkamer; bruikbaar maar niet indrukwekkend. Ikzelf heb de schilderingen op de muur gemaakt."

"U bezit een gevoelige toets."

"Dank u. Dit is het receptiekantoortje en daar verderop zijn de behandelkamers. Dat daar was het kantoor van dr. Dacre. Zijn papieren en dossiers zijn natuurlijk weggehaald, maar verder —" Ottile maakte een vaag gebaar.

Hetzel ging voor de foto's staan die aan de muur hingen. "En wie zijn deze mensen?"

Ottile liep de wand langs en benoemde de taferelen die zij kende, "— mijn vader en de vier meisjes, toen we nog heel jong waren. Ach, moet je mij zien, zo vol vertrouwen en oprecht! Was ik geen lief kind? ... Daar is dr. Dacre met de Arsh Sabin Cru. Kijk wat een afschuwelijke ramp die man heeft overleefd."

De foto toonde de romp van een starende Arsh die naakt op een ziekenhuisbed lag. Achter hem stond dr. Faurence Dacre, met een flauwe glimlach, alsof hij wel besefte dat zijn reddingsoperatie het ontzag van de toeschouwer moest oproepen. Hetzel vroeg: "En wat is er van Sabin Cru geworden?"

"Moeilijk te zeggen. De Arsh dulden geen misvormingen. Hoogstwaarschijnlijk hebben ze hem verzopen. Impie zou dat natuurlijk weten. Dit hier is de leukste kamer voor patiënten; zullen we er heel even binnengluren?"

"Het lijkt nauwelijks de moeite waard," zei Hetzel. "De technische zaken boeien mij meer."

"Ze hebben de deur op slot gedaan," ontdekte Ottile kribbig. Ze rukte nijdig aan de deurkruk. Toen draaide ze zich gauw om en wierp de deur aan de overkant van de gang open. "Bekijk deze kamer eens. Die is ook heel mooi."

"De ene ziekenhuiskamer is net als de andere," was Hetzels mening. "Waar zijn de operatiekamers?"

"Hierdoor." Ottile dreef hem een vertrek in dat het halve gebouw besloeg. "Wat zegt u hiervan?"

Hetzel had slechts een of twee bescheiden stukken speciale apparatuur verwacht, maar nu keek hij hoogstverwonderd om zich heen. De ruimte was verdeeld in open hokken die stuk voor stuk een mechanisme herbergden dat er duur uitzag. Ottile zette een wijs gezicht toen Hetzel zijn verwondering onder woorden bracht. "Kijk dit ding hier maar eens — hoe het heet, weet ik niet, maar het wordt bij operaties gebruikt. De dokter is helemaal niet eens in de buurt van de zieke, maar staat in deze cabine. Dit masker gaat over zijn hoofd en hij kan naar alle kanten kijken door zijn hoofd te draaien. Als hij zijn hoofd naar voren duwt, wordt wat hij ziet vergroot; als hij achteruit gaat wordt het weer kleiner. Zijn handen en zijn armen gaan in deze lange handschoenen en met zijn vingers stuurt hij heel kleine instrumentjes. Met de voetpedalen kiest hij zijn instrumenten. Met zijn heldere en vergrote zicht, met volmaakt gehanteerde instrumenten doet de dokter met gemak nauwluisterende operaties. Als hij in iemand moet zijn, stopt hij er een dingetje in dat hij door de maag en de darmen stuurt met magnetische stralen. Het ding seint een beeld door van wat het ziet. Op iedere gewenste plek kan het dingetje medicijnen of warmte toedienen, of met klein gereedschap werken, en na afloop wordt het weer uit het lichaam gehaald."

"Wonderbaarlijk," zei Hetzel. "En dit geval hier, wat doet dat?"

"Iets met ogen, heb ik gehoord; een machine om de optische zenuwen tussen het netvlies en de hersens door te snijden en te indexeren, voor oogtransplantaties."

"Verbazend! En dit?"

Ottile giechelde. "Dat is een babypers, om barende moeders te helpen." Ze legde uit hoe het apparaat werkte.

"Wat vernuftig. En hier..."

Ottile zei: "O, laten we niet over die belachelijke machines praten." Ze bulkte naar voren en nu zat Hetzel in het nauw tussen de muur en een groot toestel. "Wat heerlijk om een sympathieke man te ontmoeten," prevelde Ottile. "Soms heb ik wel het gevoel dat het leven aan mij voorbijgaat..."

Er werd gebiedend op de voordeur geklopt. Hetzel vluchtte de veiligheid in. "Wie is daar?" riep Ottile met een schelle stem.

"Ik ben het, Zerpette. Ben jij daar, Ottile? Wat spook je hier uit in het holst van de nacht?"

Ottile zeilde machtig naar de deur, maar Hetzel was sneller en gooide hem gauw wijd open. "Kom binnen, kom toch binnen!"

Boos met de ogen knipperend stond daar Zerpette in het licht. "En wat voert u hier uit?"

"Ik inspecteer de kliniek. Is dr. Leuvil nog wakker?"

Zerpette ging van de deur weg. Toen hij voorbij haar keek, ontwaarde Hetzel een broodmagere gedaante op de galerij van het huis aan de overkant, een silhouet tegen het licht van binnen. Hetzel liep langs Zerpette de straat over en posteerde zich onderaan de trap. "Dr. Leuvil?"

"Jongeman, ik heb mijn praktijk opgegeven. Ik geef geen interviews, ik heb geen lust in conversatie." De stem was laag, klaaglijk, scherp.

"Niettemin bent u lid van het menselijk ras en naar ik aanneem niet zonder verantwoordelijkheidsgevoel. Ik wens Faurence Dacre op te sporen en gewoon uit beleefdheid zou u mij zijn adres kunnen geven."

Het grijze gezicht boog zich naar voren; de troebele melkgrijze ogen loerden Hetzel aan. "Wie bent u? Wat wilt u van dr. Dacre?"

"Ik ben Miro Hetzel. Mijn naam zal voor u niets betekenen. Ik ben bewerkstelliger. Faurence Dacre heeft mijn cliënt schade berokkend. Ik wil een remedie bewerkstelligen."

"Ik zal alleen dit zeggen, en meer niet. Dr. Dacre is een briljant man. Hij heeft hier in Masmodo zijn kunnen bewezen en is toen vertrokken. Hij heeft niemand in vertrouwen genomen aangaande zijn plannen; hij heeft geen adres achtergelaten, en geen van ons heeft ook maar een vermoeden waar hij zou kunnen zijn. Dat is alles."

Hetzel keek hem na terwijl de gebogen gestalte het huis in schuifelde. Zerpette glipte ook naar binnen. Zich langzaam afkerend ontdekte Hetzel dat hij alleen was. Ottile had wel begrepen dat Hetzel ongrijpbaar was en ze was ook vertrokken.

Hetzel liep over de hoofdstraat, langs het hotel, naar de waterkant. Na een behoedzame blik in het rond wandelde hij over de krakende steigers naar Dongg's Taverne, waaruit een malende muziek van elektrische snaarinstrumenten wolkte, welke doorspekt was met nasale jankgeluiden van gesimuleerde emotie. Hetzel ging de taverne binnen.

Een stuk of tien Arsh zaten over ijzeren kroezen bier gebogen. Achter de bar stond Impie zich gereserveerd te vervelen.

Hetzel stelde zich op aan het ene uiteinde van de toog. Na enige tijd verwaardigde Impie zich een blik in zijn richting te werpen.

"Ja meneer?" — haar stem even levenloos als het bier van gister.

Hetzel zei: "Ik neem nog zo'n rumpunch, ondanks de mening van uw zuster over deze drank."

Impie fronste haar onzichtbare wenkbrauwen. "Ottile? Wat weet zij ervan?"

"Eigenlijk niets. Ze had heel vreemde ideeën."

Impie keek een andere kant op terwijl ze haar neus ophaalde. " 'Een lawine van onversneden vrouwelijkheid.' Zo heeft iemand haar eens omschreven."

"Ze is overrompelend, dat is zeker. Wie is 'Sabin Cru'?"

"Een Arsh. Wat is er met hem?"

"Een Arsh? O, nou ja."

Impie boog zich met vonkende ogen over de bar. "Wat bedoelt u, 'o, nou ja'?"

"Niets, hoor. Dr. Dacre moet een indrukwekkend man geweest zijn. Als Sabin Cru niet gestorven was —"

"Wie zegt dat Sabin gestorven is?"

"Is hij dan niet dood? Zorgt dr. Dacre nog steeds voor hem?"

"Hoe zou ik dat weten?" vroeg Impie zuur.

"Ik had begrepen dat u zowel dr. Dacre als Sabin Cru kende."

"Ik ken geen Arsh."

"Uiteraard. Waar woont Sabin Cru tegenwoordig?"

"Dat zou u aan zijn moeder moeten vragen."

"Ottile zei dat hij bij dr. Dacre was."

"Ha!" Impie's lach vloeide over van hoon. "Wat weet zij nu helemaal?"

"Woont de moeder dan niet bij u?"

Impie's gezicht verwrong zich eigenaardig om te zien terwijl de emoties verwondering, woede en ongeloof met elkander streden. Sprakeloos staarde ze Hetzel aan en vroeg toen: "Bent u helemaal gek? Bent u niet goed, dat u zulke stomme dingen zegt?"

"Het spijt me," zei Hetzel bedrukt. "Ik heb het verkeerd begrepen. Om de waarheid te zeggen, ik luisterde niet erg goed naar de —"

Nu ontplofte Impie bijna. "Sabin Cru's moeder heet Farucas en ze woont vijftien kilometer van hier aan de kust. Ga er zelf heen! U zult het zien!"

"Ik weet zeker dat het een misverstand was. Waar kan ik dr. Dacre vinden? Dan klaar ik de boel voor eens en voor al op."

"Jij met je dr. Dacre!" schreeuwde Impie woedend. Ze ramde een fles aan stukken op de toog. "Jij en hij kunnen —"

Hetzel verdween schielijk uit Dongg's Taverne. Impie's tirade verflauwde langzamerhand in de verte terwijl hij over de wiegende steiger de terugweg naar de wal zocht.

Hoofdstuk XI

's OCHTENDS ZORGDE FREITZKE voor Hetzels ontbijt. Hij conclu-deerde dat zij naar alle waarschijnlijkheid niets afwist van Faurence Dacre. Tenslotte was het nu Zerpette's beurt. Hij stak de door bomen overschaduwde hoofdstraat over naar het postkantoor en verstuurde een telegram aan Conwit Clent op Thesse:

> IK HEB HIER EEN VERWARDE SITUATIE ONTDEKT MAAR WEET
> BINNEN DE EERSTKOMENDE DAGEN WELLICHT MEER. VANUIT
> UW STANDPUNT BEZIEN IS DE UITKOMST VOORALSNOG
> ONZEKER. IK HOUD U OP DE HOOGTE.

Daarna vervolgde hij zijn weg naar de wal en de steiger op. Hier bleef hij staan om een vissersboot te bekijken. Langs de boorden waren rode, witte en zwarte Arshe symbolen geschilderd.

Een Arsh in een wijd wit hemd en een zwarte broek zat in de kuip gehurkt waar hij een stuk van een luikhoofd vernieuwde.

"Is deze boot te huur?" vroeg Hetzel hem.

De Arsh rees overeind en veegde zijn handen aan zijn broek af terwijl hij Hetzel zorgvuldig monsterde. "Wel dan, Merner*, waar wilt u heen?"

"Een kilometer of vijftien, twintig langs de kust, misschien tot aan Tinkum's Zandbank. Maakt het verschil?"

"Niet speciaal. Spring dan maar aan boord, Merner, en we vertrek-ken."

"Hoho, we hebben nog geen prijs afgesproken."

---

* Merner: de gebruikelijke wellevende aanspreektitel op Jingkens' planeten.

De onderhandeling vergde verscheidene minuten, maar ten slotte sprong Hetzel in de boot.

De omzetter zuchtte, het geëlektrificeerde water stuwde achteruit door de straalbuizen en de boot hoekte tussen de steigers door, rondde de golfbreker en gleed de langzame golven van de Mondiale Oceaan op. "Waarheen, Merner?" vroeg de Arsh.

"Ik ben verslaggever," legde Hetzel uit. "Ik heb de taak een artikel te schrijven over dr. Dacre en zijn werk. Kent u hem?"

"Helemaal niet."

"En Sabin Cru — kent u die?"

"Die had verdronken moeten worden. Het brengt ongeluk om een half lijk in leven te houden. Dat moogt u uw lezers mededelen."

"Ik zal een aantekening maken," zei Hetzel. "Ik ben ingelicht dat Sabin Cru nu bij zijn moeder Farucas woont."

"Ik was erbij toen Impie u dat vertelde," zei de schipper. "Ze heeft u nog veel meer verteld."

"Zij bezit een radde tong," zei Hetzel. "Dan nu: op naar het huis van Farucas."

"Zoals u wenst."

De boot sneed langs witte stranden, voorbij scheefgegroeide kokospalmen, paarse en mauve gangee, roze jorgiana, lianenslierten van vijfentwintig meter vol witte trompetbloemen. De boot gleed over turkooise ondiepten en donkerblauwe diepten. Als hij over de rand keek, zag Hetzel allerhande soorten zeebanket, zoals witte bollen en zwarte linten, naalden van blauw vuur die pijlsnel vooruitschoten en abrupt halt hielden, een sneeuwwitte vis van drie meter lengte met een wigvormige kop van een dikke meter breed, een dier dat de schipper een zeescragge noemde. Dit leek wat op een schorpioen van vijf meter met aan beide uiteinden scharen. Verder zag Hetzel ontelbare kleine vissen.

De schipper wees. "Daar ligt Tinkum's Zandbank en daar heb je het huis van Farucas."

Het huis stond op een glooiend terrein tussen fruitbomen en een rij palmen; het was een gebouw van gekristalliseerd zand en heel wat groter dan Hetzel had verwacht. Op de galerij keek een Arshe vrouw naar de naderende boot. "Is dat Farucas?" vroeg Hetzel.

"Daar staat ze."

"We gaan erheen."

De schipper legde aan aan een betonnen steiger en Hetzel sprong aan land. Hij liep over het stijgende pad naar het huis. De vrouw had zich blijkbaar niet verroerd. "Hallo," riep Hetzel. "Bent u Farucas?"

"Ja, die ben ik."

Hetzel voegde zich bij haar op de galerij. De vrouw keek hem bevreesd aan. Zoals alle Arsh was ze gedrongen en ze had zware schouders en korte, stoere benen. Haar toch al bengelende oren werden nog verder uitgerekt door stoppen van besneden vermiljoen en haar neus hing zwaar en krom neer, als een mislukte komkommer. "Meneer, wat wilt u hier?"

"Waar is Sabin Cru?"

"Hij is niet hier," zei Farucas, heel gedecideerd, en ook bang.

Van binnen kwam een schrapend geluid alsof er een stoel over de vloer werd geschoven. "Hij is er niet, zegt u. Wie maakt dan dat geluid?" vroeg Hetzel.

Voordat Farucas iets kon doen was Hetzel langs haar heen in het huis gelopen.

Hij bevond zich in een lange kamer met witgekalkte muren die door een lage balie in tweeën was verdeeld. Het ene eind hiervan was bedekt met bladen vol pulp en gekookt fruit. Achter de balie stonden drie schitterende wezens die drie decimeter langer waren dan Hetzel. Ze hadden een spits, perkamentwit gezicht met daarboven eerst een paar gedraaide, vergulde hoorns, en vervolgens een kam van vuurrode, grijze en oranje pluimen. Onder de kop hing een kraag van zwart haar over de zware romp terwijl de kruinkam doorliep over de rug. Het was een kleurrijk en schilderachtig groepje, vond Hetzel: de wezens leken hun populaire benaming, Flamboyards, eer aan te doen. Ze vergastten Hetzel op hooghartig vragende blikken en aten dan weer verder. Een vierde Flamboyard kwam aan de menselijke kant van de balie de kamer in en ging daar stokstijf naar Hetzel staan kijken. Dit schepsel was niet zo lang als de andere, zwaarder en schijnbaar steviger gebouwd en zijn grote kop was bijna bolvormig.

Farucas riep uit: "Zoals ik zei: deze zijn niet Sabin Cru!"

"Ik zie het. Wie heeft dit dure huis betaald?"

Farucas maakte een gebaar. "O, ik betaal geld."

"En waar is dat geld vandaan gekomen?"

"Ja, het is geld."

"Sabin Cru geeft u geld?"

"Ja, dat is waar," beaamde Farucas. "Hij is goed voor mij."

"En waar haalt Sabin Cru geld vandaan?"

"Ik weet niet. Misschien van Dokter."

"Waar is dr. Dacre?"

"Ik weet niet van Dokter."

"Ik wil hem over belasting spreken, maar nu spreek ik met u."

"Ik weet niet over belasting."

"Nee, want dit is niet uw huis! Dr. Dacre wil niet dat jan en alleman hier zomaar intrekken. U moet verdwijnen."

"Nee, nee! Dokter wil dat ik de Flams eten geef!"

"O! U zorgt voor de Flams!"

"Ja, dat is waar."

"Dan moet u de belasting betalen."

"Geen belasting op die dieren," verklaarde Farucas zonder veel overtuiging.

"Daar vergist u zich. U moet een heel zware belasting betalen. Ik ben gemachtigd om het geld te innen."

Farucas keek onrustig over haar schouder. "Ik heb geen geld."

"Dan moet ik het van Dokter of Sabin Cru krijgen. Zeg me waar ze zijn, anders moet ik een afkeurend verbaal indienen!"

Weer keek Farucas over haar schouder, alsof ze steun zocht bij de Flamboyards. De drie lange exemplaren aten zonder belangstelling door en de vierde was verdwenen.

Farucas zei hopeloos: "Ik weet niet waar is dokter Dacre. Sabin is in Masmodo. Hij woont bij ouwe Leuvil."

"Ouwe Leuvil, hè? Ik gesproken met ouwe Leuvil; hij zegt niet Sabin is daar."

"Leuvil houdt Sabin om Dokter. Ze werken lang samen; zijn zulke goede vrienden."

"Ja, dat is mogelijk." Hetzel bestudeerde een foto aan de muur. "Wie is dat? Sabin Cru soms?"

Farucas knikte trots. "Dat is nu Sabin. Hij is blij dat hij leeft en gezond is."

Hetzel ging terug naar de boot. De schipper maakte los en voer terug in de richting van Masmodo. Na enkele minuten vroeg hij sluw: "Heeft u Sabin Cru gevonden?"

"Nee. Volgens zijn moeder is hij in Masmodo."

"Dat had ik u ook kunnen vertellen."

"Zonder twijfel," zei Hetzel. "Waarom zei Impie tegen mij dat hij bij zijn moeder was?"

"Ze zei dat u het zijn moeder moest vragen."

"Misschien wel, ik herinner het me niet zo heel duidelijk. Wat weet je verder nog dat je me niet verteld hebt?"

"Ik weet waarom dr. Leuvil de medische inspecteur op dr. Dacre afstuurde."

"En waarom was dat?"

"Is die inlichting tien SWE waard?"

"Zal wel niet."

"Hoeveel dan?"

"Echt heel moeilijk te zeggen."

"Nou ja, anders vertelt iemand anders het u wel gratis. Farucas houdt drie Flamboyards. Heeft u die gezien? Er ging een gerucht dat dr. Dacre anti-afstotingsserum had gebruikt om Flamboyard-bastaarden te maken en men zei dat Farucas de moeder was. Volgens het verhaal dan."

"Een sterk verhaal, dat staat vast."

"Merner Stipes, de inspecteur, legde dr. Dacre het vuur na aan de schenen, dus misschien was er wel iets aan de hand."

"En waarom heeft dr. Leuvil nu Sabin Cru dan?"

De schipper haalde de schouders op. "Leuvil heeft ook dr. Dacre's machines achter slot en grendel staan. Alleen Sabin slaat munt uit de ruzie. Als hij hier was zou ik hem meteen verdrinken. De zee heeft hem opgeëist en zal hem nooit laten gaan."

"De vraag blijft: waar is dr. Dacre?"

"Hij komt en hij gaat. Hij zou morgen terug kunnen komen."

"Mogelijk. Wat weet je verder nog?"

"Niets, Merner, waarvoor u zou willen betalen."

Van de kade in Masmodo ging Hetzel regelrecht naar het postkantoor waar hij contact opnam met de Azimut Bewerkstelligingsgroep in

Narghuys. Na een uitwisseling van vriendelijke beleefdheden met de directeur, verzocht Hetzel om de assistentie van vijf eersteklasmedewerkers. Dezen arriveerden daags daarna in Masmodo en Hetzel zette uiteen wat hij van hen verwachtte. "Kijk naar dat huis en die kliniek op de heuvel. In een van de twee huist een zeer belangrijke getuige in deze zaak, en wij mogen niet toestaan dat hij ons door de vingers glipt. Zowel het huis als de kliniek moeten onafgebroken onder toezicht worden gehouden, overdag door twee mensen, 's nachts door drie. Stel zelf een rooster op dat met uw wensen overeenkomt. Houd rekening met ieder mogelijk voorval. Als u extra helpers nodig heeft, bel dan Azimut: ik zie liever te veel mensen dan te weinig. Wees discreet, doch poog niet onzichtbaar te blijven. De vrouw mag komen en gaan, maar vergewis u ervan dat zij het ook werkelijk is: laat u niet misleiden door opvulsel en een blonde pruik of andere listen. Is alles duidelijk?"

Er werden vragen gesteld, Hetzel bracht klaarheid waar onduidelijkheid heerste, en vertrok toen uit Masmodo.

Hoofdstuk XII

Conwit Clent ontving een telegram in Villa Dandyl:

DE SITUATIE IS IN EEN KRITIEKE FASE GEKOMEN. UW
AANWEZIGHEID IS NOODZAKELIJK. KOM ALSTUBLIEFT PER
OMGAANDE NAAR NARGHUYS OP GIETERSMOND. U TREFT
MIJ IN HET COSMOLUX HOTEL, SUITE 100.
IK VERWACHT U PER EERSTKOMENDE LIJNVLUCHT.

Hetzel ontving hem direct na zijn aankomst in het hotel in de hal van suite 100. "U bent de laatste maar nog mooi op tijd. Nu kunnen wij de zaak afhandelen."

Clent wilde opheldering hebben. "Wat gebeurt er allemaal? Leg het mij alstublieft uit."

"Dat zou ik met genoegen doen, Xtl Clent, ware het niet dat de anderen al rusteloos worden, en er moet nog veel gedaan worden. Gaat u alstublieft met mij mee, dan stel ik u voor."

Hetzel bracht hem de zitkamer binnen. De aanwezigen daar staakten hun gesprekken en monsterden Clent met een belangstelling die meer onverbloemd en intensiever was dan gewettigd in normale omstandigheden.

"Eindelijk is onze groep compleet," zei Hetzel. "Op één na, een persoon die wij spoedig zullen bezoeken. Heren, hier ziet u Xtl Conwit Clent van Thesse. Reeds in de kamer aanwezig zijn Lazar, Baron Keurboom van Diestl; dr. Aartemus van de Academie van Medische Wetenschappen van Narghuys; Merner Ander Stipes, medisch inspecteur van de Torpeltijnen; dominie Dandrue Cheasling, schoolhoofd van de Academie van Bevend Water eveneens op Thesse; de eerwaarde

Shaide Casbain van Meurice op Skalkemond. Gezamenlijk vertegenwoordigen wij talrijke perioden uit het leven van Faurence Dacre.
Niet zijn hele leven, vanzelfsprekend. Een zekere dr. Leuvil moet nog
geraadpleegd worden, en dan —"

Baron Keurboom maakte een krampachtig, knijpend gebaar. "Zijn
deze inleidingen werkelijk nodig? Laat ons ter zake komen! Waar is
Faurence?"

"U heeft helemaal gelijk, Baron," beaamde Hetzel. "We moeten niet
langer talmen. Buiten wacht een voertuig op ons; wij zullen —"

"Moeten we dan nog verder reizen?"

"Ik acht dit onontbeerlijk, Baron. In Masmodo overbruggen wij het
laatste hiaat in het leven van Faurence Dacre. De sleutelpersoon uit die
bepaalde periode is een beetje een kluizenaar, maar dat geeft niet. Hoe
dan ook moet de situatie zichzelf oplossen. Iedereen gereed? Mooi.
Volg mij, als u allemaal zo goed wilt zijn…"

Hoofdstuk XIII

HET VLIEGTUIG VOLGDE de keten der Torpeltijnen, daalde naar Jamus Amaha en landde in Masmodo achter het postkantoor. Terwijl de groep zich ontscheepte, kwam er een stevige man met grijs haar naar Hetzel toe en nam hem apart. De twee verstonden zich enkele minuten lang met elkaar en daarna keerde Hetzel zich naar zijn reisgenoten. "Alles schijnt in orde te zijn. Hier ziet u mijn vakbroeder, Bruno Imhalter van Bewerkstelligingsgroep Azimut. Nu zal ik u iets vertellen over dr. Leuvil. Eens was hij de partner van Faurence Dacre, toen zijn concurrent en ten slotte zijn vijand. Ginds staat zijn huis, met daar tegenover de kliniek, die een grote hoeveelheid apparatuur van dr. Dacre herbergt. In deze kliniek huist een man die zowel dr. Dacre kent, als diens verblijfplaats moet kennen: een zekere Sabin Cru. Ik en Merner Imhalter hebben ons grote moeite gegeven om te verzekeren dat hij niet uit de kliniek is verwijderd."

"Prachtig, prachtig," bromde Clent, "maar waar is Dacre?"

"Faurence Dacre is onvoorspelbaar," zei Hetzel. "Wellicht ontdekken wij dat hij zijn toevlucht heeft genomen tot een bizarre vermomming. Zoals wij allen weten, geniet Faurence Dacre van de sensatie van bovenmenselijke macht, en hiertoe draagt de anonimiteit van een ver- momming soms bij. Maar nu zullen wij onze opwachting maken bij dr. Leuvil. Hier kan ik geen hartelijk welkom garanderen."

Hun nadering van het huis bleef niet onopgemerkt. Terwijl de groep de trap naar de galerij beklom, zwaaide de deur open en Zerpette Leuvil keek naar buiten. Haar ronde gezicht gloeide van woede, haar belachelijke blonde krullen dansten en schokten. "Alstublieft! Wij wil- len u niet zien. Ga weg, u heeft hier niets te maken. Anders roep ik de veldwachter!"

"Dat zou zinloos zijn, juffrouw Leuvil. Hij zou u slechts verzekeren dat wij respectabele personen zijn die dit bezoek met legitieme bedoelingen brengen. Als u ons wilt aankondigen, zullen wij onze zaken zo vlug mogelijk afhandelen."

Zerpette haalde diep adem om haar longen op te blazen zodat ze een langdurige tirade kon afsteken, maar van binnen klonken enkele woorden gesproken door een bijtende stem. Zerpette danste achteruit en wierp de deur wijd open. "Naar binnen dan, allemaal! Veeg je voeten op de deurmat. Jullie zijn hier niet op mijn uitnodiging!"

De groep troepte plechtig de zitkamer in. "Dr. Leuvil?" zei Hetzel hoffelijk. "Ik meen dat wij elkaar reeds ontmoet hebben, al was dat informeel."

De onwillige gastheer, die gebogen achter een schrijftafel zat, antwoordde slechts met een grommend geluid. Toen merkte hij Imhalter op en verklaarde boos: "U laat dit huis in de gaten houden! Wat is uw oogmerk?"

Hetzel gaf het antwoord. "De zaak ligt heel eenvoudig. Wij hebben te horen gekregen dat Sabin Cru onder uw hoede staat."

"En wat zou dat?"

"Waarom heeft u zich over Sabin Cru ontfermd?"

"Dat zijn uw zaken niet."

"Dat vraag ik me af. Is Sabin Cru niet een aangelegenheid van dr. Dacre?"

"Dr. Dacre is verplichtingen aangegaan waarvan hij zich nog niet gekweten heeft, tegenover mijzelf en anderen van mijn gezin."

"In dat geval," zei Hetzel, "zouden wij onze krachten moeten bundelen."

"Ik heb ervaren dat ik niemand moet vertrouwen! Alles waarvoor ik gewerkt heb is vernietigd doordat ik anderen vertrouwde. Dat zal mij niet weer gebeuren! Ik stel geen belang in uw problemen, u moet uw eigen zaakjes opknappen en nu verzoek ik u te vertrekken. Val mij niet lastig, een vermoeide, zieke oude man die amper zien kan!"

"U heeft ons aller medeleven," zei Hetzel. "Sta ons toe enkele woorden met Sabin Cru te wisselen en dan kunnen wij u weer met rust laten."

"Ik sta niets toe."

"Dan moeten wij handelen zonder uw toestemming."

"Die keus is aan u, meneer. Ik kan u niet tot fatsoen dwingen."

"Weest u zo goed hem te ontbieden."

"Nee. Verlaat mijn huis. Hij is niet hier."

Zerpette zeilde naderbij. "Hoelang moet u nog blijven?"

"Niet veel langer. Merner Imhalter, wilt u in de kliniek kijken, alstublieft. Zei u iets, dr. Leuvil?"

"Ga weg. Verlaat mijn huis."

Hetzel liep achter Imhalter aan de veranda op. Daar gaf hij de man een opdracht welke deze een verbeten grijns ontlokte.

Hetzel ging de zitkamer weer in. "Merner Imhalter en zijn mannen brengen Sabin Cru hier. Als u dat liever heeft, dr. Leuvil, zullen wij hem onze vragen op de galerij stellen."

"Ik wil erbij zijn."

"Zoals u wenst." Hetzel wendde zich tot zijn gezelschap. "U vraagt zich wellicht af waarom dr. Leuvil en ik beiden zo'n belang hechten aan deze Sabin Cru. Hij is een doodgewone Arsh, die zich slechts onderscheidt doordat hij verschrikkelijk verminkt is door een zeescragge. Maar voor dr. Dacre betekent hij diens meesterwerk, namelijk het teruggeven van het leven aan een handvol zieltogende restjes mens. Zelfs dr. Leuvil zal wel willen toegeven dat dit werk uitstekend gedaan is. Nietwaar, dr. Leuvil?"

"Dr. Dacre is zonder twijfel onovertroffen op zijn gebied."

Vervolgens gingen er enkele minuten voorbij. Conwit Clent opende zijn mond, doch hield zich in; tweemaal maakte Lazar, Baron Keurboom zijn inmiddels vertrouwde, grijpende en knijpende gebaar.

Toen werd er op de deur geklopt. Imhalter en een van zijn assistenten kwamen binnen vergezeld door een man in een witte, niet helemaal schone ziekenhuisjas.

Hetzel wees de nieuwkomer een zitplaats aan. "Wij bezorgen u enig ongemak, en ik ben bang dat het nog erger moet worden." Nu richtte hij zich tot Zerpette. "U bent de dochter van een arts en ook daarzonder moet u bekend zijn met het menselijk lichaam." Tot zijn medestanders zei Hetzel: "Zonder een poging te doen om het laatste restje drama uit de situatie te peuren, zal ik u eenvoudig voorstellen aan Sabin Cru, de voormalige Arshe visser, die nu is zoals u hem ziet."

Ander Stipes, de medische inspecteur van het gebied, boog zich plotseling vol belangstelling naar voren. "Dat is geen Arsh. Tenzij hij een halfbloed is — maar zo ziet hij er ook niet uit."

"Zuiver Arsh is hij inderdaad niet," antwoordde Hetzel. "Imhalter, als u zo goed wilt zijn om Sabin Cru's jas te verwijderen."

Sabin Cru verzette zich slechts kortstondig. Zijn jas werd hem afgenomen en daaronder droeg hij alleen een onderbroek.

"Ik verzoek u allen deze man nauwkeurig te bestuderen," zei Hetzel. "Zekere van zijn attributen komen u wellicht bekend voor."

"Tenzij ik mij wel heel sterk vergis," zei dr. Aartemus, "zijn dat mijn twee benen. En mijn voeten."

"Waait de wind uit die hoek!" riep Shaide Casbain plotseling opgewonden uit. "Daar zie ik mijn linkerarm! Ik herken de tatoeëring!"

"En de rechterarm is van mij!" verklaarde dominie Cheasling. "Lange tijd heb ik dit prutsding van plaz en staal zonder klagen gedragen, maar nu is het afgelopen!"

Stipes de medisch inspecteur knikte grimmig. "Dr. Dacre zei me dat ik mijn neus niet in zijn zaken moest steken, anders zou ik misschien een nieuwe neus nodig hebben. En hij meende er ieder woord van."

"Faurence verweet mij dat ik mijn kaken te veel gebruikte," zei heer Keurboom treurig. "Met soortgelijk resultaat als bij de inspecteur."

Conwit Clent zei: "Ik kan mijn eigendom van hieraf niet onmiddellijk thuisbrengen, maar eindelijk heb ik hoop. Miro Hetzel, uw reputatie is geenszins overdreven! Hoe bent u dit allemaal te weten gekomen?"

"Dat was een gecompliceerd proces van het in elkaar passen van feiten, aangevuld met een paar gelukkige gissingen," zei Hetzel, die niet graag de indruk wekte dat zijn werk eenvoudig was. Maar nu hij om zich heen keek, zag hij in dat er ditmaal meer uitleg van hem werd verwacht. "Natuurlijk maakte ik al doende interessante dingen mee. Enkele dagen geleden bezocht ik de moeder van Sabin Cru op Tinkum's Zandbank. Aldaar ontdekte ik een foto van Sabin Cru zoals hij nu is en mijn verdenkingen waren bevestigd. Sedertdien gold mijn eerste zorg zijn veiligheid. Ik moest mij ervan verzekeren dat hij geen ongeluk kreeg, niet ontsnapte, vermoord werd of het slachtoffer werd van ander geweld. Nu draag ik uw eigendommen over in uw handen."

"Prachtig," zei Shaide Casbain, "maar wat doen we ermee?"

Hetzel haalde zijn schouders op. "Aan de overkant van de straat staat een klein ziekenhuis en wij hebben vooraanstaande mannen van de medische wetenschap in ons midden: dr. Aartemus, dr. Leuvil —

"Ik ben in ruste; ik zie niet genoeg meer om te werken."

"En dat brengt ons op een nieuwe overpeinzing. Wanneer precies, dr. Leuvil, begonnen uw ogen slecht te worden?"

"Niet zo lang geleden. Drie jaar maar. En toen gebeurde het als van het ene moment op het andere!"

"U weet dat er in de kliniek apparatuur is voor oogtransplantaties?"

"Ja natuurlijk. Maar dat waarop u zinspeelt is bespottelijk. Dr. Dacre zou niet durven."

"Welke kleur hadden uw ogen oorspronkelijk?"

"Blauw. Door mijn aandoening is dat veranderd."

Hetzel knikte. "Laten wij uw betrekkingen met dr. Dacre eens doornemen. Hij kwam hier als uw associé. Ottile was toen uw assistente —"

"Ja; ze kon hem niet met rust laten, de rumplinga. Ik smeet hem eruit en haar ook, en toen werd Impie mijn assistente."

"Precies. Dr. Dacre vertrok naar Skalkemond. Na verloop van tijd kreeg hij het aan de stok met Merner Casbain en de strenge wetten van Skalkemond en hij keerde haastig terug naar Masmodo. Hier begon hij een concurrerende praktijk en hij huurde — of verleidde — Impie weg van haar vader.

"Tijdens deze periode redde hij Sabin Cru het leven, maar ik betwijfel of hij zijn grootse plan toen al had gekregen, want toen was hij net met zijn Flamboyard-experimenten begonnen. Dr. Leuvil gaf hem aan bij Merner Stipes, die naar Masmodo kwam en dr. Dacre's vergunning introk. Opnieuw was Dacre gedwongen te vertrekken. Impie was thuis niet langer welkom en ging in het café werken. Dacre ging naar Cassander en werd een doorslaand succes, maar al die tijd dacht hij na over zijn diverse vijanden, van dominie Cheasling, die hem van de Academie van Bevend Water had gestuurd, tot Ander Stipes, en ten slotte de arme Conwit Clent. Dacre maakte herhaaldelijk reizen, en iedere keer ontving Sabin Cru nieuwe onderdelen. Zijn ogen? Die zijn niet van dr. Leuvil afkomstig, want diens ogen waren blauw.

"Dr. Dacre bracht hier in Masmodo aanzienlijk wat tijd door. Hoe wist hij zijn aanwezigheid geheim te houden? Eén mogelijkheid kan ik omschrijven. Op een nacht ging dr. Leuvil dood, als in zijn slaap. De volgende morgen dook dr. Dacre op, en hij troostte Zerpette, die nu een stoere en dartele meid was geworden. Faurence Dacre ontdeed zich in het verborgene van het lijk, oefende zich in het gebogen lopen met een wandelstok, en dr. Leuvil begon aan een nog eenzamer kluizenaarsbestaan dan hij al leidde. Imhalter, als u zo vriendelijk wilt zijn."

Imhalter greep de grijze krullen beet en trok de pruik en een flinterdun masker van grijze rimpels weg, zodat de gelaatstrekken van Faurence Dacre onthuld werden.

"Het was inderdaad een bizarre vermomming," zei Hetzel kritisch. "Ottile vertelde me dat de hele familie linkshandig was. De eerste keer dat ik dr. Leuvil ontmoette, evenwel, zag ik dat hij rechts was. Dus was 'dr. Leuvil' niet dr. Leuvil. Wie was hij dan? Wie anders dan Dacre?

"Freitzke was in de leer gedaan bij Ottile; tenslotte was het nu Zerpette's beurt. En al die tijd maakte Dacre in Cassander vurig Perdhra Olruff het hof, met als enig resultaat dat hij haar kwijtraakte aan een beter man. Imhalter, ik hoop dat u hem zijn wapens afgenomen heeft?"

"Alles wat we konden vinden, Xtl Hetzel; een Vaaststraal en een paar skwibboons."

"Hiermee heb ik mijn taak dus voltooid. De heren moeten zelf beslissen wat er vervolgens dient te gebeuren. Ik heb de kliniek aan de overkant voorgesteld; wat zegt u ervan als dr. Aartemus contact opneemt met de nodige deskundige chirurgen die bereid zijn zekere onofficiële operaties te verrichten. Ik zou ook willen opperen dat Sabin Cru geen enkele blaam treft. Zou hij het slachtoffer moeten worden van een nieuwe tragedie? Is het niet beter als de organen die hij nu weer moet afstaan, vervangen worden door de heer die dit proces op gang heeft gebracht?"

"Ik ben het hiermee in alle opzichten eens," zei Conwit Clent. "Dr. Aartemus, wat denkt u van deze zaak?"

"Ik voel mij enigszins belemmerd door de aanwezigheid van Merner Stipes, de medische inspecteur van het gebied Torpeltijnen."

"Laat u zich toch vooral niet weerhouden door mijn aanwezigheid!" riep Ander Stipes uit. "Op ditzelfde moment neem ik ontslag uit mijn ambt. Zodra de operaties achter de rug zijn, zal ik mij herbezinnen, maar vanaf nu kunt u op mijn medewerking rekenen."

"Dan lijkt er verder geen reden te zijn om te talmen," zei dr. Aartemus. "Behalve — um, wat zegt Zerpette ervan?"

Droog antwoordde zij: "Ik heb veel gehoord wat ik niet wist, waaronder het bestaan van Perdhra Olruff in Cassander. Stoort u zich niet aan mij. Ik ben klaar. Nu is het Freitzke's beurt."

Hoofdstuk XIV

In Villa Dandyl overhandigde Hetzel aan Conwit Clent een spe-
cificatie van zijn onkosten. "Het is nogal opgelopen, maar mensen als
Bruno Imhalter zijn nu eenmaal niet goedkoop en zoals u weet heb ik
aanzienlijke afstanden gereisd."

"Geen woord meer!" gebood Clent. "Ik ben bijzonder verheugd en
bovendien stond ieder lid van de groep erop om mee te betalen, zodat
maar een deel ervan uit mijn zak komt."

"In dat geval is er geen probleem," zei Hetzel. "Sta mij toe dat ik u en
uw vrouw een allergelukkigst huwelijk toewens, gezegend met zowel
trouwe zonen als plichtsbewuste dochters."

"Dat hoop ik ook, Miro Hetzel. Maar hoe staat het nu met Faurence
Dacre?"

"Die is onder de hoede van Freitzke en Sabin Cru."

"Zal hij te zijner tijd geen nieuwe ellende berokkenen?"

"De kans daarop lijkt gering. Vergeet niet dat Sabin Cru het eerste
slachtoffer zou zijn als Dacre ooit de teruggave van zijn onderdelen
verlangde. Vergeet ook niet dat de Arsh een bijgelovig ras zijn: zij denken dat een onvolledig mens ongeluk brengt. Vermoedelijk zullen wij
nooit meer iets van Faurence Dacre horen. Maar de volgende keer dat
ik langs Gietersmond kom, zal ik een bezoek brengen aan Masmodo
en terloops informeren. Het is altijd boeiend om het toneel van een
afgehandelde zaak nog eens te bekijken."

Verantwoording

De machines van Maz

Oorspronkelijk verschenen als "The Dogtown Tourist Agency", in *Epoch*, samengesteld door Roger Elwood & Robert Silverberg, Putnam Books, 1975, p. 513–622

Vertaling: Ivain Rodriguez de Léon

Herziene vertaling: Zeno ter Brughe

De oorspronkelijke vertaling verscheen in *Blauwe wereld & De machines van Maz*, J.M. Meulenhoff, 1978

Freitzke's beurt

Oorspronkelijk verschenen als "Freitzke's Turn", in *Triax*, samengesteld door Robert Silverberg, Pinnacle Books, 1977, p. 143–214

Vertaling: Jaime Martijn

Deze vertaling verscheen eerder in *Alambar*, J.M. Meulenhoff, 1981

Jack Vance werd in 1916 geboren in een welgesteld Californisch gezin dat tegen het einde van zijn kindertijd moeilijke tijden doormaakte. Als jonge man probeerde hij een aantal onbevredigende baantjes uit alvorens aan de Universiteit van Californië in Berkeley mijnbouw-kunde, natuurkunde, journalistiek en Engels te gaan studeren. Hij ging van school toen de oorlog uitbrak en werd matroos op de koopvaardij. Later werkte hij als rolbrugmachinist, landmeter, keramist en timmer-man, voordat hij zich door het produceren van een gestage stroom aan SF, mysterieromans en korte verhalen als voltijds schrijver vestigde.

Hij was meer dan zestig jaar actief als schrijver, en voor zijn werk ontving hij onder andere drie *Hugo Awards*, een *Nebula Award*, een *World Fantasy Award* œuvreprijs, en een *Edgar* van de *Mystery Writers of America*. De *Science Fiction & Fantasy Writers of America* kroonden hem tot Grootmeester, en hij werd opgenomen in de roemruchte *Science Fiction Hall of Fame*.

In zijn werk overschreed Jack Vance vaak de grenzen van het genre: van weemoedige fantastiek (de zeer invloedrijke *Stervende Aarde* verhalen) tot interstellaire space opera (de vijfdelige *Duivelsprinsen* reeks), van heldhaftige fantasy (de *Lyonesse* trilogie) tot de mysterieuze moorden die een sheriff in landelijk Californië moet oplossen (de *Joe Bain* boeken).

Toen hij reeds op leeftijd was, vormde zich een internationale groep van Vance-fans die zich tot doel stelde om het complete œuvre van Vance in de oorspronkelijke staat te herstellen, daarbij tientallen jaren van redactionele ingrepen en ongewenste wijzigingen ongedaan makend. Dit resulteerde in de toonaangevende Engelse *Vance Integral Edition* die als 44 hardcover delen in een beperkte oplage verscheen.

In 2013, kort nadat hij zijn eerste jazz-album had opgenomen, overleed Jack Vance op 96-jarige leeftijd in het huis dat hij eigenhandig had gebouwd in de beboste heuvels buiten Oakland. In het jaar van zijn honderdste geboortedag begint Spatterlight met het uitgeven van een nieuwe Nederlandse editie. In 62 paperbacks verschijnen zowel alle Vance verhalen die al eerder zijn uitgegeven, alsook alle titels die nog niet eerder in het Nederlands verkrijgbaar waren.

Colofon

Dit boek is gezet uit 11,5 pt Adobe Arno Pro.

Deze uitgave kwam tot stand met de hulp van Wil Ceron
en Evert Jan de Groot.

Omslagontwerp: Howard Kistler

Typografisch ontwerp: Joel Anderson

Zetwerk: Joel Anderson

Management: John Vance, Koen Vyverman

www.ingramcontent.com/pod-product-compliance
Lightning Source LLC
Chambersburg PA
CBHW050530260626
47157CB00004B/1538